L'ASSASSINO OCCULTO:
"QUANDO QUALCOSA VA MALE NELL'ESAME DI LABORATORIO

UNA RACCOLTA DI BREVI RACCONTI SU VERI CASI CLINICI E MEDICO-LEGALI

Traduzione di Mario Plebani e Mariela Marinova

Dipartimento Medicina di Laboratorio, Azienda Ospedaliera-Università di Padova, Padova-Italy

Alan H.B. Wu, Ph.D.

ISBN-13: 978-0986363429

eBook ISBN: 0986363421

Riconoscimento

Vorrei ringraziare le seguenti persone per aver rivisto la traduzione di questo libro : Carlo Artusi, Laura Brugnolo, Elisabetta Tebaldi, Alessandra Casarotti.

Indice dei contenuti

Fragilità umana: ossessioni che vanno a finire male

Che cosa sarebbe accaduto se? Finali alternativi

Quando un esame di laboratorio salva una vita

Introduzione

Ho aperto, con la curiosità di sempre, il pacchetto che proveniva dagli USA. La sorpresa è aumentata quando ho visto che si trattava di un libro e che un caro Collega americano, Alan H.B Wu, me lo inviava con una nota tanto scherzosa quanto simpatica.

Conosco da molti anni Alan. E' un caro amico, oltre che uno dei migliori professionisti del laboratorio clinico che io conosca, ed ho avuto modo di incontrarlo più volte nel corso di questi anni. Alan è uno dei "quattro moschettieri" che hanno maggiormente influenzato il progresso della medicina di laboratorio nell'ambito della malattia cardiovascolare, o meglio dei biomarcatori da utilizzare nella sindrome coronarica acuta. Anche questo è un termine innovativo che Alan ed altri Colleghi hanno saputo introdurre nella pratica clinica, a sottolineare la continuità della malattia che da angina può divenire infarto acuto del miocardio.

Ma Alan non si è occupato solamente di biomarcatori cardiovascolari; è Editor di una delle più importanti riviste scientifiche della medicina di laboratorio, Clinica Chimica Acta, ed un esperto tossicologo. Ed in questo libro, è proprio la sua conoscenza della tossicologia clinica che traspare e che permea molti racconti.

Il titolo del libro mi ha colpito subito: "*The hidden assassin*", e mi ha colpito ancor più perché da anni, nella prima lezione del corso di biochimica clinica agli studenti del terzo anno di medicina e chirurgia, dedico molte diapositive per spiegare il motivo per cui la medicina di laboratorio è stata definita dal Royal College of Pathologists "the Hidden Science that Saves Lives", ossia la *scienza nascosta che salva la vita*.

La medicina di laboratorio, o ancor meglio, l'informazione di laboratorio è spesso sconosciuta, occulta (*hidden*) al paziente, ma è sempre più necessaria ed indispensabile nella moderna medicina per l'identificazione di fattori di rischio, diagnosi tempestive e corrette, giudizi prognostici oggettivi, e per la personalizzazione delle terapie. "*Hidden*" però ha due facce: quella positiva, ossia l'importanza essenziale, pur se occulta, dell'informazione di laboratorio per assicurare i migliori esiti di salute al paziente, e quella negativa, ossia la possibilità che l'informazione sia errata o male interpretata, e che si trasformi in un "assassino".

Si discute molto su come migliorare la visibilità del laboratorio clinico ed assicurare maggior valore alla disciplina, specialmente agli occhi del paziente e del cittadino, potenziale paziente. Dopo aver letto questo libro, mi sono fatto la convinzione che Alan Wu sia l'emblema di come il laboratorio clinico ed i suoi protagonisti possano migliorare la loro visibilità. Nelle pagine di questo volume, traspare chiaramente l'evidenza che Alan Wu viene consultato da una serie di svariati interlocutori, medici, pazienti, avvocati, giudici e persino archeologi. Tutti questi stakeholders riconoscono la sua professionalità e lo utilizzano come esperto e consulente per risolvere casi clinici, cause legali o altre situazioni che sarebbero rimaste irrisolte senza appropriate analisi di laboratorio.

La traduzione di questo volume non è stata semplice perché, a differenza dei lavori scientifici, Alan Wu ha cercato di utilizzare un linguaggio più adatto alla lettura di un "non addetto ai lavori", e quindi vorrebbe essere un romanzo accessibile al lettore comune. In realtà, in molti passi, traspare la difficoltà dell'autore che, confessa candidamente, di essere abituato a dialogare con Colleghi e clinici utilizzando la terminologia specialistica che vorrebbe evitare.

Alcune circostanze sono specifiche della realtà degli Stati Uniti, ad esempio i problemi legati alla natura del sistema sanitario ed alla specificità del rapporto con il sistema assicurativo. Altre situazioni risentono della convivenza di razze ed etnie diverse, problema che negli Stati Uniti esiste da molti anni, e che , invece, è più recente ma attuale nel nostro Paese.

Al di là di aspetti specifici, però, questi casi sono assolutamente rilevanti anche nella nostra realtà e penso che la lettura del volume possa rappresentare non solo un momento di apprendimento inusuale, ma anche un incitamento a raccogliere i casi clinici e le tante storie nelle quali l'informazione di laboratorio ha giocato, gioca e giocherà sempre più un ruolo determinante per migliorare gli esiti di salute, evitare decessi ed errori diagnostici o terapeutici.

Devo ringraziare la Dr.ssa Mariela Marinova, che ha grandi meriti nella traduzione del volume, non solo per l'enorme lavoro fatto, ma soprattutto per aver accettato con entusiasmo la sfida di tradurre questo "romanzo" assieme a me. Essere mentori è sempre più difficile anche perché è sempre più difficile trovare allievi che vogliano avere un mentore.

Una raccomandazione ai lettori: lasciatevi coinvolgere dalle varie storie e non vogliate arrivare ad identificare l'assassino prima che l'episodio si concluda. L'assassino non è il laboratorio clinico, ma chi non sa fare bene l'esame di laboratorio, chi non sa richiederlo appropriatamente e soprattutto chi non sa interpretarlo correttamente: ci sono molti assassini ancora in giro nelle corsie di ospedali e negli ambulatori. Diffidate, e fate sempre funzionare il vostro intuito ed il vostro cervello, ed il potenziale assassino sarà arrestato prima che faccia danni.

Mario Plebani

Prologo

Questo libro è il seguito della mia precedente raccolta di brevi storie "Toxicology! Because what you don't know can kill you" (Tossicologia! Perché ciò che non conosci potrebbe ucciderti). In quel volume, mi ero concentrato su casi clinici nei quali i risultati di esami di laboratorio su alcol e droghe d'abuso avevano giocato un ruolo chiave per la salute e la vita di molti individui. In questo libro, ho voluto allargare lo scopo dell'esame di laboratorio clinico oltre i soli test per alcol e droghe d'abuso. Ognuno di noi, dal momento della nascita e fino alla morte, ha motivi per essere sottoposto ad esami di chimica clinica.

The Hidden Assassin: When Clinical Lab Tests Go Awry è un'antologia di storie di persone comuni che hanno vissuto esperienze con esami di laboratorio. In alcuni casi, esami del tutto innocenti come la determinazione del glucosio nel sangue, possono uccidere, oppure l'identificazione di un composto chimico nel sangue può svelare un piano terroristico. I test di laboratorio sono essenziali anche per predire la salute di un nascituro. Gli esami genetici, oggi, possono essere utilizzati per determinare la predisposizione al cancro o la possibilità di sviluppare effetti avversi ad un farmaco. E' possibile determinare se qualcuno ha sofferto di un attacco cardiaco e, ancor più importante, se lo svilupperà in un futuro prossimo. Le storie si basano su fatti reali. Tuttavia, per ottemperare alla legge sulla privacy, i nomi ed i luoghi reali sono stati modificati. La lettura di questo libro potrebbe aiutarti ad evitare esiti negativi che, purtroppo, sono realmente accaduti alle persone coinvolte.

Un test di laboratorio sbagliato

L'infermiera Judy commise l'errore di far vedere alla bambina l'ago di grosso calibro con il quale si accingeva ad eseguire il prelievo di sangue. Francine aveva solo 7 anni, e non aveva ricordo di prelievi di sangue. Quando Judy si avvicinò a lei con quell'ago in mano, fu presa dal terrore: inizio a piangere e si rannicchiò sotto le braccia amorevoli della mamma.

"Mamma, dobbiamo proprio farlo?" domandò.

"Andrá tutto bene, Francine" le disse la mamma. Le parole rassicuranti della madre furono di lieve conforto per la bimba.

"Per favore, tolga di mezzo il suo braccio" disse Judy alla mamma. L'infermiera era piuttosto brusca ed impersonale. Era alla fine di un estenuante turno di lavoro dopo aver prelevato il sangue ad oltre 30 pazienti, e voleva andarsene a casa al più presto e cenare con la sua famiglia. Judy era una donna grande e grossa che sovrastava la piccola bambina. Riluttante e con gli occhi chiusi, Francine le diede il braccio con aria mortificata. Judy applicò il laccio di gomma blu sotto il bicipite sinistro di Francine e iniziò a cercare la vena sul braccio della bambina. Indossando i guanti, Judy diede un colpetto sulla pelle di Francine nella piega interna del gomito e con il suo dito indice cercò il vaso sanguigno. Non appena lo trovò, Judy inserì l'ago. Francine sentì un dolore acuto, gridò e cercò di allontanare quanto prima il braccio dall'infermiera. Il movimento causò il distacco della provetta dall'ago di prelievo, ed il sangue iniziò a fuoriuscire copiosamente. Il colore rosso vivo del sangue che cadeva sul pavimento contrastava con le piastrelle di colore bianco lindo ed immacolato.

"Accidenti!" disse tra sè Judy. Posò una garza sul braccio sanguinante di Francine, afferando un asciugamano per ripulire il pasticcio. Dopo aver visto il suo sangue uscire a fiotti dall'ago, Francine iniziò ad urlare senza controllo. Sua madre cercò di consolarla, ma fu del tutto inutile. L'esame del sangue di Francine avrebbe dovuto attendere un'altra data.

ooo

Quest' esperienza drammatica determinò in Francine una paura degli aghi che durò per tutti gli anni successivi. All'inizio Francine godeva buona salute, non aveva bisogno di cure mediche importanti, e raramente aveva bisogno di prelievi di sangue. Ma tutto cambiò all'età 16 anni. Una mattina a scuola si era seduta accanto a una ragazza della sua classe che tossiva e starnutiva. La ragazza avrebbe dovuto starsene a casa quel giorno e curarsi, ma c'era una verifica importante e così contagiò con l'influenza virale molti dei suoi compagni di classe, inclusa Francine. La maggior parte degli altri ragazzi rimase assente da scuola per uno o due giorni; Francine non fu così fortunata.

In effetti, il giorno dopo, Francine restò a casa con mal di testa e febbre; ebbe molta sete e bevve grandi quantità di acqua andando in bagno ogni ora. Dopo tre giorni senza segni di miglioramento, la madre si decise a chiamare il medico di base.

"Ha respiro affannoso?" chiese il medico.

"Sì" rispose la madre.

"Il respiro ha un odore strano o diverso dal solito?" fu la successiva domanda.

"Sì, odora un pò di frutta" disse la mamma, "e sta bevendo tantissima acqua".

"Portala il più presto possibile al pronto soccorso" disse il medico. "Penso che sia in iperglicemia".

"Ma non è diabetica" pensò fra se la madre di Francine sperando per il meglio, ma temendo il peggio.

Quando i sintomi furono descritti al personale del pronto soccorso, un' infermiera si avvicinò al letto per eseguire un prelievo per il controllo della glicemia. Quando la mamma informò l'infermiera della paura di Francine per gli aghi, l'infermiera le assicurò che, almeno per il momento, era necessario solo un prelievo dal dito. L'infermiera applicò un dispositivo a molla che produsse una piccola goccia di sangue. Francine era a mala pena sveglia e non si mosse quando la penna pungidito le tagliò la pelle. La goccia di sangue fu depositata sopra una striscia reattiva e inserita nel dispositivo di misurazione. Dopo un minuto apparve il risultato del glucosio che era di "455". L'infermiera sapeva esattamente cosa significasse quel numero e andò immediatamente dal medico del pronto soccorso per fargli vedere il risultato. "Controlliamo emogasanalisi, elettroliti, e facciamo un esame completo delle urine in urgenza", ordinò il medico ed aggiunse "chiama l'unità di terapia intensiva pediatrica per vedere se hanno una stanza libera. Quindi chiama per il trasporto e chiedi di inviare un portantino".

Alla madre di Francine fu detto che sua figlia versava in condizioni critiche e che c'era bisogno di un altro prelievo di sangue per confermare la diagnosi. Francine fu sottoposta a prelievi sia dalle arterie che dalle vene, ed i campioni furono inviati in urgenza al mio laboratorio per le analisi appropriate. Nel frattempo, Francine era priva di sensi, in stato comatoso. Un catetere di Foley fu inserito nella sua uretra e fu prelevata l'urina. Entro 10 minuti i risultati dell'analisi dei gas nel sangue (emogasanalisi) furono pronti ed evidenziarono la presenza di "acidosi metabolica", una grave condizione clinica causata da eccessiva produzione di acidi da parte dell'organismo. Una mezz'ora più tardi, il basso livello del bicarbonato riscontrato confermò l'acidosi, e gli elevati livelli degli elettroliti misero in evidenza lo stato di disidratazione. La glicemia eseguita nel mio laboratorio confermò il risultato ottenuto dal glucometro al letto della paziente. La presenza di "chetoni" nelle urine completò la diagnosi. Francine era in chetoacidosi diabetica, il suo pancreas aveva smesso di produrre insulina e si era generato un livello di glicemia pericolosamente elevato. L'improvviso aumento di glucosio aveva richiesto al fegato di utilizzare gli acidi grassi come fonte di energia, sbilanciando il metabolismo verso la sintesi di chetoni. Questi sottoprodotti di degradazione sono acidi e producono una alitosi dolciastra, quasi fruttata. L'elevato livello di glucosio aveva provocato in Francine la necessità di urinare frequentemente, lasciandola assetata e disidratata.

A Francine fu fatta una flebo per via endovenosa ed un' iniezione di insulina che ridussero rapidamente il suo glucosio ad un livello normale di 113. Fu trasferita nell'unità di terapia intensiva pediatrica, dove rimase per un paio di giorni prima del pieno recupero. Venne richiesta la consulenza di un endocrinologo pediatrico.

"Francine soffre di diabete insulino-dipendente" disse il medico a sua madre. "La causa scatenante è stata l'infezione virale, ma comunque questa malattia si sarebbe manifestata prima o poi. Non sappiamo esattamente perché la gente si ammala di diabete di tipo 1, ma sicuramente esiste una causa genetica. La ragazza avrà la necessità di fare regolarmente iniezioni di insulina. La sua dieta deve essere accuratamente monitorata. Inoltre, le sarà insegnato come controllare ogni giorno il glucosio del suo sangue con un glucometro da utilizzare a casa. Deve essere visitata periodicamente nella clinica di diabetologia per monitorare lo sviluppo della malattia. In caso di necessità faremo ulteriori esami. La mia infermiera vi spiegherà cosa dovete fare in futuro. Questa è una malattia molto seria che può avere grandi conseguenze per la sua salute".

A Francine e alla mamma fu spiegato che le complicazioni diabetiche includono problemi cardiaci, renali e neurologici permanenti, fino alla perdita della vista. Un diabete non controllato può determinare gravi patologie degli arti fino alla necessità di amputazione e può portare a morte prematura. La mamma di Francine iniziò a piangere.

"Ma se sarà in grado di avere un buon controllo glicemico, Francine potrà avere una buona qualità di vita" concluse l'infermiera.

Da quel momento, Francine prese in mano il controllo della sua vita e della sua salute. Fu diligente nel controllo del sangue e presto perse la paura degli aghi. Sviluppò anche un'ossessione per l'igiene e la pulizia personale, ossessioni che l'avrebbero tormentata per molto tempo, ma non si chiese mai perché fosse afflitta da questa terribile malattia. Francine diventò insegnante e iniziò a lavorare come consulente in una scuola superiore. Era molto franca nel dichiarare la sua malattia e favorì gli incontri con gli studenti che soffrivano di diabete. Dimostrò ai suoi studenti che questa malattia poteva essere controllata e che essi potevano raggiungere qualsiasi obiettivo.

ooo

A venticinque anni Francine iniziò a soffrire di dolore cronico pelvico, perdite vaginali, e dolore durante la minzione. I suoi cicli mestruali divennero irregolari. Dopo poche settimane andò dal suo ginecologo. Fu eseguita una laparoscopia mediante l'inserimento di una piccola telecamera attraverso l'addome per visualizzare la zona pelvica. Il medico vide una infiammazione nelle tube di Falloppio e diagnosticò una infiammazione pelvica. Quest'ultima è causata da malattie sessualmente trasmissibili come la clamidia e la gonorrea, ma Francine era single e sessualmente inattiva. La sua infezione fu causata dall'uso eccessivo di detergenti intimi che alterarono la sua flora naturale.

I microorganismi sono normalmente presenti in tutte le parti del nostro organismo, ma Francine, facendo spesso la doccia, causò il trasferimento di questi organismi e infettò i suoi organi riproduttivi superiori. Durante la laparoscopia il ginecologo vide aderenze, ossia bande fibrose, che si erano formate vicino all'intestino tenue. Esse si formano di solito dopo un intervento chirurgico addominale, ma Francine non era mai stata operata. Nel suo caso, le aderenze erano causate da una malattia infiammatoria pelvica. Poiché le aderenze possono causare l'occlusione dell'intestino tenue, il ginecologo raccomandò l'intervento chirurgico per asportarle.

Francine prese un periodo di aspettativa dalla scuola e programmò l'intervento chirurgico. L'operazione non ebbe complicazioni ma, nel decorso post-operatorio, venne portata in terapia intensiva. Tra i trattamenti le fu somministrata icodestrina. Questo è un polimero che mantiene il fluido all'interno del peritoneo, lubrificando i tessuti ed impedendo la formazione di nuove aderenze. Dato che Francine era diabetica, il personale medico pose molta attenzione al controllo del livello della glicemia. L'intervento chirurgico è una situazione di stress fisico che provoca un aumento di glucosio nel sangue. La glicemia di Francine fu misurata molto spesso con il glucometro. L'ospedale le praticò uno "stretto controllo glicemico". Studi clinici hanno dimostrato che i pazienti in terapia intensiva recuperano meglio se i loro livelli di glucosio nel sangue sono mantenuti nei limiti della norma attraverso iniezioni di insulina. Il glucosio nel sangue di Francine era 350. Pertanto, fu data consegna all' infermiera di somministrarle l'insulina. Il medico, però, notò che i precedenti risultati della glicemia di Francine erano sempre nell'intervallo di normalità. Da buon medico, si chiese perché il risultato fosse cambiato così rapidamente e mise in discussione l'elevato valore ottenuto dal dispositivo. "Non fare insulina endovena ed invia un campione di sangue al laboratorio per confermare questa glicemia così elevata", disse all'infermiera.

Il medico sapeva che, anche se il glucometro è veloce e conveniente, non è accurato come il test che noi eseguiamo nel laboratorio centrale dell'ospedale. Se il risultato del nostro laboratorio avesse confermato quello del dispositivo point-of-care, avrebbe dato disposizione di fare l'insulina.

Il campione di sangue fu raccolto e inviato al laboratorio in urgenza. Di solito, è necessaria circa un'ora per etichettare la provetta, consegnarla al laboratorio tramite il servizio di trasporto o la posta pneumatica, centrifugarla per ottenere il siero da dare al tecnico per caricarlo nello strumento, analizzarlo e refertare il risultato. Era la fine del turno ed il medico e l'infermiera lasciarono il reparto prima che il risultato di laboratorio fosse disponibile. L'infermiera del turno successivo trovò nella diaria l'ordine di somministrare insulina e, dopo averla richiesta alla farmacia del reparto di terapia intensiva, ne somministrò una dose a Francine. In poche ore, la concentrazione di glucosio di Francine scese ad un livello pericolosamente basso a causa dell'insulina che le era stata somministrata ed entrò in coma profondo. Il glucosio nel sangue era 22. Il monitor del letto della paziente e della stanza delle infermiere iniziò a dare l'allarme. Il team della terapia intensiva le somministrò immediatamente per via endovenosa una soluzione di glucosio, ma era troppo tardi. Francine morì per le complicanze dell' ipoglicemia.

In laboratorio, il risultato ottenuto e refertato dimostrava una glicemia normale: il valore era molto differente da quello ottenuto dal glucometro. Studiando il caso, abbiamo appreso che alcuni glucometri producono risultati falsi positivi in presenza di altri zuccheri, oltre al glucosio stesso. Ma da dove provenivano questi "altri zuccheri"? Francine era alimentata per via endovenosa. Le ricerche pubblicate nella letteratura scientifica hanno rivelato che l'icodestrina nel nostro organismo viene metabolizza dagli enzimi pancreatici in maltosio. Quest'ultimo viene rilevato come glucosio dal glucometro utilizzato, producendo risultati falsamente elevati di glicemia. Il livello della glicemia di Francine era, in realtà, nella norma, come confermato dall'esame condotto in laboratorio. Il metodo utilizzato per determinare la glicemia nel laboratorio non è soggetto a questa interferenza detta "da icodestrina". Quindi, una volta stabilito che stavamo utilizzando glucometri che erano potenzialmente affetti da interferenze, decidemmo di sostituirli con dispositivi più recenti che non presentano questo tipo di problema.

Molto spesso diamo per scontata l'accuratezza dei test di laboratorio, perché la stragrande maggioranza dà risultati esatti. Quando sono inaccurati, di solito la causa è un errore umano. In questo caso, un insieme di errore umano ed errore tecnologico ha portato alla morte di Francine.

ooo

L'uso di glucometri difettosi ha generato errati valori del glucosio nel sangue e, conseguentemente, inadeguate somministrazioni di insulina. Sono state descritte oltre 100 morti dovute all'ipoglicemia dovuta all'errore nella determinazione della glicemia con questi glucometri. Oltre al maltosio, la presenza di altri zuccheri quali galattosio e xilosio possono produrre risultati falsamente elevati in questo tipo di dispositivi. Nel 2009, la Food and Drug Administration (FDA) degli Stati Uniti ha emesso un documento di allerta per i medici riguardante questi dispositivi difettosi. Negli anni successivi, questa generazione di glucometri è stata rimossa dal mercato, ma era troppo tardi per evitare la scomparsa di Francine.

Quando gli studi scientifici sullo "stretto controllo glicemico" sono stati pubblicati nei primi anni 1990, hanno creato molto interesse tra i medici di terapia intensiva. Molti ospedali hanno adottato questa pratica nella speranza di migliorare i risultati clinici. L'analisi retrospettiva ha dimostrato, tuttavia, che questo approccio ha portato alla morte di pazienti a causa del basso livello di glucosio nel sangue, e la pratica è stata in gran parte abbandonata. Fare rientrare i livelli di glucosio nell'intervallo di normalità, modificando il dosaggio di insulina, presenta grandi difficoltà. Infine, è meglio avere un livello di glucosio nel sangue leggermente elevato piuttosto che un valore leggermente basso.

Questo caso dimostra anche l'importanza della comunicazione tra operatori sanitari che si avvicendano tra un turno e l'altro. Oggi, prima di lasciare il turno, il personale deve incontrarsi, discutere, e documentare ogni caso prima dell'inizio del turno successivo. La conformità delle procedure di "passaggio delle consegne" rappresenta un momento importante nelle strategie per ridurre gli errori medici ed è uno degli Obiettivi Nazionali di Sicurezza del Paziente stabiliti dalla Commissione Paritetica, un organismo di regolamentazione incaricato di ispezionare gli ospedali per la conformità con le norme e l'accreditamento.

.

Assenza di negligenza

****

Gertrude O'Malley era la classica nonna. In casa aveva sempre biscotti appena sfornati e, durante l'inverno, si teneva occupata facendo maglie, sciarpe e cappelli per tutti i suoi nipoti. Quando suo marito morì, dieci anni prima, per cancro al polmone, decise di dedicarsi ancor di più a suo figlio John, a sua nuora Lilly, ed ai tre nipotini, tutti sotto i 12 anni. Lei si riteneva molto fortunata che vivessero nelle vicinanze e venissero a cena a casa sua tutti i sabato pomeriggio; i suoi nipotini amavano giocare nell'ampio giardino della sua casa. A 68 anni iniziò a sentire, occasionalmente, dolore al torace quando faceva cose semplici, come per esempio prendere i biscotti dal forno o uscire per prendere la posta. Gli esami richiesti dal suo medico non rivelarono alcun rischio di malattia cardiovascolare. Non era fumatrice, sebbene fosse stata esposta al fumo passivo di suo marito per oltre 30 anni. Non era diabetica, non aveva pressione elevata, il suo "colesterolo buono" era molto al di sopra dei limiti. Il suo medico le disse di prendere cardioaspirina e fare esercizio fisico moderato. Questo consiglio la confuse un po' perché riteneva di fare esercizio in abbondanza correndo dietro ai suoi nipoti, intorno alla casa quasi ogni fine settimana.

In occasione della Festa del Lavoro, Gertrude organizzò

una giornata speciale per la sua famiglia. Tutti vennero per il barbecue all'aperto. Mentre John allestiva il grill, Gertrude preparò l'insalata ed apparecchiò il tavolo da picnic. Lilly era al nono mese di gravidanza del suo quarto figlio. Gertrude le disse di sedersi e rilassarsi, e di non sforzarsi e le appoggiò la testa su un cuscino. Erano circa le 10 del mattino quando Gertrude cominciò a sentire dolore al torace. Sfortunatamente, e a differenza dei precedenti episodi, questa volta si verificò mentre era seduta in cucina e farciva i biscotti. Non disse niente a John perché non voleva rovinare il piacevole pomeriggio che si preannunciava e per il quale si era impegnata. Era tipico di Gertrude, non voler mai essere di peso a nessuno. Dopo poche ore, tuttavia, il dolore divenne insopportabile e non potè più tenere nascosti i sintomi a suo figlio.

"Mamma, perché non mi hai avvisato subito che stavi sentendo questo dolore?" le chiese mentre stava componendo il 9-1-1 (numero delle chiamate di emergenza sanitaria negli USA) al telefono.

"Sono sicura che non è niente come l'ultima volta," disse Gertrude mentre si appoggiava al lato del tavolo.

"L'ultima volta? Significa che hai già avuto altre volte questo dolore e non me lo hai mai detto?" chiese John, ma Gertrude non rispose.

L'ambulanza arrivò nel giro di 15 minuti. Fortunatamente era festa e non c'era traffico. Arrivarono al pronto soccorso del Pakford Regional Hospital in mezz'ora. Erano le due del pomeriggio. Questa era la prima volta che Gertrude aveva bisogno di un Pronto Soccorso. Lilly ed i bambini seguivano il papà e la nonna. Al pronto soccorso, Maria Johnson, l'infermiera addetta all'accettazione, iniziò a fare domande a Gertrude.

"Signora O'Malley, in questo momento ha dolore?".

"Sì, Ma è sopportabile. Non riesco a capire sia tutto questo trambusto. Starò bene fra pochi minuti", disse Gertrude, infastidita dall'eccessiva attenzione.

L'infermiera continuò: "Mi può descrivere dove ha sentito dolore e cosa stava facendo in quel momento?".

Gertrude spiegò che di sentire un forte dolore al centro del petto, che si irradiava alle braccia ed alle spalle.

Maria lavorava come infermiera presso il pronto soccorso del Parkford da più di 20 anni e aveva assistito molti pazienti con attacco di cuore. L'elettrocardiogramma di Gertrude rilevò alterazioni compatibili con un attacco di cuore. Il trattamento degli attacchi di cuore si è evoluto nel corso degli anni. In passato consisteva nel riposo, somministrazione di aspirina e farmaci antidolorifici come la nitroglicerina. Oggi, molti pazienti vengono trattati con l'angioplastica coronarica. Questa tecnica consiste nella dilatazione del tratto di arteria occluso mediante un catetere a palloncino. Quando si gonfia, il catetere dilate il vaso, ripristinando il flusso del sangue. Una volta che il vaso è stato riaperto, un supporto tubolare - un sottile cilindro cavo metallico a maglie · viene inserito per mantenere l'arteria coronaria aperta. Maria sapeva che, se Gertrude stava soffrendo di attacco di cuore il tempo era un fattore essenziale: prima si interviene, meglio è.

Mentre altro personale sanitario si occupava di richiedere a John tutti i dati identificativi della mamma e le informazioni relative all'assicurazione, Maria prese il kit per il prelievo del sangue. Il medico ordinò immediatamente la determinazione dei marcatori cardiaci in urgenza e Maria, etichettate le provette, prelevò il sangue da Gertrude e lo inviò al laboratorio. Inoltre, effettuò un ulteriore elettrocardiogramma posizionando i fili elettrici al torace ed ai fianchi di Gertrude. L'elettrocardiogramma evidenziò alcune anomalie, ma l'equipe medica non poté stabilire se queste erano preesistenti o si erano sviluppate recentemente. Per saperlo con sicurezza, avevano bisogno di rivedere un elettrocardiogramma fatto in precedenza dal medico di famiglia. Venne chiamato il suo medico di base.

Il laboratorio eseguì molte analisi sul sangue di Gertrude. La più importante fu la determinazione della troponina cardiaca, una proteina che viene rilasciata nel sangue in presenza di danno cardiaco. Il risultato era pronto dopo 1 ora con un valore di 0,04 ng/ml. Con il metodo in uso da parte del laboratorio, quel valore era ancora nella norma. Maria sapeva, però, che un singolo valore negativo non è sufficiente ad escludere un infarto. La linea di condotta, quindi, fu quella di eseguire un secondo prelievo a 6 ore di distanza e ricontrollare la troponina. A Gertrude fu ordinato di stare a letto e il figlio rimase vicino a lei. Dopo somministrazione di nitroglicerina, il dolore toracico diminuì nettamente fino a scomparire.

"Mi sento bene ora" disse a suo figlio. "Possiamo tornare a casa? Voglio stare a casa assieme ai bambini".

"No mamma" disse John. "E' importante che i medici facciano tutte le analisi".

Maria fece un secondo prelievo di sangue alle cinque in punto, precisamente sei ore dopo l'arrivo di Gertrude al pronto soccorso. La provetta fu inviata al laboratorio di nuovo in urgenza. Il secondo risultato era di valore 0.06, solo leggermente superiore al primo, ma ancora ben al di sotto di quello che sarebbe previsto in caso di infarto del miocardio. Maria andò a consultare il team medico responsabile della cura di Gertrude.

Il Dr. James Wilcox era il medico più anziano in servizio al pronto soccorso. L'altro medico, Dr. Marcus Thomas era reperibile con il cercapersone. Wilcox sapeva che il Dr. Thomas stava probabilmente prendendo un aperitivo al suo club, nel giorno della Festa del Lavoro, dopo aver giocato una partita a golf, e così non si preoccupò di chiamarlo. Il Dr. Wilcox andò da Gertrude per vedere come stava. Si sentiva fiducioso che i due risultati negativi di troponina fossero sufficienti ad escludere un attacco di cuore. Il dolore poteva essere stato causato da una indigestione o da un dolore muscolare. Firmò la dimissione della Sig.ra O'Malley, e John la portò a casa.

In auto, John chiamò Lilly per dirle che sua mamma stava bene e che stavano tornando a casa. Quando tornarono a casa di Gertrude, John decise di fermarsi da lei quella sera per essere sicuro che tutto fosse a posto. Lilly prese l'auto e tornò con i figli nella loro casa. Il più vecchio dei due doveva andare a scuola il giorno dopo. Era stata una lunga giornata e Gertrude era stanca. Si scusò e andò a letto verso le 22. Non aveva sentito altri dolori al torace. Soddisfatto che Gertrude stesse bene, John si distese sul divano letto di sua madre in salotto. Anche per lui era stata una giornata stressante e si addormentò rapidamente. John si svegliò alle 6 del mattino. La sua schiena era dolorante a causa di una barretta sottile posta sotto il materasso che aveva premuto contro la parte bassa della schiena per tutta la notte. Allungò le braccia, sbadigliò, andò in bagno e poi andò nella camera da letto di sua madre. Gertrude, normalmente, si alzava presto, ogni mattina alle 5.30. Ma non c'erano rumori che arrivavano dalla sua stanza. Non era ancora sveglia.

"Mamma?" disse John da dietro la porta della camera. Nessuna risposta. Bussò e la chiamò ancora, ma senza successo. Apri la porta ed entrò. Gertrude giaceva immobile nel suo letto. Aveva gli occhi chiusi. Non c'erano segni di dolore sul suo viso: era morta. John provò invano a risvegliarla, sperando che potesse rianimarsi ma sapeva bene che era impossibile. Le sue spalle si incurvarono e gli occhi cominciarono a lacrimare mentre prendeva il telefono per chiamare di nuovo il 9-1-1. Questa volta non ci sarebbe stato bisogno di una visita al pronto soccorso. Dopo la chiamata abbracciò sua madre, la baciò sulle guance e le disse addio. Lasciò la stanza, e mentre aspettava l'ambulanza, John chiamò Lilly per darle la notizia. Il patologo dell'ospedale durante l'autopsia confermò il sospetto: Gertrude aveva subito un infarto durante il sonno.

Dopo il funerale, un amico di John osservò che la morte di Gertrude avrebbe potuto essere evitata visto visto che non presentava dolore. "Perché l'hanno dimessa con un principio di infarto? " chiese. " Non avrebbero dovuto mantenerla in osservazione tutta la notte?".

John contattò Richard Shore, un avvocato specializzato in malasanità. Per il caso di Gertrude O'Malley, l'avvocato di John esaminò gli esami clinici e di laboratorio da citare in giudizio. Su consiglio di Shore, mi ingaggiarono come esperto in medicina di laboratorio. La mancanza di una diagnosi di "infarto acuto del miocardio" è la principale causa di querele legali per negligenza medica in pronto soccorso. Il laboratorio clinico svolge un ruolo fondamentale nella diagnosi in caso di infarto del miocardio.

ooo

Il mio laboratorio utilizza gli stessi metodi utilizzati al Parkford per la determinazione della troponina nel sangue di Gertrude. Già all'inizio della mia carriera ho scelto, come mia area di interesse specifico, i marcatori cardiaci e sono stato coinvolto nella stesura di linee guida nazionali su come interpretare il test della troponina. Ora, rivedendo attentamente i dati ed i tempi del prelievo dei campioni relativi alla comparsa del dolore toracico di Gertrude, ero riuscito a stabilire che non aveva avuto un infarto prima di arrivare al pronto soccorso. E, visto che non presentava delore al momento dell'arrivo in pronto soccorso, era improbabile che l'attacco fosse avvenuto dopo il suo arrivo. Gli errori di diagnosi dell'infarto cardiaco possono avvenire perché non sono stati richiesti esami specifici oppure, se richiesti, i risultati non sono stati correttamente interpretati, ma in questo caso non si era avverata nessuna di queste due eventualità. Dissi a Richard Shore che, con grande probabilità, l'infarto di Gertrude era iniziato a casa, mentre stava dormendo. "Non c'è prova di negligenza in questo caso" conclusi. "Tuttavia, la paziente è morta subito dopo un ricovero in pronto soccorso. Avrebbero dovuto prevedere questo esito" disse Shore.

"Come può un persona prevedere quando arriverà una infarto?" domandai, dimostrando che ero in disaccordo con la sua affermazione. La risposta sarebbe venuta nel corso del processo. Anche se non fu chiesta la mia testimonianza in tribunale, rimasi a disposizione come consulente della famiglia e Shore procedette con l'accusa di negligenza. Citarono in giudizio il Parkford Regional Hospital ed il Dr. Marcus Thomas, medico di guardia quella notte, e l'aiuto reperibile.

I responsabili del rischio clinico, l'equipe medica del Parkford e lo studio legale incaricato dall'Ospedale a di seguire il caso, si sentivano sicuri del fatto che non erano stati commessi errori nella gestione della paziente Gertrude O'Malley. Così, invece di patteggiare, decisero di andare a processo. Gli avvocati di John sostennero che i medici avrebbero dovuto sapere che Gertrude era in pericolo e che avrebbero dovuto tenerla almeno una notte al pronto soccorso del Packford. Allegarono delle fotografie che mostravano una vivace Gertrude divertirsi giocando con i suoi nipoti. Shore disse che quei medici non avrebbero mai dimenticato di aver privato i bambini della loro "Nanny". Il collegio di difesa sostenne che la descrizione di Gertrude, in questo caso, era pregiudiziale ed il giudice sostenne la loro obiezione. La difesa portò degli esperti a testimoniare che il medico aveva seguito quanto stabilito nelle linee-guida e nei protocolli di cura dei casi clinici come quello di Gertrude.

Dato che i suoi sintomi erano scomparsi, era stata considerata "a basso rischio di infarto".

"Nessuno avrebbe potuto prevedere che avrebbe avuto un infarto quella notte" disse il Dr. Thomas sul banco dei testimoni. "Noi non siamo Dio. Non possiamo predire la morte. Inoltre, è difficile ricoverare tutti coloro che vengono al pronto soccorso con dolore toracico e nei quali tutti gli esami abbiano escluso un attacco di cuore" sostenne.

Richard Shore rispose al Dr. Thomas, "Noi non stiamo

dicendo che era opportuno ricoverare tutti quella notte, ma solo Gertrude O'Malley". Per concludere, Richard Shore espose un argomento convincente per quanto riguarda la morte di Gertrude. Presentò il Dr. Samuel Johnson, un esperto cardiologo indipendente, che dichiarò che la variazione dei valori della troponina da 0,04 a 0,06 era sufficiente ad indicare che qualcosa stava per accadere. Io non fui d'accordo con l'esperto di parte. Pensavo che questo lieve aumento nei valori della troponina poteva essere causato dalla imprecisione analitica del metodo di analisi. Incontrai Shore mentre la giuria era riunita per decidere, per spiegare il mio punto di vista.

"Così state dicendo che i risultati non erano accurati?" disse Shore.

"No, accuratezza e precisione sono due concetti differenti". Per aiutarlo a capire feci un esempio di una situazione analoga e paradigmatica. Supponiamo che si stiano tirando tre freccette su un bersaglio. L'accuratezza è quanto sono vicine le freccette al centro del bersaglio. Se le tre freccette invece cadono vicine fra loro, ma lontane dal bersaglio, si è precisi, ma non accurati. In laboratorio, se tu ripeti le analisi, di solito, non ottieni esattamente lo stesso risultato anche se si utlizza lo stesso campione" dissi. "C'è una tipica fluttuazione in ogni risultato".

"Ma ora noi sappiamo qual è la verità. Se la variazione dei risultati della troponina non fosse stata reale, Gertrude non sarebbe morta" rispose Shore.

Pensai fra me: "certo è facile arrivare a questa conclusione dopo che l'evento si è realizzato, ma poteva davvero il medico avere la stessa certezza al momento della visita?". Mi diveniva sempre più chiaro che la verità clinica può essere molto diversa dalla verità medico-legale.

Mentre il Dr. Johnson concordava con gli altri esperti che Gertrude non aveva avuto infarti mentre si trovava al pronto soccorso, continuò a dire che i medici non erano riusciti a riconoscere il rischio imminente. In altre parole, non era stata sufficiente una semplice diagnosi, "anche necessaria per stimare il grado di rischio" come dichiarò Johnson. "Avrebbero dovuto essere effettuati test da sforzo fisico e/o farmacologico per determinare se il dolore toracico di Gertrude dipendesse da una possibile eziologia ischemica".

Il giudice chiese al medico di parlare in termini più semplici.

Dr. Johnson rispose, "Il dolore toracico ischemico è il preludio di un attacco di cuore e avrebbe potuto essere evidente con un test da sforzo. Se il dolore al petto fosse stato di altra natura, ad esempio fosse dovuto ad altre ragioni di tipo muscolare o ad altre cause particolari, non ci sarebbero stati rischi di lesioni cardiache".

Ero presente alla conclusione delle sue osservazioni e chiesi al dottor Johnson "ma non sarebbe pericoloso per un paziente con sintomi ischemici effettuare un test da sforzo?".

Johnson rispose: "se c'è qualche evidenza di lesioni cardiache nel monitoraggio continuo dell'elettrocardiogramma, il test si può bloccare immediatamente. Inoltre, è meglio avere un'ischemia mentre sei in ospedale dove le cure sono immediate che a casa, dove probabilmente non c'è nessuno vicino a te che possa aiutarti. Questo è esattamente ciò che è successo alla povera Gertrude".

Le argomentazioni del Dr. Johnson convinsero la giuria a dare ragione al querelante e a condannare il dr. Thomas e l'ospedale. L'assicurazione del Parkford dovette risarcire i danni. Io rimasi sorpreso che il querelante avesse vinto. Inizialmente non pensavo che O'Malley sarebbe diventato un caso importante. Vista la conclusione della causa, mi chiesi se la decisione avrebbe potuto influire anche sulle pratiche del mio laboratorio. Mi augurai che i medici del pronto soccorso dell'Ospedale nel quale opero sapessero interpretare correttamente i risultati degli esami della troponina. Come andai via dal tribunale, pensai, "L'asticella è stata alzata per le pratiche cliniche in cardiologia. Anche in assenza di dolo".

ooo

Il test per la valutazione della troponina cardiaca continua ad essere il "gold standard" per i pazienti che si presentano al pronto soccorso con dolore toracico. L'aumento della sensibilità analitica nella determinazione della troponina, che si è ricercato e ottenuto nel corso degli ultimi anni, consente l'individuazione dei pazienti con lesioni minori del cuore. La valutazione del grado di rischio per malattia cardiovascolare è diventato un' importante obiettivo per i medici di pronto soccorso, e la troponina viene utilizzata come parte di tale valutazione. Per migliorare la decisione clinica e la gestione del paziente, è necessaria la conoscenza dei limiti di ogni indagine diagnostica, inclusa la determinazione della troponina metodo. Ancor oggi, però, continua ad esserci confusione su come dovrebbero essere interpretati i risultati di questo importante esame di laboratorio. Nel passato, quando le analisi erano positive, esse segnalavano la presenza di un infarto. Oggi, la presenza di un qualsiasi danno cardiaco produce un risultato positivo, indipendentemente dalla causa del danno stesso. Mentre livelli molto elevati indicano un infarto acuto in atto, un lieve aumento dei valori, come nel caso di Gertrude, è altamente indicativo del rischio di sviluppare un evento nel corso del tempo.

Mia madre recentemente ha avuto un episodio di dolore toracico ed è stata portata in pronto soccorso. Dopo essere andato a visitare, mi recai presso il laboratorio clinico di quell'Ospedale per accertarmi se il metodo utilizzato per la determinazione della troponina fosse ad elevata sensibilità analitica e precisione. La lezione che avevo imparato da questo caso mi aveva ancor più sensibilizzato sull'importanza dell'informazione di laboratorio per la gestione della salute di mia madre.

.

Dedizione fatale

Shelly Wilson era una giovane donna che aveva dato le dimissioni dal lavoro di manager di una grande ditta farmaceutica. Il suo lavoro la obbligava a viaggiare molto e le era risultato difficile avere relazioni impegnative e di lunga durata. Sebbene fosse attraente, Shally non si sposò mai. Cercò nelle agenzie di incontri online, ma non fu in grado di trovare la persona giusta. Era figlia unica di genitori che la ebbero in tarda età. Quando entrambi morirono nell'arco di un anno, Shelly, a trent'anni, si trovò veramente sola.

Dopo quindici anni di lavoro per la stessa ditta, iniziò a desiderare qualcosa di più nella vita. Nel corso degli anni, aveva visto molti dei suoi collaboratori licenziarsi per andare a lavorare presso altre imprese e trasferirsi in diverse parti del paese. Ma Shelly fu veramente fedele; la ditta l'aveva assunta non appena finita l'università ed era grata ai dirigenti perché l'avevano scelta al posto di candidati con maggiore esperienza.

Durante uno dei suoi viaggi di lavoro, Shelly ebbe un pomeriggio libero ed era incerta su come passare il tempo. Visitò tutti i monumenti e le gallerie d'arte, e non aveva voglia di fare acquisti. Così lasciò la camera d'albergo e girò in centro da sola. Prese un panino in una paninoteca e si fermò in un parco vicino per mangiare guardando i bambini che giocavano. Dopo mezz'ora arrivò a sedersi accanto a lei un giovane uomo. Era ben vestito, rasato e aveva un aspetto amichevole. Indossava una targhetta che diceva: "Toby, Ambasciatore in tirocinio, Il Risveglio della Terra Santa".

All'inizio non si parlarono, ma poi Shelly chiese: "Mi scusi, stavo guardando la sua targhetta. Che cos'è un Ambasciatore in tirocinio?".

Toby rispose. "Mi sono appena iscritto al Risveglio e loro mi stanno insegnando come diventare un discepolo. Ci chiamano Ambasciatori. Mi stanno addestrando per essere un missionario, così posso diffondere la parola del Risveglio".

Shelly chiese curiosa: "Chi sono i predicatori del Risveglio e che cosa rappresentano?".

Toby rispose: "Noi siamo un gruppo di persone che crede che ci sia un modo migliore per vivere. Noi crediamo che la gente dovrebbe condurre una vita naturale. Le persone dovrebbero essere libere dalle pressioni sociali e dai problemi finanziari. Dovrebbero mangiare alimenti provenienti da agricoltura biologica, senza additivi chimici. Noi siamo vegetariani perché crediamo che gli animali abbiano il diritto di vivere e prosperare. Rispettiamo tutti gli esseri umani indipendentemente dalla loro razza, etnia, condizione sociale. Siamo fondamentalmente un'organizzazione di aiuto per i diseredati". Toby fece una pausa e poi disse: "Wow, non intendevo fare un sermone. In realtà mi sono appena iscritto al Risveglio. Parliamo d'altro . Non so neppure chi sei".

"No, è giusto" disse Shelly. "Sono io che ho chiesto. Rispetto la tua passione. Andiamo oltre, mi chiamo Shelly".

"Mi chiamo Toby, piacere di conoscerti. Che cosa stai facendo?". Shelly spiegò che era in città per affari ed aveva alcune ore libere prima della cena di lavoro.

Dopo aver parlato per alcuni minuti, Toby disse: "La mia pausa è finita; devo tornare alle lezioni. Mi ha fatto piacere incontrarti".

"Buona fortuna per il tuo lavoro, Signor Ambasciatore" disse Sally. Toby ridacchiò e si diresse fuori del parco.

Shelly pensò che Toby sembrava aver trovato quello che voleva nella vita. Se solo lei avesse potuto fare lo stesso! Non poteva fermarsi per pensare a quello che Toby le aveva detto. Per caso, il giorno successivo Shelly vide Toby seduto nella hall dell'hotel. Lo toccò sulla spalla. "Così ci vediamo di nuovo" disse "Soggiorni qui?".

Toby si girò e sorrise quando la vide. "Ciao, Shelly! No, non sto aspettando nessuno. La nostra sede è a pochi isolati di distanza".

"Ho pensato molto a quello che ieri mi hai detto al parco" disse Sally. "Mi ha molto colpito. Come posso saperne di più sul Risveglio?".

"Perché non vieni con me all'incontro di gruppo? Non c'è alcun obbligo. Siamo un gruppo simpatico e stiamo cercando gente che la pensi come noi".

Shelly inizialmente esitò ma poi disse, "Oggi sto andando a casa, ma vengo qui spesso. Forse potrei venire la prossima volta che sono in città".

Toby prese il suo biglietto da visita con i contatti del Risveglio e glielo diede. "Spero di rivederti ancora". E con questo, si lasciarono.

Una volta a casa, Shelly fu presa dal suo lavoro e non pensò al Risveglio della Terra Santa. Una settimana dopo, nel giorno dedicato alle pulizie, trovò il biglietto da visita che Toby le aveva dato nella tasca posteriore dei suoi jeans. Andò su Internet e apprese molto sul Risveglio. Molti dei loro valori coincidevano con i suoi. In città c'era una filiale del Risveglio, così chiamò per prendere un appuntamento. Le suggerirono di partecipare alle riunioni senza alcun impegno. Iniziò ad andare alle lezioni serali. Gradualmente divenne sempre più coinvolta. Dopo un anno, il diacono le propose di iscriversi al programma per Ambasciatori nella sede centrale. Il corso di una settimana era lo stesso che aveva frequentato Toby e si sarebbe completato durante le sue vacanze.

Firmò per il programma di insegnamento. Una volta lì, si sentì immediatamente a casa. La gente si prese cura di lei. Toby c'era anche Toby che e fu felice di vederla. Divenne Ambasciatore a tempo pieno, e girò tutti i luoghi del Revival. Quando il corso fu completato, Shelly decise che anche lei voleva dedicare la sua vita al gruppo. Quando tornò a casa, comunicò alla ditta la notizia e disse a tutti che aveva aderito al Risveglio della Terra Santa. I suoi collaboratori furono scioccati dalla notizia. Pensavano che l'organizzazione avesse ideologie fanatiche, specialmente da quando avevano sentito dire che Shelly aveva donato tutti i suoi risparmi. Lei aveva assicurato che si era fidata dei valori del gruppo e sapeva quello che stava facendo. Salutò in lacrime i suoi compagni di lavoro e lasciò l'ufficio per sempre.

Shelly ritirò tutti i suoi beni dalla banca e li versò a Risveglio. In cambio, il Risveglio avrebbe provveduto ai suoi bisogni giornalieri. Si trasferì in un appartamento ubicato nella sede centrale. Avrebbe potuto sposarsi, ma solo con un altro membro del Risveglio. Se voleva lasciare, avrebbe dovuto versare 50.000 dollari per ricominciare una nuova vita. A Shelly fu chiesto di fare dei viaggi missionari in una regione rurale ed economicamente depressa degli U S A. Trovò questi viaggi appaganti. Per i primi cinque anni, tutto fu bello. Si adattò bene al suo nuovo ambiente e alle responsabilità. Toby fu un buon amico e qualche volta andò con lei in alcuni di questi viaggi. Non c'era alcun collegamento romantico tra di loro; anzi, lei sospettò che fosse omosessuale. Il Risveglio riempiva le loro vite lasciandogli pochi spazi liberi. Dall'inizio del sesto anno al Risveglio, Shelly iniziò ad avere dei dubbi. Voleva sposarsi e cominciare ad avere una famiglia, ma non era sicura del suo impegno all'interno del Risveglio. Altri membri avevano formato una famiglia, ma quando i figli raggiungevano una certa età, la maggior parte se ne andava via per iniziare la propria vita al di fuori del gruppo. Se Shelly si fosse sposata e avesse avuto dei figli, lei non sarebbe stata in grado di dedicarsi al Risveglio a tempo pieno. Nel corso delle settimane successive, incontrò molti dei leader del gruppo per discutere sui suoi dubbi. Essi non fecero nessuna pressione perché rimanesse. "Ognuno deve trovare la sua via da solo" disse uno di loro. "Ma stai facendo un buon lavoro qui e noi speriamo che tu rimanga".

Passarono altri sei mesi, poi Shelly si ammalò. Aveva febbre, diarrea e tosse. Inizialmente pensò fosse influenza. Il Risveglio la curò usando solo propri medici. Shelly fu isolata nel suo appartamento e curata con fitoterapia. I medici del Risveglio non credevano nei farmaci, ed erano un po' ironici con Lei dato che era esattamente ciò che Shelly vendeva in precedenza. I medici del Risveglio la convinsero che avrebbe recuperato con un periodo di riposo, tranquillità ed eliminazione di tutti gli stress e responsabilità. Ma invece di stare meglio, lei progressivamente peggiorava. Dopo tre giorni iniziò a delirare. Vomitò liquidi, perché non poteva inghiottire niente di solido. Quando Shelly iniziò ad avere problemi di respirazione, finalmente chiamarono l'ambulanza e Toby l'accompagnò in ospedale. Fu portata in un pronto soccorso lontano 60 miglia, oltrepassando altri ospedali che erano sulla strada. Il Risveglio volle che fosse visitata dai loro medici. Quando arrivò, la sua pressione arteriosa era pericolosamente bassa ma i medici non ritennero di somministrare farmaci per stimolare il suo cuore. Shelly non poteva parlare, i suoi occhi si girarono verso Toby visibilmente sconvolto. Lei aveva lo sguardo che cercava di dire: "non sono ancora pronta a morire. Ti prego salvami". Ma morì dopo cinque ore dall'arrivo in ospedale.

Secondo la legge, il corpo di Shelly fu inviato in medicina legale per l'autopsia. L'assistente patologo trovò sangue coagulato nel polmone sinistro. Una settimana prima della sua morte, aveva avuto un incidente stradale che le aveva provocato una forte contusione ad una gamba. Un coagulo, partito dall'apparato vascolare della gamba, era arrivato all'arteria polmonare. La causa della sua morte fu diagnosticata come embolia polmonare. Un altro reperto insolito fua un elevato contenuto di urea nell'umor vitreo. L'elevata concentrazione di urea nel sangue può essere, infatti, causata dalla disidratazione.

ooo

Il Dr. Harrison era il responsabile dei medici legali del paese. Aveva studiato presso una delle più prestigiose università americane ed aveva 35 anni di esperienza come medico legale. Aveva gestito tante morti celebri nella sua regione. Il suo rapporto fu accurato e completo. Era molto rispettato nella sua professione e godeva di un'ottima reputazione fra i media. Le sue conclusioni non sono mai state seriamente contestate in tribunale. Data la pubblicità su come era morta Shally, il Dr. Harrison decise di esaminare i dati. Dopo un'ampia revisione, modificò la conclusione alla quale era giunto il suo giovane patologo e firmò un documento che asseriva che la morte di Shelly era stata causata da una grave disidratazione. Non diede al suo collega alcuna spiegazione per questa modifica, cosa del tutto insolita per lui. Normalmente era molto aperto nella discussione dei casi.

Fu contattato il Procuratore Distrettuale che sporse denuncia contro i medici dell'ospedale e del Risveglio per negligenza medica. Quando la denuncia fu resa nota, il Risveglio fornì un documento firmato da Shelly che affermava che in nessun caso dovevano esserle somministrati farmaci, neppure in situazione di emergenza. La firma risaliva a quando era venuta la prima volta al Risveglio e non era stata aggiornata. Il Risveglio rilasciò una dichiarazione ai media locali: "Anche se la morte di Shelly Wilson è stata tragica e del tutto inaspettata, ed al Risveglio lei manca fortemente, le cure mediche prestate sono state effettuate in conformità ai suoi desideri".

L'Avvocato Distrettuale fece cadere le accuse contro l'ospedale, ma proseguì il procedimento penale contro i responsabili delle cure presso la sede del Risveglio dove Shally si

29

trovava.

ooo

Fui contattato dal Risveglio per aiutarli nella difesa di questo caso. Il mio laboratorio presso l'Ospedale Universitario effettua abitualmente il test dell' urea nel sangue come marcatore della funzione renale. La concentrazione sproporzionata di urea rispetto alla creatinina, altro test di funzionalità renale, era probabilmente dovuta alla disidratazione. Normalmente, la concentrazione degli elettroliti nel siero, come il sodio o il potassio, ed il livello delle proteine totali sono il migliore indicatore di disidratazione durante la vita. Dopo la morte, tuttavia, questi livelli sono artificialmente alterati a causa di cambiamenti *post-mortem* e della degradazione naturale delle proteine. L'uso dell'urea come misura di disidratazione dopo il decesso, era prassi consolidate, ma i livelli erano così decisamente alti che non potevano essere ignorati.

Io non avevo alcun contatto con il Risveglio della Terra Santa, ma sapevo, tramite le descrizione dei media, che si trattava di una setta religiosa. Tuttavia, ero solo interessato alla verità, a prescindere da quale sarebbe stata la conclusione. Così accettai il mandato. Il mio incarico fu quello di confutare le conclusioni del Dr. Harrison sulle cause della morte. Mentre non vi era alcun dubbio che l'embolia polmonare fosse presente, mi chiedevo se essa fosse stata stata causata da una grave disidratazione. Se fosse stato così, si poteva supporre che il Risveglio fosse stato negligente per non aver fornito l'assistenza medica di base? Esaminai la letteratura per determinare se una grave disidratazione possa essere causa precipitante di un'embolia ma non trovai tale relazione. Poi cercai casi di morte simili in cui la concentrazione di urea fosse elevata come evidenziato all' autopsia di Shelley. Trovai che i suoi livelli erano più alti di quelli descritti precedentemente. Poi, andando più a fondo, capii che la concentrazione di urea, nei casi descritti, era stata misurata mesi dopo la morte e non al momento dell'autopsia stessa. Mi chiesi, pertanto, se il risultato potesse essere stato contaminato da qualche fonte esterna. Esistono microorganismi che possono produrre urea come sottoprodotto? Avrebbero potuto esserci altri componenti che potevano interferiree con la prova stessa? Considerai i motivi più problematici, da entrambe le parti. Ci potrebbe essere stata una adulterazione voluta dal laboratorio forense con l'obiettivo di screditare il Risveglio? Oppure il Risveglio poteva aver pensato di recare danno a Shelly perché voleva andarsene dal gruppo? Queste teorie del complotto sollevarono considerevolmente la posta in gioco per entrambe le parti. Sfortunatamente, non avevo prove per nessuna delle due. Dentro di me, pensai che sarebbe stato un compito arduo trovarsi come avversario il Dr. Harrison e lo dissi ai legali del Risveglio.

Durante le deposizioni, il Risveglio ingaggiò dei patologi privati che presero in esame le foto del corpo confrontandole con le foto più recenti di Shelly in vita. Non notarono alcun deperimento nè perdita di peso che avrebbero dovuto essere presenti, in caso di grave disidratazione. Una revisione post-mortem del suo colon rivelò una costipazione che non era coerente con grave privazione calorica. Le infermiere del quartier generale del Risveglio dimostrarono che le furono somministrate abbondanti quantità di liquidi integratori. Io sapevo che lo sviluppo di una grave disidratazione necessita di una settimana o più, e non solo un paio di giorni di privazione.

Si iniziò a prendere sempre più in considerazione l'evidenza che il medico legale fosse l'unico a credere veramente nella sua conclusione. Anche i suoi colleghi patologi pensavano che la morte di Shally fosse dovuta a cause naturali. Chiesi all'ufficio del Procuratore Distrettuale di indagare qualsiasi relazione passata tra il Dr. Harrison ed il Risveglio. Dopo poche settimane, un aiutante del Procuratore scoprì che il Dr. Harrison aveva presentato una causa contro il Risveglio su alcuni diritti di proprietà intellettuale circa 20 anni prima.

"Può avere un interesse personale contro il Risveglio!" dissi all'aiutante. "In questo caso, avrebbe dovuto rifiutarsi di firmare l'autopsia".

Quando il Dr. Harrison fu informato del fatto che la sua causa precedente era ormai nota alla difesa, modificò la causa della morte e la diagnosi formulata dal primo patologo fu ripristinata. Non avendo più il supporto del medico legale, il Procuratore Distrettuale fu costretto a far cadere l'accusa contro il Risveglio, ed il caso fu archiviato prima dell'inizio del processo. Data la grande pubblicità, questa accusa mise in grande disagio l'ufficio del medico legale. I giornali locali ebbero una giornata campale e sotto la pressione del Commissario della contea, fu chiesto al Dr. Harrison di dimettersi dal suo incarico. Si ritirò dalla professione e se ne andò lontano. Smise di scrivere, non partecipò più alle riunioni professionali e non rispose ai tentativi dei colleghi di contattarlo. Era proprio andato via.

ooo

I coaguli di sangue che si colpiscono le vene delle gambe sono gravi eventi che possono portare a morte. Essi possono essere causati da cattiva circolazione del sangue, traumi alle gambe, fumo durante la gravidanza, e immobilizzazione prolungata. Le persone che fanno lunghi viaggi sugli aerei sono a rischio se rimangono sedute per molte ore senza alzarsi per muovere le gambe. Alcune persone hanno una predisposizione genetica verso la formazione di coaguli del sangue se presentano mutazioni nei fattori della coagulazione. I coaguli che si staccano dalla gamba possono entrare nella circolazione polmonare e produrre un embolo. Alcuni anni fa, Derrick Thomas, un calciatore professionista del Kansas City Chiefs, ebbe un grave d'auto e rimase paralizzato. Anche se sopravvisse all'incidente facendo pensare che fosse in via di guarigione, la sua immobilizzazione determinò diverse settimane più tardi una grave trombosi venosa. Si sviluppò successivamente un'embolia polmonare che provocò la sua morte. Il Risveglio può aver commesso un errore non fornendo a quella ragazza altruista cure immediate non appena erano comparsi i sintomi. Dopo pochi anni, anche il Dr. Harrison, che era ancora abbastanza giovane, morì per cause naturali a 65 anni di età.

.

L'elefantino trunks

Trudy Keene soffrì per tutta la vita di problemi dovuti al sovrappeso. Già negli anni in cui frequentava le scuole medie le fu diagnosticato un ipotiroidismo. Le fu detto che questa condizione si associava ad una riduzione del metabolismo che portava ad aumentare di peso in misura maggiore rispetto ai bambini con normale funzionalità tiroidea. Il suo endocrinologo pediatra le prescrisse una terapia ormonale sostitutiva degli ormoni tiroidei nella speranza di migliorare il suo metabolismo, ma la terapia non funzionò del tutto, e lei rimase bassa e robusta. La distribuzione del grasso si concentrava principalmente su fianchi e cosce. I ragazzi del quartiere la prendevano in giro e la chiamavano "l'elefantino Trudy". Questo soprannome, fonte di derisione, all'inizio ferì i suoi sentimenti, ma dopo qualche tempo imparò a convivere con il problema. A volte, avrebbe voluto reagire chiamando alcuni bambini "Pinocchio", se avevano per esempio un naso importante, o "Leno", il conduttore del talk show della notte, se avevano la testa o il mento di grandi dimensioni. Col tempo, i ragazzi l'accettarono così com'era, e Trudy ebbe un'infanzia normale.

Trudy frequentò la locale Università laureandosi come fotoreporter. *"Non sono abbastanza carina da essere il soggetto delle fotografie*", pensò fra sè, "*ma con il mio lavoro e le mie fotografie posso raccontare le storie di altre persone*". Immediatamente dopo l'università, iniziò a lavorare in un giornale locale come fotoreporter. Fu inviata, assieme a giornalisti, in vari posti della città a scattare foto di fatti ed eventi. Dopo 10 anni di lavoro, Trudy lasciò il giornale e divenne fotografa e scrittrice indipendente. Il suo sogno era pubblicare un libro di fotografie di immigrati e raccontare le loro storie. Pubblicò diverse libri di fotografie che ottennero successo a livello locale.

ooo

Dall'altra parte della città, nella Scuola di Medicina, il Dr. Jacob Penfield stava tenendo una lezione agli studenti ed al personale interno circa i benefici degli agenti di contrasto al gadolinio da utilizzare per gli esami in risonanza magnetica. Il Dr. Penfield è un esperto riconosciuto nel campo della radiologia, soprattutto nell'angiografia vascolare che utilizza la tomografia a risonanza magnetica o MRI. Questa tecnica permette ad un medico di visualizzare i vasi sanguigni e stabilire se ci sono danni o trombosi.

"Stiamo abbandonando i mezzi di contrasto iodati a favore dei gadolinio" disse. Al fine di migliorare le immagini della risonanza magnetica, in particolare per visualizzare gli organi altamente vascolarizzati, viene iniettato nel sangue del paziente, prima della scansione, un fluido opaco chiamato "contrasto radioattivo". "L'iniezione fatta con contrasto iodato, però, può causare un danno renale acuto in molti pazienti" spiegò il Dr. Penfield.

"Che cos'è il gadolinio?" chiese uno degli studenti del Dr. Penfield.

"Il gadolinio è un elemento chimico della serie atomica dei lantanoidi e si trova nella tavola periodica" spiegò il Dr. Penfield. La maggior parte degli studenti presenti aveva lo sguardo fisso nel vuoto. Sebbene lo studio della chimica fosse un prerequisito per accedere alla scuola di medicina, la maggior parte degli studenti che aveva and prima, effettuato questi corsi anni prima non era laureato in chimica. Neal Gerson rappresentava un'eccezione perché si era laureato all'Università proprio in quella materia. La relazione del Dr. Penfield gli ricordò le sue lezioni di chimica inorganica ai tempi dell'Università.

"Il gadolinio ha un alto assorbimento di neutroni e viene quindi utilizzato per schermare i reattori", disse Neal con orgoglio. "Le barre della centrale di Fukushima contengono gadolinio". Neal non piaceva a molti dei compagni di classe perché sembrava uno di quelli che "sanno tutto". Ma i suoi compagni non aprivano bocca perchè era lo specializzando anziano. "Questa stessa proprietà lo rende utile come mezzo di contrasto" aggiunse il Dr. Penfield. "Tuttavia, l'uso di gadolinio chelato non è esente da rischi. Sono stati individuati effetti avversi se viene utilizzato in pazienti con malattie renali preesistenti. Noi richiediamo l'esame della creatinina sierica come marcatore della funzione renale e, con questa misura possiamo stimare la velocità di filtrazione glomerulare, cioè, la portata del flusso di sangue filtrato attraverso il rene. I valori normali della clearance della creatinina sono superiori a 100 ml/min. Evitamo l'uso di agenti di gadolinio in un paziente quando il livello di creatinina è elevato, e la velocità di filtrazione calcolata è inferiore a 30 ml/min. Questi pazienti, infatti, sulla base della nostra esperienza, sono incapaci di eliminare il gadolinio e vanno incontro a complicanze dovute ad intossicazione".

Circa un anno prima, nel laboratorio di chimica clinica il mio gruppo ebbe una discussione con il Dr. Penfield ed i suoi colleghi radiologi riguardante le nostre procedure per la determinazione della creatinina sierica. Questo test di funzionalità renale viene effettuato su quasi tutti i nostri pazienti ricoverati e ambulatoriali, e quindi abbiamo a disposizione decine di migliaia di campioni all'anno. Poiché la funzione renale può cambiare rapidamente, questo esame viene sempre eseguito in urgenza, con un tempo di consegna dei risultati entro l'ora, o anche meno, dal momento in cui il campione di sangue arriva in laboratorio.

"Abbiamo bisogno di avere i risultati della creatinina in meno di un'ora" mi disse.

La funzione renale non si deteriora così in fretta, pensai fra me e così contestai in modo cortese l'affermazione del Dr. Penfield: "Perché non è sufficiente un'ora?", domandai.

"Abbiamo bisogno di utilizzare al massimo il tempo quando i nostri pazienti sono nelle sale di radiologia e impegnano le nostre strumentazioni radiologiche. Non possiamo iniziare una procedura fino a quando non siamo certi della sicurezza per il paziente. L'inattività delle strumentazioni, anche per pochi minuti, rappresenta uno spreco" dichiarò il Dr. Penfield.

"In laboratorio, possiamo ridurre la refertazione dei risultati a circa 45 minuti, ma ulteriori anticipazioni sono impossibili. I campioni devono essere etichettati, consegnati, il nome del paziente e il numero di cartella clinica devono essere inseriti nel computer, deve essere stampato il codice a barre, centrifugato il campione per ottenere il siero, inserito sullo strumento, analizzato, verificato il risultato ed, infine, refertato", spiegai.

"Deve esistere un sistema migliore" disse il Dr. Penfield quasi esasperato. "Ci sono degli strumenti point-of-care che possono essere acquistati e utilizzati direttamente nelle sale di radiologia" gli dissi. "Questi dispositivi sono portatili e ragionevolmente economici. Ma i risultati non sono così accurati come quelli che siamo in grado di offrire nel laboratorio".

"Dal un punto di vista radiologico, l'accuratezza non è importante quanto la velocità. Abbiamo solo bisogno di avere l'idea che non vi sia alcuna evidenza di disfunzione renale prima di procedere".

"Non abbiamo il budget per acquistare le attrezzature e le forniture necessarie per il metodo point-of-care, in quanto è molto più costoso di quello che utilizziamo in laboratorio ", aggiunsi, guardando in faccia il Dr. Penfield.

"Considerando che un'attrezzatura di scansione in risonanza magnetica e tomografia computerizzata costa milioni di dollari, i costi del metodo di determinazione della creatinina sono quasi ridicoli. Possiamo farlo con il nostro budget" concluse il Dr. Penfield.

Dopo questa discussione, andai nel mio laboratorio e dissi al mio personale di ricercare alcuni dispositivi point-of-care, che potessero essere utilizzati per gli esami della creatinina. Dopo un attento esame delle alternative commerciali, decidemmo di scegliere un dispositivo che utilizzava strisce reattive. Come nel caso dell'esame del glucosio eseguito a domicilio, una goccia di sangue viene posta sulla striscia ed inserita in un dispositivo di misurazione. I risultati sono disponibili in pochi minuti. Il reparto di radiologia acquistò un dispositivo per provarlo, e noi eseguimmo gli studi di validazione per confrontare i risultati del dispositivo stesso con quelli del laboratorio. Come sospettavo, i dati ottenuti con il dispositivo point-of-care non erano confrontabili con i risultati del laboratorio. Il laboratorio clinico è responsabile del controllo di tutti i gli esami condotti sui pazienti. A malincuore, decidemmo di consentire al reparto di radiologia di utilizzare questo metodo point-of-care per i suoi pazienti, anche se la determinazione eseguita in laboratorio produce risultati più accurati. Tuttavia, richiedemmo che il personale che doveva eseguire il test fosse addestrato dal nostro staff e fosse sottoposto regolarmente a valutazione. È anche importante che gli operatori eseguano giornalmente il "controllo di qualità" sul dispositivo prima del suo utilizzo sui pazienti. Questi materiali di controllo contengono una concentrazione nota di creatinina, e sono utilizzati per determinare se gli strumenti funzionino correttamente e se gli operatori stiano ottenendo un risultato corretto. Il Dr. Penfield accettò la proposta ed il dispositivo point-of-care fu adottato nelle sale dove viene effettuata la risonanza magnetica.

ooo

Il reparto di radiologia addestrò molti tecnici sull'uso corretto del dispositivo per il test della creatinina. Per i pazienti che avevano un'elevata concentrazione di creatinina nel sangue, l'esame radiologico fu rinviato oppure fu eseguito con un mezzo di contrasto senza gadolinio. Il personale di radiologia fu diligente nello svolgere e documentare le procedure di controllo e di assicurazione di qualità. La disponibilità del dispositivo permise loro di utilizzare al meglio gli sofisticati strumenti radiografici ed anche il personale. Diversi dispositivi furono acquistati e messi in uso. Noi ne tenemmo qualcuno in più in laboratorio per sostituirli nelle sale di radiologia, quando si fosse resa necessaria la loro manutenzione.

Tutto andò bene per i primi nove mesi, fino a quando Trudy Keene non venne in ospedale per sottoporsi ad un' angiorisonanza magnetica. Era appena rientrata da un servizio fotografico nel sud-est asiatico. La gamba sinistra di Trudy era dolorante e gonfia; perciò decise di recarsi presso il nostro pronto soccorso. Aveva anche difficoltà respiratorie ed i medici della radiologia ordinarono la determinazione del D-dimero nel sangue. Il D-dimero è un prodotto di degradazione della fibrina presente nei coaguli del sangue. Fu inviato al mio laboratorio anche un campione di sangue per un test genetico chiamato "Fattore V di Leiden". Gli individui con una mutazione di questo gene presentano, infatti, un elevato rischio di trombosi venosa. I risultati di questo test non possono essere disponibili prima di qualche giorno.

Nel frattempo, il risultato del test del D-dimero di Trudy risultò positivo e fu diagnosticata una "trombosi venosa profonda", cioè la presenza di un coagulo di sangue in una delle vene della sua gamba. I medici del Dipartimento di Emergenza diagnosticarono un'embolia polmonare che può accadere quando il coagulo si stacca dalla vena della gamba e viaggia fino ad un'arteria dei polmoni bloccando il flusso di sangue. L'embolia polmonare può causare dolore al petto, mancanza di respiro, e provocare la morte.

Trudy fu messa su una barella ed inviata in radiologia. Come previsto dal protocollo, le fu prelevato il sangue ed analizzato per il controllo della creatinina prima dell'iniezione di gadolinio. Il tecnico di radiologia non fu immediatamente disponibile per l'esecuzione del test perché era impegnato in un altro caso. Il dottor Neal Gerson disse che sapeva far funzionare lo strumento, ma quel giorno le procedure di controllo di qualità non erano ancora state effettuate. Lo strumento è dotato di un dispositivo di sicurezza che richiede l'esecuzione di questi controlli prima del loro utilizzo. Neal sapeva come eludere questa fase e, dato che c'era poco tempo, eseguì il test senza il controllo di qualità. Il risultato della creatinina risultò nella norma e fu, quindi autorizzata la risonanza magnetica. A Trudy fu consegnato uno speciale camice senza metallo e le fu detto di togliere tutti i suoi gioielli. C'era preoccupazione perché i suoi fianchi erano troppo grandi per entrare all'interno della attrezzatura di risonanza magnetica; per fortuna c'era abbastanza spazio, e l'angiografia fu fatta. Il risultato escluse l'embolia polmonare e fu ricoverata presso un reparto di degenza. Le fu prescritta una cura con warfarin, un farmaco anticoagulante usato per prevenire futuri coaguli del sangue, e fu dimessa il giorno successivo.

Dopo poche settimane dall'esame, Trudy cominciò ad avere ancora dolore alle gambe che si gonfiarono nuovamente. Pensò che stava sviluppando un altro episodio di trombosi venosa profonda e tornò al pronto soccorso. Fornì il risultato positivo del test "Fattore V di Leiden", che segnalava che era ad alto rischio di trombosi.

Tuttavia, questa volta la pelle delle gambe appariva dura e tesa, con macchie rosso-scuro. Trudy fu inviata da un dermatologo per una consulenza specialistica. Sapendo che era stata sottoposta di recente ad una risonanza magnetica con gadolinio, il dermatologo ordinò immediatamente una valutazione della creatinina sierica. Il risultato fu talmente elevato da suggerire una compromissione severa della filtrazione renale. In conclusione, le fu diagnosticata una "fibrosi sistemica nefrogenica" a causa del gadolinio. In questi casi, l'aspetto della pelle è stato descritto da alcuni clinici come simile alla corteccia di un albero.

Fui chiamato per indagare su come potesse essere avvenuto questo errore. Esaminai le registrazioni dei test della creatinina eseguiti nel giorno dell'esame di Trudy. Mentre non c'erano allarmi per valori anomali o messaggi di errore quando fu effettuato il test di Trudy, c'era un malfunzionamento sul campione testato successivamente ed il dispositivo fu messo fuori servizio. Sentii un tuffo al cuore quando vidi che le procedure di controllo di qualità non erano state eseguite in quell'giorno. Fu quindi evidente che il dottor Gerson aveva eseguito il test con un dispositivo che non funzionava correttamente e ricevette un'ammonizione per aver compiuto un'azione negligente. La lezione, però, era avvenuta alle spalle di Trudy e, perciò fummo obbligati a segnalare l'incidente al comitato di gestione della qualità interna come errore medico. Furono decise azioni correttive al fine di prevenire il ripetersi di casi simili. L'episodio e la sua documentazione furono messe a disposizione della commissione di accreditamento dell'ospedale nel corso della visita ispettiva. Trudy fu trattata con corticosteroidi, farmaci che sono in grado di alleviare i sintomi e dare immediato beneficio, e la sua malattia renale fu curata con ritornò alla normalità.

Trudy avrebbe potuto avviare una causa per quanto aveva sofferto. Ma, dopo aver parlato con il Dr. Penfield ed altri amministratori ospedalieri, ritenne che si fosse trattato di un errore fatto in buona fede e si convinse che questo episodio non sarebbe accaduto di nuovo a nessun altro in futuro. Accettò le nostre scuse e non condusse l'ospedale in tribunale. Nella sua dichiarazione "questa with conclusive osservò:" Questa non è la prima volta che qualcuno mi ha chiamato *l'elefantino Trudy.*

ooo

Nel 2007 la Food and Drug Administration ha emesso un avvertimento ai radiologi sui pericoli connessi all'uso di mezzi di contrasto con gadolinio in pazienti con velocità di filtrazione glomerulare inferiore a 30 ml/min. L'avviso fu emanato perché l'agenzia ricevette oltre 250 segnalazioni di casi di fibrosi nefrogenica sistemica (NSF). L'FDA sottolineò anche che non c'erano segnalazioni di NSF quando il gadolinio era utilizzato in pazienti con funzione renali normale. Nel 2010 la FDA ha emesso un obbligo per i produttori di mezzi di contrasto a base di gadolinio che dispone un cambiamento della etichettatura del prodotto.

Il test per la funzionalità renale, sia in laboratorio, sia mediante point-of-care rappresenta oggi una prassi quando viene utilizzato il mezzo di contrasto. Prima dell'adozione di questa avvertenza, non esisteva alcun richiamo sulla necessità di effettuare l'esame della creatinina. Nel rapporto non appaiono casi di NSF tra 53.000 casi di risonanza magnetica effettuati con il gadolinio, tra cui 6.000 casi in cui la velocità di filtrazione glomerulare era borderline, cioè tra i 30 e 60 ml/min. Un modo per minimizzare la NSF è l'utilizzo della dose minima necessaria per effettuare l'immagine. Nel caso di Trudy, un errore nella determinazione si è tradotto in una falsa stima della creatinina che era risultata normale e, quindi, un'elevata velocità di filtrazione. Il radiologo le somministrò la dose completa di gadolinio per la risonanza magnetica, sulla base del risultato di laboratorio che non segnalava alcuna controindicazione.

Trudy imparò che le persone che fanno lunghi viaggi aerei sono a rischio di trombosi venosa profonda. Essendo una donna robusta, non era facile per lei alzarsi e sgranchirsi le gambe mentre era in volo. I pazienti che hanno una singola mutazione del gene del Fattore V hanno una probabilità da 5 a 7 volte maggiore di sviluppare una trombosi. Quelli con due copie mutate del gene hanno un rischio maggiore da 25 a 50 volte. Trudy possedeva purtroppo due copie mutate e, quindi, presentava un altissimo rischio. Conoscendo la sua storia di trombosi venosa profonda, Trudy durante i lunghi viaggi aerei camminava per i corridoi e faceva esercizi per le gambe ed il warfarin le fu di vitale importanza per evitare altri episodi di trombosi.

Pagare dazio

****

Fu la sua prima volta, e fu particolarmente difficile. Lei fece tutto il necessario per prepararsi all'evento: esercizi fisici e di stretching, di respirazione e di psicologia. Era diligente e partecipava a tutte le lezioni; la sua fiducia andò aumentando progressivamente. Anche la sua compagna, Millie l'aiutava e la sosteneva; anche Millie non aveva mai avuto questa esperienza, quindi per loro fu la prima volta. Durante i primi mesi, lei non ingrassò molto. In realtà, la maggior parte dei colleghi di lavoro non se ne accorsero fino a circa 60 giorni prima dell'evento. Era in gran forma, e a 25 anni aveva ancora un aspetto molto giovanile, ma l'evento si rivelò molto più difficile di quanto si potesse immaginare. Prima di quel momento non aveva mai avuto forti dolori, nessuna frattura ossea, nessun incidente o precedenti ricoveri ospedalieri. Aveva mantenuto anche tutti i suoi denti del giudizio. Ma ora stava urlando ed il suo grido echeggiò per tutto il rione. Non ho mai capito il motivo per cui le sale parto non hanno una miglior imbottitura sulle pareti. Non è possibile che qualcuno inventi un dispositivo che annulli il rumore? Una specie di "anti-grida" per annullare le urla umane. Tornerebbe davvero utile anche nel caso di alcune partite di tennis. Per il personale della sala parto, queste urla erano normali ed anzi, ne avevano sentite di peggiori. Per loro era un suono tipico della loro professione, com'è abituale per un giocatore di football sentire lo scricchiolio delle spalline o per i ballerini sentire la percussione sul pavimento già da quando frequentavano le scuole medie. Per loro era anche terapeutico e non lo volevano smorzare: era sempre stato così per il genere umano, fin dall'inizio ed era connaturato con il genere femminile: in fin dei conti si trattava semplicemente di un' altra creatura che veniva al mondo!

"L'ho fatto!" disse piangendo. "Dì loro di darmelo, ora!". Sudava abbondantemente ed i suoi capelli erano scompigliati. Si stava contorcendo in modo incontrollabile mentre il Dr. Diane Mackowitz la stava visitando.

"Calmati Roma, abbiamo già detto che non c'è alcun bisogno che tu faccia tutto questo" le disse Millie, in piedi, tenendole la mano, mentre Roma le stava seduta accanto sulla sedia gestatoria.

"Non me ne importa nulla. Non ne posso più», gridò.

Il Dr. Mackowitz replicò: "Sei dilatata di nove centimetri, il bambino è in arrivo. Ma se ne hai bisogno, possiamo farti una anestesia epidurale".

"Fallo. Fallo ora!" rispose Roma. "Per favore" supplicò con un filo di voce.

L'anestesista venne chiamato. Chiese a Roma di piegarsi in modo che potesse avere accesso alla schiena. Con le dita nude cercò di individuare la posizione giusta a livello vertebrale. Roma sentì le sue dita fredde, ma non ci fece caso. Quando identificò il posto giusto, prese una garza sterilizzata con alcol dalla confezione e strofinò la pelle per pulirla. Nel giro di pochi istanti, Roma non aveva più dolore. Poi le fu inserito un grande ago nello spazio epidurale appena fuori dal midollo spinale. L'ago fu rimosso e sostituito con un tubo collegato ad una siringa contenente bupivacaina cloridrato, che fu infusa lentamente nel liquido cerebrospinale di Roma. Dopo pochi minuti, il comportamento di Roma cambiò completamente: era diventata calma e composta. "Sono pronta per il prossimo capitolo della mia vita" pensò. Chiese molte volte scusa a Millie ed ai medici per il suo comportamento; non aveva mai perso il controllo prima di quel giorno.

L'infermiera le disse che non era necessaria alcuna scusa. "Tesoro, stai avendo un bambino. Sappiamo come ti senti".

Da quel momento, il parto di Roma non fu particolarmente complicato. Il metodo Lamaze non era adatto per lei, ma nessuno poteva prevederlo. Roma ebbe un bambino. Già sapevano dall'ecografia prenatale che Roma aveva in grembo un maschio. Lei e Millie decisero di chiamarlo Julius. Alla nascita, dopo I primi accertamenti, i pediatri dell'Ospedale Generale notarono che Julius soffriva di alcuni difetti.

ooo

Millie e Roma erano una coppia lesbica. Millie era l'insegnante di Roma alle scuole superiori. Roma la amava e sapeva che non era solo la cotta di uno studente di liceo per la propria insegnante. Millie intuì che ci poteva essere una relazione troppo stretta mentre era ancora studentessa, ma fu molto attenta a non esprimere i suoi sentimenti nei confronti di Roma. Ma pochi anni dopo il diploma di scuola superiore di Roma, diventarono amiche ed, infine, Roma andò a vivere con la sua ex insegnante. A quel tempo, Millie aveva circa trentacinque anni.

Lei aveva sempre desiderato avere figli e stava percependo che il suo orologio biologico indicava che il periodo fertile stava esaurendosi. "Questa può essere la mia ultima possibilità di avere un figlio mio" pensò. Ora che stava con Roma, cominciò a discutere sulla possibilità di avere un bambino assieme a lei.

"Millie io ti amo, ma sono riluttante a stare con un uomo per concepire un bambino" le confidò una notte. "Questo pensiero mi ripugna proprio".

"Ci sono altre scelte" disse Millie. "Che ne dici della fecondazione in vitro?".

"Da dove potremmo ottenere lo sperma?" domandò Roma.

"Ci sono delle banche di donatori di sperma anonimi. Mentre i nomi vengono definitivamente cancellati dai campioni, viene mantenuto un database che comprende, tra le altre cose, la salute e l'etnia del donatore" spiegò Millie. "Ma il costo di questa fecondazione in vitro è molto elevato. Potremmo ricorrere ad un'associazione di coppie lesbiche che desiderano avere un figlio proprio".

Roma gridò: "Non mi interessa quello che gli altri pensano! Noi ci amiamo davvero, e il resto del mondo dovrà solo abituarsi all'idea che abbiamo un bambino. Nessuno a scuola sembrava interessarsi a noi quando mi sei venuta vicino e hai detto che stavi con me". Le affermazioni di Millie sulle implicazioni a livello sociale della loro situazione sembravano colpirono un nervo scoperto di Roma, e la stimolarono: "Facciamolo!".

Poiché Roma era molto più giovane di Millie, decisero che Roma era la più adatta a ricevere l'ovocita del donatore e portare a termine la gravidanza. Sapevano, infatti, che la probabilità di difetti alla nascita aumenta drammaticamente con l'invecchiamento della madre. Millie e Roma andarono a cercare il Dr. David Ming, un medico specializzato nella fecondazione "in vitro". Il costo della prestazione era davvero elevato e le spaventò, anche perchè la polizza assicurativa di Millie non copriva per nulla questa procedura. Anche se tutte e due stavano pensandola allo stesso modo, Roma ebbe il coraggio di commentare.

"E' sicuro di non aver alzato il prezzo perché siamo lesbiche?" fu la sua domanda.

"Noi non facciamo discriminazioni in medicina. È contro la legge. Sono professionalmente offeso da questa domanda. Vi prego di uscire dalla mia clinica" fu l'osservazione del Dr. Ming che si alzò per congedarle.

Millie intervenne immediatamente. "No, dottore, per favore. Roma non intendeva accusarla. È giovane e qualche volta non pensa prima di parlare. Noi saremmo felici di essere vostre pazienti. Può continuare per favore?".

Il Dr. Ming guardò gli occhi di Roma e capì che era veramente dispiaciuta dell'inopportunità della domanda. Dopo una pausa, accettò e formularono il piano. Attraverso l'iniezione di ormoni, le ovaie di Roma sarebbero state stimolate a produrre più ovuli. Poi sarebbe stato inserito un ago attraverso la vagina di Millie fino alle sue ovaie per recuperare alcuni dei suoi ovuli. Questi sarebbero stati esaminati per selezionare il migliore che sarebbe poi stato fertilizzato con lo sperma fresco di un donatore. L'ovulo fertilizzato sarebbe stato osservato in laboratorio per 5 giorni prima di essere impiantato nell'utero di Roma. Il costo intero della prestazione ammontava a 15.000 dollari. Millie e Roma non avevano il denaro per questa spesa. Così dissero al medico che sarebbero tornate dopo pochi mesi per iniziare il procedimento, non appena in possesso del denaro.

Lo stipendio di insegnante di Millie era sufficiente a coprire le spese del suo appartamento e a far fronte alle spese mensili per lei e Roma. Roma non andò mai all'università e lavorò come cassiera in un ristorante. Per avere altro denaro per la procedura di fertilizzazione "in vitro", Roma trovò un secondo lavoro come venditrice di biglietti di pedaggio della vicina autostrada. Il lavoro era noiso ma portò il denaro necessario per pagare le spese mediche. Dopo un anno, tornarono dal Dr. Ming.

ooo

Il laboratorio di tossicologia dell'Ospedale Generale aveva acquisito le più moderne attrezzature di spettrometria di massa per eseguire le analisi di routine e di emergenza dei farmaci. Vari studi hanno dimostrato che questa strumentazione potrebbe essere utilizzata anche per esaminare il sangue e le urine al fine di individuare le tossine ambientali. L'ospedale è affiliato con l'Università locale e, quindi vi è l'obbligo di eseguire attività di ricerca. Uno dei miei studenti, il Dr. Gerarld Woodruff, era interessato al campo della tossicologia ambientale. Le sostanze chimiche che si trovano nell'ambiente includono: plastificanti che vengono utilizzati per rendere i prodotti di plastica più flessibili, ritardanti di fiamma che sono sostanze chimiche che vengono usate per trattare i tessuti da arredamento in modo che brucino più lentamente in caso di incendio, ed il bisfenolo-A o BPA, una sostanza chimica usata per fare plastiche e resine epossidiche. Il BPA è presente in molti articoli per la casa, come le bottiglie

52

d'acqua, la carta termica utilizzata nella produzione di ricevute computerizzate, come resina per lattine utilizzate per conservare gli alimenti e per le lattine di alluminio che contengono bevande. La nostra ricerca stava cercando di collegare la concentrazione di BPA nei campioni di sangue e di urine alla presenza di una patologia. Mediante i nostri ed altri studi, è stato stabilito che il BPA può simulare gli effetti dell'estrogeno, un ormone presente nelle donne. Gli effetti tossici del BPA sono più evidenti nei neonati, nei bambini ma, soprattutto, nei feti. Un'alta concentrazione di BPA nelle donne incinte espone il feto a questa sostanza chimica e determina significativi problemi di sviluppo per i bambini. Per le ragazze, può implicare una iperreattività agli estrogeni che porta a sterilità, pubertà avanzata, accelerato e, a volte alterato, sviluppo del seno. Al contrario, gli effetti del BPA sui ragazzi possono essere molto diversi.

ooo

Julius alla nascita era risultato essere affetto da criptorchidismo; non aveva testicoli nel suo scroto. Le immagini radiologiche dimostrarono che i testicoli erano ancora dentro la cavità del suo corpo, proprio accanto ai reni. Questo rilievo non destò grande preoccupazione nei pediatri poichè, nella maggioranza dei casi, i testicoli scendono nella loro posizione naturale tra i 3 ed i 12 mesi. Julius soffriva anche di ipospadia. Questo è un difetto di nascita per il quale l'apertura dell'uretra non si trova sulla punta del pene ma al di sotto e, talvolta, persino nella parte inferiore del pene. L'uretra di Julius si trovava a metà del suo organo. Millie e Roma furono inorridite nel vedere quei difetti. I medici dissero loro che il criptorchidismo si sarebbe probabilmente corretto da solo e che l'ipospadia poteva essere risolta chirurgicamente quando fosse divenuto un po' più grande. Queste affermazioni rassicurarono molto le due donne che portarono Julius a casa pochi giorni dopo la sua nascita. Quello che i medici avevano capito era che la distanza anogenitale di Julius era notevolmente inferiore rispetto ai bambini normali. Questa misurazione a quei tempi non veniva effettuata regolarmente, come invece avviene oggi.

A 18 mesi i testicoli di Julius non discesero nello scroto. I medici decisero di fare un intervento chirurgico per correggere sia l'ipospadia, sia il criptorchidismo. L'operazione avvenne senza incidenti. Alla fine dell'intervento, Millie disse a Roma "Finalmente potrà essere un bambino normale".

Dal momento in cui Julius entrò alla scuola materna a 3 anni, fu evidente che il suo comportamento era diverso rispetto agli altri bambini maschi. Preferiva giocare con le bambine con le bambole invece che con giocattoli "aggressive", come le pistole e camion. Millie pensò che questo era naturale perché non c'erano maschi in famiglia. Forse avrebbe potuto crescere omosessuale, il che non avrebbe dato fastidio neanche a loro. Ma questo era solo l'inizio delle diversità tra il suo bambino ed uno normale.

Quando ebbe 10 anni, Julius chiese ai suoi genitori se poteva fare un'operazione per cambiare sesso; aveva sempre pensato che avrebbe dovuto essere una ragazza. Millie e Roma, avviarono lunghe discussioni riguardanti la "determinazione" del sesso, ma lui non cambiò parere. I chirurghi non eseguono operazioni per il cambio del sesso ad un'età precoce come quella di Julius. Millie e Roma furono consigliate dalla Dr.ssa Casey Colander di sottoporre Julius a visita endocrinologica. La Dr.ssa

Colander fece un approfondito esame fisico su Julius, concentrandosi in particolare sui suoi genitali. A Julius fu chiesto di indossare un abito da ragazza e di rimuovere i suoi indumenti intimi. Lei gli chiese di adagiarsi sulla schiena con le gambe divaricate e divaricate. Julius era imbarazzato, ma sapeva che era necessario. La Dr.ssa Colande sollevò l'abito di Julius e tirò fuori un piccolo righello. Misurò la distanza tra il suo ano e la base del pene, registrò la distanza e gli chiese di rivestirsi. Poi andò nell'altra stanza dove i genitori stavano aspettando. Una volta che Julius fu vestito, gli fu chiesto di aspettare in un'altra sala.

"Qual era la sua occupazione quando era in attesa di Julius?" chiese a Roma.

"All'inizio, non potevamo permetterci il costo di una fecondazione in vitro, così sono stata costretta a fare due lavori: facevo la cassiera in un ristorante e ritiravo il denaro in un casello autostradale" rispose Roma.

"Il ristorante utilizzava un dispositivo manuale per l'utilizzo delle carte di credito dove viene generata una ricevuta dopo la strisciata della carta?" chiese la dr.ssa Colander.

"No, noi usavamo una macchina automatica per le carte di credito, e c'era un dispositivo che permetteva la firma dei clienti".

"Per quanto riguarda il pedaggio, dava agli automobilisti ricevute stampate su carta termica?".

"Sì, eravamo fra i primi ad usare quelle stampanti nel controllo del traffico autostradale. Che cosa c'entra con Julius?" domandò Roma.

"Arriverò a questo. Normalmente lei beveva acqua da

bottiglie in plastica?".

"Sì, fa caldo in quei caselli autostradali, così la direzione autostradale ci aveva fornito una scorta illimitata di acqua in bottiglia. Io ero sempre assetata ed ho bevuto tonnellate d'acqua".

"L'acqua era immagazzinata nel frigorifero o nella stanza?" domandò la Dr.ssa Colander, già ipotizzando quale fosse la risposta alla domanda.

"Non c'era posto per un frigorifero nella nostra piccola stazione di pedaggio. Le bottiglie erano esposte al sole" fu la risposta di Roma.

"Si spiega tutto" disse La Dr.ssa Colander. "Anche se non posso provarlo, e davvero ora non avrebbe grande importanza, credo che durante la gravidanza, lei sia stata sovraesposta ad una sostanza chimica chiamata bisfenolo A. Questo composto si trova nelle bottiglie di plastica; le bottiglie d'acqua che sono esposte al calore accelerano la rimozione di BPA dal contenitore di plastica stesso. Il BPA è anche uno dei prodotti chimici utilizzati negli scontrini che maneggiava".

"E questo che cosa ha a che fare con Julius?" chiese Millie.

La Dr.ssa Colander fece una pausa e poi rispose: "La distanza fra l'ano ed i genitali (AGD) di Julius è molto corta. Quando i bambini nell'utero sono esposti ad interferenti endocrini, l'AGD è ridotta in entrambe le ragazze ed i ragazzi. Studi clinici hanno dimostrato che le AGD accorciate nei ragazzi procurano una maggiore probabilità di avere problemi di fertilità da adulto. Il BPA potrebbe aver interferito con il sistema endocrino di Julius prima della nascita. Questo potrebbe anche spiegare perché ha sofferto di altri difetti alla nascita". La Dr.ssa Colander era entrata in possesso della cartella medica completa di

Julius.

"Ma perché priprio a me? C'erano altre ragazze incinte che lavoravano ai caselli dell'autostrada" chiese Roma.

"Tu potresti avere una predisposizione genetica verso questa condizione". rispose la Dr.ssa Colander. "Se hai un metabolismo lento per il BPA, potrebbe esser rimasta nel tuo organismo una quantità di questo tossico per un periodo più prolungato rispetto quelle di altre donne. E' un campo di ricerca che stiamo ancora valutando".

"C'è la possibilità di misurare il livello di questa sostanza?" chiese Millie.

"Puoi controllare il livello di BPA adesso e vedere come stai. Ma se non prevedi di avere altri figli, non c'è alcun bisogno di questa determinazione".

Furono raccolti campioni di sangue ed urina di Millie, Roma e Julius ed inviati al mio laboratorio per le analisi del BPA. Tutti avevano i normali livelli ambientali di questa sostanza chimica. Roma non fu esposta per molto tempo ad alte concentrazioni di BPA in quanto non lavorò lungo tempo come cassiera o al casello autostradale. Lei e Millie non ebbero altri figli. Pochi anni più tardi, furono in grado di trovare un chirurgo che eseguì l'operazione per il cambiamento di sesso del ragazzo. Julius divenne Julia, e fu una felice giovane adolescente.

ooo

Gli effetti del bisfenolo A sulla salute vengono valutati attraverso studi epidemiologici. Nessuno può essere certo che ci sia una causa diretta tra i difetti alla nascita e l'esposizione al BPA. Il comportamento di "femminilizzazione" dei ragazzi esposti al BPA in utero è stato indicato anche da studi su popolazione, ma non è stato fatto nessuno studio randomizzato per dimostrare questa relazione, anche per ragioni etiche.

Il BPA è stato commercializzato fin dal 1957. Approssimativamente ne sono state prodotte 2,2 milioni di tonnellate, usate in gran parte per realizzare policarbonato di plastica. La maggiore necessità di BPA è nata dall'industria di acqua in bottiglia che usa questo tipo di plastica. L' Agenzia per gli Alimenti ed i Medicinali americana si è dimostrata molto preoccupata per i rischi di utilizzo del BPA da parte di donne in stato di gravidanza, nei feti e neonati. Questo allarme ha portato al divieto di uso di BPA nei biberon. A partire dal 2012, ventotto stati degli USA hanno preso in considerazione l'importanza di vietare per legge l'uso di BPA. Se il BPA viene rimosso dal commercio, una problema importante sarà la tossicità dei composti utilizzati per sostituire il BPA, ad esempio il Bifenile AP, B, C, E, S, ecc. Se pure questi composti chimici alternativi dimostrano di interferire sull'attività del sistema endocrino, la sicurezza dei bambini non ancora nati rimarrà in discussione. L'eliminazione di tutto il materiale plastico può essere probabilmente parte della soluzione ed aiuterà a risolvere i nostri problemi ambientali, perché la plastica richiede dai 500 ai 1000 anni per degradarsi in una discarica. Riciclaggio ed utilizzo di materiali biodegradabili possono essere le soluzioni per assicurare la salute e la sicurezza delle prossime generazioni.

Gravidanza fantasma

****

Cindy Hobart negli ultimi nove anni aveva insegnato in una scuola elementare. Inizialmente aveva insegnato presso una scuola materna, ma si era poi trasferita volontariamente in una classe di terza media. Pensava che i ragazzi di quell'età fossero più stimolanti e le richiedessero di non fare semplicemente la bambinaia, anche se non era sempre così per tutti gli allievi. In ogni caso amava i bambini e non vedeva l'ora di iniziare a farsi una famiglia tutta sua. Cindy era sposata con Michael, l'amico delle superiori. Vivevano in un piccolo appartamento vicino alla scuola dove Cindy insegnava e, poiché avevano una sola automobile, Cindy andava a scuola a piedi tutti i giorni. Michael lavorava come assistente dirigente da Target, un grande magazzino locale.

Cindy iniziava ad avere trentacinque anni ed era preoccupata di non poter rimanere incinta dopo molti anni di tentativi. Seguiva una dieta rigorosa, non beveva alcolici né fumava sigarette, e si manteneva in forma. Si faceva visitare regolarmente dalla sua ginecologa, la Dr.ssa Wendy Robbins. La Dr.ssa Robbins suggerì a Cindy e Michael di recarsi presso una clinica della fertilità per valutare se vi fosse un problema organico che spiegasse l'impossibilità di avere figli. Tutti gli esami risultarono negativi per entrambi e gli specialisti consigliarono loro di essere pazienti e continuare a provare.

A Cindy fu detto che, nella speranza di massimizzare le possibilità di concepimento, avrebbero potuto trarre vantaggio dall'utilizzo di integratori ed esami del sangue di ormoni del ciclo menstruate che fluttuano nel corso del mese. La determinazione dell'ormone follicolo stimolante (FSH) viene fatta entro tre giorni dall'inizio del ciclo mestruale. Un valore troppo alto o troppo basso potrebbe indicare una minore probabilità di concepimento per quel mese. Cindy fece l'esame al momento giusto ed il risultato fu normale. Fin qui tutto bene; a metà del ciclo mestruale, fece l'esame dell'ormone luteinizzante (LH) per determinare la data dell'ovulazione. Ripetè l' esame per alcuni giorni aspettando un risultato positivo. Quando fosse comparsa una positività, avrebbe chiamato Michael per invitarlo a rientrare a casa presto e passare una serata romantica. Quando nessuna di queste strategie sembrò funzionare, iniziarono a pensare all'adozione: non avevano abbastanza denaro per considerare una fecondazione "in vitro". Il ciclo mestruale di Cindy era molto costante, così, quando si accorse che c'era un ritardo di due settimane, fu cautamente ottimista. Sebbene il test di gravidanza risultasse negativo, sapeva che nei giorni immediatamente successivi al concepimento i risultati potevano essere ancora negativi e, così, fissò un appuntamento con la ginecologa. L'infermiera della Dr.ssa Robbins prelevò il sangue da Cindy e lo inviò al laboratorio per il test di gravidanza. La Dr.ssa Robbins utilizzò il laboratorio dell'Ospedale Universitario. Lei aveva frequentato lì il corso di specializzazione e aveva fiducia nella qualità di quel laboratorio. Pochi giorni più tardi, Cindy ricevette una telefonata dallo studio della Dr.ssa Robbins. Il test della gonadotropina corionica umana, o "hCG", era risultato positivo: era incinta! Era giugno, il periodo delle vacanze estive scolastiche. Si precipitò da Target a trovare Michael per comunicargli di persona la novità. Lui si trovava nel reparto ferramenta quando vide Cindy correre verso lui con un grandissimo sorriso.

"Che cosa è successo?" chiese.

"Ho appena ricevuto la notizia dallo studio della Dr.ssa Robbins: aspettiamo un bambino!". Alla notizia Michael sollevò Cindy ed esultò. Finalmente il sogno di formare una vera famiglia si stava realizzando.

Poi, comprendendo fino in fondo quello che gli aveva detto, e pensando che avrebbe potuto farle del male, Michael posò giù velocemente Cindy e disse: "Aspetta! Come ti senti? Dovresti sederti. Cosa posso fare? Vuoi che ti porti dell'acqua calda?" stava scherzando, naturalmente.

Cindy disse: "Mi sento molto bene, tesoro, non è successo ancora niente. Rilassati, stai per diventare padre". Sentite queste parole, lui la sollevò di nuovo e la fece girare attorno.

La Dr.ssa Robbins programmò una serie di appuntamenti con Cindy per tenere sotto controllo la gravidanza. La sottopose ad esami regolari dell'hCG per monitorare la crescita del bambino e, successivamente, le fece fare un'ecografia. Cindy si riteneva fortunata di non soffrire gli effetti collaterali della gravidanza: niente nausea nè dolori. Alla terza visita con la Dr.ssa Robbins, Cindy ricevette brutte notizie. La gravidanza non procedeva come avrebbe dovuto.

"In una gravidanza normale, la tua hCG avrebbe dovuto

aumentare ad un ritmo elevato. Invece, negli ultimi tre controlli, i valori non sono aumentati", spiegò la Dr.ssa Robbins. "Ormai, con le nostre tecniche ecografiche più recenti avremmo dovuto essere in grado di identificare un sacco gestazionale nell'utero o da qualche altra parte nel tuo corpo, ma finora non siamo stati in grado di vederne uno ".

Cindy fu stordita. "Cosa significa tutto ciò, Dr.ssa Robbins?".

"Questi dati indicano che probabilmente non sei incinta. La spiegazione più plausibile ora è che abbia un tumore che sta producendo l'hCG che stiamo rilevando nel sangue. Potrebbe trattarsi di una condizione molto grave e potresti essere in pericolo di vita. Non te l'ho detto prima perché volevo esserne assolutamente sicura, ma ora dobbiamo prendere immediatamente dei provvedimenti. Fortunatamente, credo che sia ancora all'inizio del decorso ed hai ottime possibilità di......".

Cindy non l'ascoltò ulteriormente. Tutto quello che aveva capito era che lei non avrebbe potuto avere un bambino. Corse fuori dallo studio, mentre la Dr.ssa Robbins era ancora a metà della frase. Andò in bagno e iniziò a piangere; le lacrime imbrattarono il trucco. Dopo pochi minuti afferrò un tovagliolo e si pulì il viso. Lasciò lo studio medico e guidò fino da Target. Trovò Michael dietro il negozio e gli comunicò la terribile notizia. Michael disse al direttore del negozio che aveva bisogno di andare via con sua moglie, ed andarono assieme a casa. In auto non si parlarono: non c'era niente da dirsi. Lei era troppo sconvolta e Michael mise Cindy a letto. Chiuse la luce ed uscì dalla stanza. Poi chiamò la Dr.ssa Robbins che confermò quello che Cindy gli aveva detto: voleva essere sicuro che Cindy avesse capito bene. Ma la Dr.ssa Robbins non aveva alcun dubbio.

"Deve esserci un errore" disse Michael. "Cindy è sempre stata in perfetta salute. Raramente è stata ammalata e non ha mai trascorso un solo giorno in un ospedale".

Poi la Dr.ssa Robbins disse: "Non c'è alcun errore, Michael. Abbiamo parecchi prelievi di sangue di Cindy, e li abbiamo rianalizzati per essere sicuri. È necessario prendere una decisione, anche se difficile".

La Dr.ssa Robbins, Cindy e Michael si incontrarono per decidere come procedere. "I tumori gestazionali possono essere anche mortali" spiegò la dottoressa. "Crescono rapidamente; possiamo evitare le complicazioni dovute al cancro asportando l'utero al più presto possibile. Ho consultato i miei colleghi che sono d'accordo con questa decisione". Michael era convinto anche lui che la vita di Cindy fosse più importante della possibilità di avere figli e la convinse a sottoporsi ad una isterectomia totale. L'intervento fu previsto verso la fine del mese. Cindy disse alla scuola che sarebbe stata assente per un anno. L'intervento avvenne senza complicazioni e Cindy si sottopose a cicli di chemioterapia per evitare possibili recidive del tumore: perse tutti i suoi lunghi capelli biondi. Era fisicamente debole e priva di energia, divenne sempre più depressa e fu curata con antidepressivi che, però, non ebbero alcun effetto. Uscì di casa raramente, ad eccezione delle volte nelle quali doveva sottoporsi alle terapie. Il mondo di Cindy era crollato; Michael fece di tutto per consolarla e confortarla, ma piano piano stava perdendo la battaglia.

Un mese dopo l'isterectomia, la Dr.ssa Robbins eseguì di

nuovo l'esame dell' hCG su un campione di sangue di Cindy. Questa procedura viene eseguita normalmente per assicurarsi che il tumore sia stato definitivamente eliminato. Con molta sorpresa, il risultato risultò ancora positivo e con gli stessi valori prima dell'operazione. La Dr.ssa Robbins non capiva come fosse possibile, dato che l'hCG nel sangue di Cindy sarebbe dovuta diminuire velocemente. La Dr.ssa Robbins prese il telefono e mi chiamò. Tornai in laboratorio e rintracciai l'ultima provetta del sangue di Cindy. Gli altri campioni, di diversi mesi prima, erano già stati smaltiti. Dissi a uno dei miei tecnici più anziani di aggiungere un reattivo capace di bloccare gli anticorpi, e fu determinata nuovamente l'hCG. Questa tecnica ci permette di verificare l'esistenza di un'interferenza analitica. Una riduzione del valore o una negatività del risultato dell' hCG avrebbero confermato la presenza di un interferente. Quando il giorno successivo gli esami furono completati, chiamai la Dr.ssa Robbins.

Quando le comunicai i risultati, la Dr.ssa Robbins fu veramente colpita: era sconvolta ed arrabbiata allo stesso tempo. Spiegai alla Dr.ssa Robbins che alcune persone presentano nel loro sangue degli anticorpi anomali che interferiscono in alcuni esami. "Cindy ha precedenti di malattie autoimmuni?",chiesi alla Dr.ssa Robbins. "O sai se Cindy sia stata esposta a eventuali topi o piccoli roditori?" "Ad esempio, ha per caso lavorato in un laboratorio di ricerca con animali?"

La Dr.ssa Robbins rispose: "No, in passato non ha mai sofferto di patologie autoimmuni e non ha mai lavorato in un laboratorio. Aspetta, la sua classe ogni anno seziona i topi, invece delle solite rane. Pensi possa essere importante?".

Spiegai che forse Cindy poteva aver sviluppato degli

anticorpi monoclonali, che avevano interferito con gli esami dell'hCG. Poiché il metodo stesso utilizza anticorpi monoclonali per riconoscere la proteina dell'hCG, la presenza di autoanticorpi anti-topo può determinare risultati falsamente positivi dell'ormone, anche in sua assenza.

"Noi abbiamo dei metodi per individuare la presenza degli anticorpi anti-topo. Dopo la tua telefonata, ho analizzato un campione di Cindy per identificare la possibile presenza di anticorpi. L'esame è risultato positivo. Cindy presenta nel suo sangue l'HAMA, un anticorpo umano antimurino e questo spiega l'errore di laboratorio con la presenza di elevati valori di hCG".

"Pensi che sia trattato di un errore grave ed evitabile del laboratorio? Com'è possibile? Abbiamo ripetuto gli esami tre volte prima di operarla". La Dr.ssa Robbins era livida e iniziò a gridare contro di me. "Se siete a conoscenza di questo fenomeno, come si fa a non testare ogni campione per la presenza di possibili interferenze? Cosa hai intenzione di fare?".

Decisi di mantenere la calma, mentre difendevo contemporaneamente l'attività del mio laboratorio. "Dr.ssa Robbins, mi dispiace che ciò sia accaduto. L'esame dell' hCG è stato approvato dalla FDA come marcatore di gravidanza, non per la gestazione di un tumore. Pochi anni fa abbiamo rilasciato un avviso per i medici, dato che su un altro test di laboratorio si era verificato un risultato falsamente positivo. Se osservi il primo referto di laboratorio eseguito su Cindy, dovresti accorgerti della nota che i risultati dell'hCG non sono utilizzabili per la diagnosi di tumore e che gli anticorpi eterofili e gli anticorpi HAMA possono causare dei risultati falsi positivi. Si tratta di un evento raro, e non possiamo verificare la presenza di anticorpi HAMA in ogni campione". La Dr.ssa Robbins guardò il referto e vide la nota a piè pagina che indicava quest' avvertenza.

Poi disse: "come puoi aspettarti che leggiamo tutte queste sciocchezze. Cosa posso dire alla famiglia?". Non ero pronto a rispondere a questa domanda, e restammo entrambi bloccati. La Dr.ssa Robbins sapeva che questa storia non sarebbe finita lì, sia per lei che per la sua professione. Mi resi conto che io e la Dr.ssa Robbins non avremmo più avuto rapporti cordiali.

La Dr.ssa Robbins convocò Michael e Cindy nel suo studio e spiegò loro che era stato compiuto un terribile errore: Cindy non era incinta e non aveva il cancro. L'operazione e la chemioterapia non sarebbero state necessarie. Inoltre, a causa dell'isterectomia, non sarebbe stata più in grado di concepire un bambino. La buona notizia è che avrebbe avuto una vita normale e lunga. Michael apprese con sollievo che la vita di Cindy non era in pericolo ma era conscio del fatto che era stato commesso un errore grave e che avrebbero pagato per il resto della loro vita.

"Mi dispiace, Dr.ssa Robbins, ma prenderemo contatto con il nostro avvocato, perché questa vicenda merita una causa" disse Michael.

"Capisco, fate ciò che dovete" rispose la Dr.ssa Robbins. Cindy stava seduta tranquillamente senza dire una parola, con il capo chino. Michael prese Cindy per mano ed uscirono assieme dallo studio.

Michael spiegò ciò che era successo a sua moglie ad un avvocato che faceva parte di un noto studio legale specializzato in cause di malasanità. Decisero di citare in giudizio separatamente la Dr.ssa Robbins per la diagnosi sbagliata, il mio laboratorio per aver fornito un risultato errato, e Chase Diagnostics, la ditta che produceva i test per l'hCG. Il mio laboratorio fu scagionato perché avevamo scritto l'avvertenza nel referto. Presentai una documentazione ben aggiornata che segnalava e spiegava il problema ed, inoltre, dimostrai che il mio laboratorio stava seguendo le procedure standard usate da tutti i laboratori degli USA. Anche Chase Diagnostics aveva documentato in precedenza il potenziale problema e aveva inserito un'avvertenza nel foglietto illustrativo. Fecero notare che altre ditte avevano simili problemi con i loro test. I loro avvocati erano ben consci che l'Azienda era un bersaglio legale perché era una realtà importante e ricca. Chase Diagnostics volle evitare la pubblicità negativa che sarebbe derivata da questo caso e come industria leader nei test clinici, la Compagnia ritenne fosse suo interesse offrire alla famiglia Hobart un cospicuo risarcimento per quanto di propria responsabilità in questa tragedia. Fu inserita una clausola che specificava che non si doveva imputare alla Chase Diagnostics alcuna responsabilità e gli Hobart accettarono il risarcimento offerto.

La causa contro la Dr.ssa Robbins andò avanti fino al processo. Parte del piano della difesa fu di addossare alla Chase Diagnostics la responsabilità della produzione di test difettosi. In primo luogo, se l'esame di Cindy fossa risultato corretto, non si sarebbe verificata nessuna altra conseguenza. Gli avvocati della Dr.ssa Robbins cercarono anche di attribuire qualche responsabilità anche agli Hobart per non aver richiesto una seconda opinione sulla necessità dell'intervento chirurgico.

" Nel caso di decisioni per operazioni più importanti, la richiesta di un secondo parere è ormai la regola" disse l'avvocato della difesa. Michael non poteva accettare che fossero addossate responsabilità a lui ed a Cindy.

"Noi ci siamo affidati a lei" disse Michael al giudice mentre guardava negli occhi la Dr.ssa Robbins. "Non avevamo ragione di dubitare del suo giudizio. Lei ha detto che il tempo giocava un fattore importante e che era necessario fare questa operazione quanto prima". Cindy era presente in aula ma non chiese di fare dichiarazioni. Michael pensò che la testimonianza sarebbe stata un'emozione troppo forte per lei. I loro avvocati chiesero a Cindy di recarsi in tribunale senza la parrucca affinché i giurati potessero prendere visione di cosa le avevano fatto la Dr.ssa Robbins e la chemioterapia. Inoltre, misero perfettamente in chiaro che con l'isterectomia Cindy non avrebbe più avuto la possibilità di rimanere incinta. Dopo che entrambe le parti terminarono le loro argomentazioni, la giuria si ritirò per deliberare. Quando la giuria rientrò in aula, dopo solo quattro ore, il primo giurato annunciò che avevano deciso a favore del querelante. La Dr.ssa Robbins ed i suoi avvocati decisero di non opporsi a questa decisione. Con questo risarcimento e quello della Chase Diagnostic, Michael e Cindy furono finanziariamente al sicuro. Michael e Cindy lasciarono i loro lavori. Decisero di usare parte del denaro per costituire un fondo nella vecchia scuola di Cindy e rinnovare la biblioteca della scuola. La biblioteca fu dedicata a Cindy, la loro ex insegnante. Cindy avrebbe scambiato volentieri il risarcimento economico con la possibilità di avere figli e con la sua salute. Cindy Hobart non si riprese mai completamente da questa vicenda, non tornò più ad insegnare ed il suo rapporto con Michael si rovinò in modo irreparabile. Michael pensava che Cindy non fosse emotivamente capace di adottare un figlio. Anche dopo molti anni di consulenza familiare, l'atteggiamento di Candy verso la vita non migliorò. Michael rimpiangeva i giorni in cui Cindy era affettuosa e premurosa. Divorziarono amichevolmente, dividendo equamente i loro beni. Michael andò in un'altra città ed alcuni anni più tardi si risposò. Cindy prese la quota di denaro che le spettava ed andò a vivere in un appartamento alla periferia della città. Non ebbe più amici e raramente uscì di casa. Divenne una reclusa.

ooo

Questo ed altri casi di false gravidanze hanno allertato i laboratori clinici, di ginecologia e le associazioni contro il cancro sulle limitazioni dei test di laboratorio con tecniche immunologiche. L'esame dell'hCG non è l'unico che soffre di questo tipo di interferenza. Sono stati riportati anche falsi positivi nella determinazione della troponina cardiaca, usata nella diagnosi di infarto cardiaco. Anche se le ditte hanno aumentato i loro sforzi per ridurre la probabilità di interferenze da anticorpi eterofili, è impossibile produrre un test infallibile. Quello che ho imparato in medicina è che ci sono sempre delle eccezioni. Di conseguenza, è necessaria un' attenta valutazione prima del rilascio dei risultati di laboratorio ed è necessario chiedere consigli e seconde opinioni quando appaiono discordanti con il quadro clinico.

Le cause di malasanità contro gli ostetrici sono diventate un grave problema negli Stati Uniti. L'aumento dei costi di assicurazione per malasanità ha spinto molti medici a limitare la proprie pratiche cliniche. In alcuni stati sono stati stabiliti limiti di risarcimento per malasanità. Questi provvedimenti si sono resi necessari per assicurarsi che anche in futuro ci sia qualcuno in grado di far nascere i nostri figli. In California, il limite è di 250.000 $. In Pennsylvania, i limiti di risarcimento sono costituzionalmente proibiti, il che ha portato quello Stato a soffrire di una grave carenza di ginecologi.

Nelle mani di Dio

****

Carol era nata, cresciuta e aveva vissuto per tutta la sua vita in una fattoria. Proveniva da una famiglia molto numerosa di 10 figli, fra fratelli e sorelle. Molti di loro vivevano ancora vicini, ad una distanza inferiore a 30 miglia. Quando sposò Hank Christenson, sembrò naturale anche a lei desiderare una famiglia numerosa. Lei aveva 16 anni e lui 34, erano entrambi agricoltori laboriosi ed osservanti della dottrina evangelica protestante. Carol era una ragazza forte. Era un po' in sovrappeso per aver partorito molti bambini: sette ragazzi e quattro ragazze, tra cui anche una coppia di gemelli, di età compresa tra I 4 e I 26 anni. Carol e Hank non credevano nella contraccezione e di conseguenza, quando arrivava un bambino, era per grazia di Dio.

Il credo dei Christensons era sostanzialmente un'onesta giornata lavorativa, che iniziava alle 04:00 del mattino e spesso non finiva prima che fosse buio; erano disinteressati al denaro, e la famiglia era la cosa più importante della loro vita. La domenica, tutta la famiglia si recava in chiesa e tutti vestivano l'abito più bello. Carol e Hank possedevano una fattoria che produceva grano, mais e soia. Allevavano anche le mucche per avere latte e galline per poter mangiare uova e carne; di conseguenza, ogni giorno c'erano molti lavori da fare.

Carol aveva molto da fare anche in casa per preparare da

mangiare vestire tutti, e garantire a ciascun figlio una buona educazione. Insegnò in casa ai bambini più piccoli fino a che non compivano 12 anni; dopo quell'età erano pronti a frequentare le scuole medie e superiori. Carol fece in modo che tutti i ragazzi, aiutassero in casa.

Hank era molto impegnato nell'andamento della fattoria e gestiva anche la contabilità di casa. I ragazzi più grandi aiutavano nei lavori della fattoria. Molti di loro sognavano di rimanere vicino a casa anche da adulti, e diventare loro stessi fattori. Alcuni andarono, o pensarono di frequentare l'università, per imparare come migliorare i raccolti, usare i pesticidi, aumentare la resistenza alle malattie con semi ibridi e utilizzare l'ingegneria genetica. Per quanto possibile, Hank Christenson cercò di fare le cose alla vecchia maniera, quella che suo padre e suo nonno avevano sempre seguito.

La figlia più grande, Kayla, decise di andarsene dalla fattoria. Era una brava studentessa e, finito il collegio, frequentò la facoltà di giurisprudenza. Iniziò ad esercitare la professione in una città non lontana dalla fattoria dei genitori. Non era ancora sposata e tornava frequentemente a casa a trovare genitori e fratelli.

Carol restò incinta un'altra volta. Avendo già avuto così tanti bambini sapeva cosa doveva fare e non ebbe bisogno che alcun laboratorio glielo dicesse. Lo annunciò ad Hank dicendo, "Uomo, ne sta arrivando un altro". Lui annuì e continuò il suo lavoro, ma aveva più di sessant'anni. Pensò ad una canzone dei Beatles che sentì per la prima volta quando era ragazzino "Niente cambierà il mio mondo". Erano passati quattro anni dall'ultimo figlio e Carol ora aveva 43 anni. Kayla era preoccupata per la salute di sua madre e le disse che i difetti alla nascita avvengono più frequentemente nelle donne sopra i 35 anni. Carol non volle discutere della sua gravidanza con Hank, Kayla o altri della famiglia. Era un suo fatto personale. Si sentiva ancora bene, e con l'aiuto di Dio, questo nuovo bambino sarebbe stato bene anche lui. Ma Kayla, alla lunga, convinse Carol che avrebbe dovuto vedere il suo ginecologo per un controllo più accurato di quanto fatto per gli altri figli. Andarono assieme dal Dr. August Summer, che aveva fatto nascere la maggior parte dei figli di Carol.

Nello studio, una giovane addetta all'accettazione disse loro: "Signora, non c'è nessun Dr. Summer, qui".

Carol rispose: "Che cosa sta dicendo? La maggior parte dei miei bambini sono nati con l'aiuto del Dr. Summer".

Una delle infermiere, presente in un'altra stanza, sentì il nome del Dr. Summer e intervenne. "Cara signora Christenson, Che piacere rivederla ancora! Il Dr. Summer è andato in pensione tre anni fa. La segretaria è nuova e non lo conosce. Lo ha sostituito la Dr.ssa Penny Albertson. Le prenoto un appuntamento con lei per la prossima settimana".

Carol e Kayla tornarono la settimana successiva nello studio e furono ricevute subito dalla Dr.ssa Albertson. Lei chiese: "Signora Christenson, cosa le fa pensare di essere incinta?".

Carol rispose: "Cara, quando hai avuto tanti figli quanti ne ho avuti io, lo sai".

La Dr.ssa Albertson replicò: "Mi faccia vedere". Esaminò Carol, controllò la pressione, sentì il ventre, e si fece dare un campione di urina. Lo studio aveva un piccolo laboratorio, dove venne eseguito il test della gravidanza nelle urine. Senza sorpresa per Carol l'esame risultò positivo. "Sono in ritardo di 15 giorni, Dr.ssa Albertson. Con il mio vecchio uomo non lo facciamo troppo spesso. Ma alcune settimane fa, lui era piuttosto vivace".

"Mamma!" esclamò Kayla, molto imbarazzata. "La dottoressa non ha bisogno di sentire tutti i dettagli".

"Non ti sei mai occupata di bambini, forse è meglio se torni nella sala di attesa".

Quando Carol tornò dalla dottoressa per un nuovo appuntamento, quattro settimane più tardi, era sola. La Dr.ssa Albertson fece un'ecografia e prelevò del sangue per la determinazione della gonadotropina corionica umana, o "hCG", un ormone che viene prodotto durante la gravidanza. La provetta con il sangue fu inviata ad un laboratorio che stava dall'altra parte della città. La Dr.ssa Albertson chiese a Carol se avesse avuto problemi con la sua gravidanza. Carol rispose che aveva visto del sangue.

"Perché non mi hai chiamato per questo problema?" chiese la Dr.ssa Albertson.

"L'avevo visto già prima" rispose Carol. "Così non ho pensato che fosse un problema".

La Dr.ssa Albertson guardò l'ecografia che evidenziava l'inspessimento dell'endometrio. Non fu in grado di vedere il sacco gestazionale. Temeva che Carol stesse avendo una gravidanza extrauterina, un feto che cresce al di fuori del grembo materno. Questo tipo di gravidanza non arriva mai a termine. La Dr.ssa Albertson sapeva che, se nella gestazione della gravidanza extrauterina si rompe il sacco amniotico, si può verificare un'emergenza seria e pericolosa per la vita. Non disse niente a

Carol di quello che sospettava per Non farla preoccupare, ma chiese di effettuare dopo due giorni un altro prelievo di sangue. L'infermiera della Dr.ssa Albertson indirizzò Carol presso un punto prelievi, dove il sangue le sarebbe stato prelevato ed inviato al laboratorio per ripetere gli esami sull'hCG. Carol era d'accordo, ed uscì dallo studio medico.

La settimana successiva, la Dr.ssa Albertson ricevette entrambi i risultati del test dell'hCG. Il primo era di 2800 ed il secondo, eseguito 48 ore dopo, era 510. La Dr.ssa Albertson pensò che i suoi sospetti iniziali erano corretti. Chiamò Carol e Kayla presso il suo studio. Spiegò: "In una gravidanza normale, i risultati dell'hCG dovrebbero raddoppiare ogni due giorni. Ho i risultati dei test del laboratorio. I valori dell'hCG stanno drammaticamente diminuendo, invece di salire. Temo lei che stia portando avanti una gravidanza extrauterina". La Dr.ssa Albertson spiegò che cos'era una gravidanza extrauterina e come poteva essere accaduta. Se un ovulo fecondato si impianta nelle tube di Falloppio, invece che nell'utero, può causare una gravidanza anomala come questa. Le possibilità aumentano sostanzialmente quando la madre ha più di 35 anni.

Carol rispose: "Ma io sto bene. Sono sicura che è tutto a posto. Dottoressa perché non aspettiamo e vediamo cosa succede?".

"No, non possiamo aspettare" disse la Dr.ssa Albertson. "Questi sacchi amniotici possono rompersi e possono causare molti dolori e complicazioni mediche rilevanti". La Dr.ssa Albertson disse a Carol che avrebbe dovuto abortire tramite iniezione di un farmaco.

"Ma noi non crediamo nell'aborto. Non voglio farlo".

La Dr.ssa Albertson spiegò: "Questo non è un aborto. La tua gravidanza non potrà mai arrivare a termine e, in ogni caso, perderai il bambino. Questo farmaco accelera solamente la naturale fuoriuscita del feto senza il rischio di rotture. Non sentirai nessun dolore con questo medicinale".

"Mamma, per favore fallo. Non voglio che ti succeda niente" Kayla supplicò sua madre. Con grande riluttanza, Carol accettò l'intervento.

A Carol fu chiesto di tornare una settimana più tardi al centro prelievi per ripetere l'esame dell'hCG. Il giorno dopo, tornò a farsi visitare dalla Dr.ssa Albertson per una valutazione della situazione. La Dr.ssa Albertson fece un'ecografia e controllò gli esami dell'hCG arrivati dal laboratorio. Si aspettava un ulteriore calo dei valori di hCG e, invece fu sorpresa nell'apprendere che il valore era salito a 8000. L'ecografia mostrò un sacco uterino. Carol era ancora incinta e non aveva una gravidanza extrauterina. Pensando a fondo, la Dr.ssa Albertson arrivò alla conclusione che il secondo referto sull'hCG doveva essere sbagliato. Nè la gravidanza di Carol, né la sua vita erano mai state in pericolo. Carol si sentì sollevata da queste notizia.

"Così, dopo tutto, il bambino è ancora dentro di me", disse sorridendo. Ma non c'era alcun sorriso sul viso della Dr.ssa Albertson e di Kayla.

"Non hai capito" disse la Dr.ssa Albertson. "Abbiamo iniziato una terapia altamente tossica che dovrebbe aver fatto abortire. Non abbiamo ancora terminato il trattamento, ma ora sembra che ci sia una gravidanza ancora vitale. Sfortunatamente, è molto probabile che questo farmaco possa causare al tuo bambino dei gravi difetti alla nascita. Dovremmo continuare il trattamento per abortire...".

Carol balzò in piedi e disse: "No. Ne ho abbastanza! Ti ho ascoltato una volta e guarda cosa hai combinato! Da questo momento lasciamo fare a Madre Natura. Qualunque siano le conseguenze!". Kayla cercò di farla ragionare ma sapeva che non avrebbe avuto successo. Andarono a casa.

ooo

Intendendo iniziare una causa per malasanità, Kayla avviò un'indagine su come fosse potuto accadere il problema che aveva coinvolto sua madre. Fui contattato perché avevo pubblicato degli articoli sul test dell'hCG. Kayla mi spiegò la situazione e concordai di indagare sulla possibilità che si fosse trattato realmente di un episodio di malasanità. Conoscevo già il direttore del laboratorio che aveva eseguito l'esame dell'hCG sul sangue di Carol. Richard Gardner aveva lavorato in quel laboratorio per 20 anni ed era molto considerato nell'ambiente. Ci eravamo conosciuti nei vari incontri scientifici. Rick controllò l'archivio e non trovò nessun problema con lo strumento o nei registri di controllo di qualità di quel giorno. I materiali di controllo di qualità contengono quantità note di hCG e vengono analizzati assieme ai campioni dei pazienti. Al fine di verificare che gli strumenti siano funzionanti in un determinato giorno o in qualsiasi altro giorno, i risultati del valore dell'hCG di questi controlli devono essere all'interno di un intervallo prestabilito. Facendo un rapido calcolo, avevo stabilito in base alla data presunta di gravidanza, che la ripetizione del test dell'hCG avrebbe dovuto dare un valore di 5600, il doppio rispetto al risultato precedente, e non il 510 refertato dal laboratorio. Così chiesi a Rick se, fra i campioni analizzati in quella giornata, vi fosse un'altra provetta con un risultato pari a questo livello. Rick controllò bene la documentazione, ma trovò che tutti i risultati di quel giorno erano negativi. Nessuno di loro avrebbe potuto essere confuso con il campione di Carol. Rick chiese chi aveva eseguito il prelievo. Gli dissi che si trattava di un centro prelievi che era di proprietà del laboratorio di Rick. Pertanto, anche se ci fosse stato un errore di etichettatura, Rick sapeva che la sua compagnia sarebbe stata responsabile del problema. Dopo alcuni ulteriori controlli, Rick ed io concludemmo che lo strumento doveva avere avuto un malfunzionamento durante l'esame del siero di Carol. La macchina potrebbe non essere riuscita a prelevare la quantità necessaria di campione. Un'ostruzione dell'ago potrebbe aver causato il prelevamento di un'insufficiente quantità del campione del siero da analizzare. Questo, a sua volta, potrebbe aver prodotto una falsa diminuzione della concentrazione dell'hCG nel sangue di Carol. Gli strumenti hanno dei sensori che controllano questi tipi di problemi, ma non sono infallibili.

Segnalai quello che avevo scoperto a Kayla e le dissi che il laboratorio poteva aver commesso un errore. I risultati delle tre analisi sull' hCG non erano coerenti tra loro.

Kayla mi chiese: "Secondo la sua opinione, chi ha la colpa maggiore, il laboratorio o la Dr.ssa Albertson?".

Replicai: "Entrambe le parti hanno commesso errori. Il laboratorio ha sbagliato fornendo dei risultati errati, forse per il malfunzionamento di uno strumento. Non è stato errore umano o negligenza, almeno non li ho colti. La Dr.ssa Albertson ha preso una decisione medica sulla base di quello che lei pensava fosse vero ed accurato. Tuttavia, la responsabilità finale di una decisione spetta sempre al medico. La Dr.ssa Albertson doveva accertarsi ancor più che la sua ipotesi di gravidanza extrauterina fosse corretta, data la potenziale conseguenza di una diagnosi sbagliata. Sarebbe stato semplice rifare il test e ottenere un nuovo risultato". Kayla contattò anche altri medici per avere le loro opinioni su come era stato gestito il caso di sua madre. Tutti concordarono che erano stati fatti degli errori e che c'erano le basi per una causa civile.

Carol continuò la sua gravidanza fino al termine. Un mese prima della data prevista per la nascita, partorì una bambina che non pianse quando venne sculacciata. La neonata era piccola per la sua età gestazionale, e l'indice di Apgar era 3 e 4, ad indicare che la bambina non era del tutto normale. Non aveva la mano sinistra e mostrava altre malformazioni. Carol la chiamò Hope. Fu tenuta in ospedale per i primi due mesi di vita. Era ovvio che Hope non si stava sviluppando normalmente. Purtroppo, non raggiungeva i traguardi di crescita per la sua età. Kayla sapeva che questo era il risultato del farmaco citotossico che era stato somministrato a Carol durante la gravidanza. Aspettò sei mesi e poi disse a Carol e ad Hank che stava esaminando con attenzione quanto era successo.

"Mamma, credo che dovremmo citare in giudizio la Dr.ssa Albertson ed il laboratorio per malasanità. Non doveva accadere quello che purtroppo è avvenuto. Possiamo avere un risarcimento per i costi dell'assistenza medica e per crescere Hope. Avrà sicuramente bisogno di attenzioni speciali".

Carol era indignata. "Questo non è un tuo problema,

Kayla. Hope è la mia bambina. So come prendermi cura di lei. Mi sono presa cura di di tutti voi ed è andato tutto bene".

Hank, che era rimasto calmo durante tutto questo calvario, finalmente parlò. "Tesoro, questo non è il nostro modo di fare. Dio ci ha dato Hope. Siamo nelle sue mani". C'era una lacrima che scendeva dai suoi occhi, ma non lo fece vedere a Carol o a Kayla. Kayla sapeva che queste ultime parole aveva chiuso ogni discorso. Non sarebbe mai più tornata sulla questione.

Hope ebbe un'infanzia difficile. Soffriva di crisi epilettiche, era mentalmente ritardata, ed era fortemente dipendente dalle cure di sua madre. Carol amò Hope in un modo diverso dagli altri ragazzi. Non accusò mai nessuno per quello che era accaduto alla sua bambina. Hope morì prima di raggiungere i quattro anni. Carol sentì che non aveva mai amato nessuno dei suoi figli più di Hope.

Carol Christensen non rimase mai più incinta. La sua famiglia aumentò con i figli dei suoi figli. Lei e Hank non parlarono mai dell'ingiustizia che avevano subito. Kayla divenne un avvocato civilista di successo, e continuò ad andare in chiesa con la sua famiglia ogni Domenica. Sempre con i suoi vestiti più belli. La Dr.ssa Penny Albertson imparò da questa vicenda che non c'è niente di assoluto in medicina. Tutte le informazioni devono essere lette e valutate. Non avrebbe mai più dato per scontato un risultati di laboratorio.

ooo

Sebbene oggi i test di laboratorio siano altamente automatizzati, è inevitabile che occasionalmente avvengano dei malfunzionamenti degli strumenti. Un sistema di controlli strumentali e ripetizione in caso di allarmi, che è attuato in ogni laboratorio clinico, minimizza i problemi. Inoltre, viene utilizzato il controllo di qualità, ossia ogni giorno vengono testati dei campioni con concentrazione analitica nota per vedere se il laboratorio ottiene la risposta giusta. Alcuni laboratori hanno cercato di raggiungere un livello di eccellenza noto come Six Sigma, cioè un tasso di errore di soli 3,4 eventi per milione di risultati. Alcune industrie hanno realizzato il Six Sigma, come ad esempio le linee aeree commerciali che hanno un elevatissimo tasso di voli aerei senza incidenti. Poiché esiste sempre la componente umana, il tasso di errore per un processo non può mai essere zero. Per i laboratori clinici, in particolare, ci sono variazioni biologiche che non possono essere previste e, quindi, risulta impossibile eliminare completamente il rischio di errore. Fortunatamente, a differenza della caduta di un aereo, la maggior parte degli errori di laboratorio non determina conseguenze significative. Poiché la maggior parte dei risultati dei test rientra nell'intervallo della normalità, se si verifica un errore – ad esempio una errata identificazione - è probabile che un risultato "normale" venga sostituito da un altro. Ho rispettato molto le decisioni di Carol Christensen in merito alla vita sua e della sua famiglia. Sapeva chi era e quale era il suo posto nel mondo. A volte ho invidiato questa esistenza semplice. Niente cellulari, niente computer portatili, niente Internet, niente e-mails, niente iPod, Facebook or Twitter.

Senza luce

****

Cecelia lavorava come cameriera in un lussuoso hotel del centro. Era riservata, tranquilla e contenta della sua posizione sociale; era davvero carina, ma una voglia sulla fronte, che lei cercava di coprire portando i capelli con una frangetta, penalizzava un po' il suo aspetto.

Un sabato notte fu organizzato un concerto di "rock and roll" ed gruppo musicale scelse l'hotel di Cecelia per pernottare. L'intero piano delle suite fu occupato dai membri della band e dal personale dello staff che li accompagnava. La band suonò davanti ad una platea che riempì l'auditorio fino alla via di fronte all'hotel. Al ritorno, i membri della band festeggiarono rumorosamente per tutta la notte. In camera, assieme a un gruppo di ragazze che erano state invitate per passare la nottata, c'erano abbondanti dosi di alcool e droga. Tutti sapevano cosa volevano quella notte e tutti ottennero quello che cercavano. Alle 11 del mattino successivo, la maggior parte dei componenti del gruppo ed i loro amici, era sveglia e faceva colazione al piano di sotto.

Cecelia bussò alla porta della suite. Sapeva che avrebbe trovato un disastro e che sarebbero state necessarie diverse ore, a lei ed alle altre cameriere, per pulire completamente la stanza.

Bussò alla porta e disse a voce alta "Cameriera": non avendo udito alcuna risposta, aprì la porta ed entrò. Cominciò a pulire il salotto della suite, pensando che nessuno fosse presente. Prese un grande sacco per la spazzatura, iniziò a raccogliere le lattine di birra vuote e le bottiglie di vino, e svuotò i posacenere pieni di mozziconi di sigarette e spinelli. Poi sentì un lamento proveniente dalla camera da letto. Qualcuno era ancora lì e, per un momento, fu in preda all'incertezza se andare via o continuare nelle pulizie.

Annunciò nuovamente la sua presenza: "Ciao? Sono la cameriera che fa le pulizie". Johnnie Newman, che era il tastierista del gruppo, uscì in accappatoio ancora in preda ai postumi della sbornia della notte precedente. Quando la vide, fu attratto dal suo aspetto e, con la vista ancora offuscata dall'alcol, non si accorse della voglia sul viso di Cecelia. "Ti prego, stai qui e continua il tuo lavoro". Si sedette sul divano a guardarla mentre puliva. Cecelia si sentiva a disagio nel muoversi davanti a qualcuno che la osservava, ma continuò a lavorare perché pensava che un'altra cameriera sarebbe arrivata a minuti per aiutarla a pulire. Non sapeva che una delle altre ragazze aveva telefonato per avvisare che era in malattia e pertanto, quella mattina il personale delle pulizie sarebbe stato ridotto. Dopo 10 minuti, Johnnie cie sie era nascosta dietro la porta, la chiamò per andara a riorindare la camera da letto. Appena Cecelia entrò, lui chiuse la porta alle sue spalle e la prese di sorpresa. Lei cercò di resistere, ma lui era forte; la buttò sul letto a faccia in giù e le saltò sopra. Sollevò la gonna, le aprì i vestiti e la violentò. Cecelia pianse in silenzio, ma non gridò.

Era sconvolta per quello che le stava accadendo. Quando ebbe finito, lui la minacciò dicendo che se avesse parlato, avrebbe negato tutto e l'avrebbe fatta licenziare. Cecelia lasciò la stanza e l'hotel e corse a casa. Viveva da sola con la mamma in un piccolo appartamento vicino al centro. Sua madre lavorava come cameriera in una trattoria vicina.

Cecelia non raccontò mai a nessuno quell'episodio e non rivelò mai di essere stata violentata. Dopo poche settimane, si accorse di essere incinta. La band non era più in città e lei non aveva alcuna idea dove potesse essere. La madre di Cecelia fu sorpresa di sapere che la ragazza era incinta perché non le risultava frequentasse un ragazzo nè che uscisse in gruppo. Cecelia non rivelò nè a sua madre nè a nessun altro chi fosse il padre perché si vergognava di quello che era successo. Lei e sua madre non sapevano affatto cosa avrebbero dovuto fare per prendersi cura del neonato, ma non presero mai in considerazione l'aborto. L'unica cosa certa era che entrambe avrebbero dovuto lavorare di più per far crescere il bambino.

La madre di Cecilia trovò un ostetrico, il Dr. Robert Mendez. Cecelia fu scrupolosa nel rispettare tutti gli appuntamenti e le prescrizioni prima della nascita. Nascose la sua gravidanza ai datori di lavoro, sperando di lavorare il più a lungo possibile e vi riuscì perché non aumentò molto di peso. Le altre cameriere lo sapevano, ma non dissero niente.

Durante l'ottavo mese di gravidanza, Cecelia cominciò ad avere le doglie. Andò al General Hospital per un controllo e il Dr. Mendez fu chiamato per visitarla. Era preoccupato perché lei avrebbe potuto partorire troppo presto.

"Sto per partorire proprio adesso?" chiese Cecelia al Dr. Mendez.

"Molto probabilmente" disse il medico. "Ma abbiamo bisogno di accertarci che, se partorisci ora il bambino, lui sia abbastanza maturo da respirare da solo".

Da molte settimane, sapevano entrambi che Cecelia aspettava un maschio. "Dobbiamo effettuare delle analisi che ci aiuteranno a risolvere questo dubbio".

Fu inserito un lungo ago nell'addome di Cecelia e furono prelevati alcuni millilitri di liquido amniotico. Il liquido amniotico circonda il feto che si sta sviluppando per nutrirlo mentre si trova ancora nel grembo materno. "Adesso sapremo se è il momento giusto perché tu partorisca questo bambino".

La provetta di liquido amniotico fu inviata al mio laboratorio per le analisi del caso. Dato che le contrazioni di Cecelia erano iniziate prima del termine della sua gravidanza, il dottor Mendez era preoccupato che, se il bambino fosse nato in quel momento, avrebbe potuto soffrire di difficoltà respiratorie durante i primi giorni di vita. I polmoni dei neonati richiedono una concentrazione sufficiente di un tensioattivo chiamato "lecitina". Questa sostanza riveste la superficie interna del polmone del bambino ed aiuta a mantenere la sua integrità. Anni fa, mel mio laboratorio sarebbero state necessarie 4 o 5 ore per determinare nel liquido amniotico il rapporto della lecitina ("L") rispetto ad un altro tensioattivo chiamato sfingomielina ("S").

"Oggi, è possibile eseguire questo esame in pochi minuti" dissi a Melissa, una mia studentessa del corso per tecnici di laboratorio che era presente quando la provetta arrivò in laboratorio. Personalmente, ero molto felice di non più dovermi occupare dell'esamme, perchè, quando lo eseguivo, mi portava via 5 ore. Le sostanze tensioattive formano piccoli aggregati chiamati "corpi lamellari" che possono essere contati utilizzando i moderni strumenti di ematologia. I miei studenti sapevano che questi analizzatori sono in grado di esaminare il numero dei globuli rossi, globuli bianchi e le piastrine nel sangue. "Se il numero degli aggregati supera il cut-off, possiamo dire al Dr. Mendez che il bambino è abbastanza maturo per nascere", spiegai mentre aspettavamo il risultato. Pochi minuti dopo, il conteggio dei corpi lamellari dava come risultato 28.000.

"Che cosa significa questo risultato?" mi chiese la studentessa.

"Questo risultato è inferiore al cut-off di 35.000 che noi abbiamo adottato, il che significa che, se questo bambino nasce ora, potrebbe sviluppare la sindrome da distress respiratorio. Questa è una condizione di immaturità che deve essere evitata a tutti i costi.

Il medico curante di Cecelia deve prescriverle una terapia per dilazionare il parto di alcuni giorni". Le furono prescritti dei farmaci che bloccarono le contrazioni e fu dimessa. Una settimana più tardi le doglie ritornarono e lei si recò nuovamente in ospedale. Questa volta il Dr. Mendez notò una notevole perdita di liquidi dalla sua vagina. "Dobbiamo esaminare questo liquido per stabilire se è liquido amniotico. Se si sono rotte le acque, è arrivato il momento di partorire il bambino".

A Cecelia fu eseguito un tampone vaginale ed il campione fu inviato al mio laboratorio per il test della fibronectina fetale. Un risultato positivo dell'esame può indicare che la perdita è causata dalla rottura del sacco amniotico e che è arrivato il momento di partorire. Quando il campione arrivò in laboratorio, il personale si accorse che aveva lo stesso nome di quello della   paziente esaminata poche settimane prima. Personalmente non ero molto preoccupato dell' eventuale sindrome da distress respiratorio,   in quanto pensavo fosse trascorso un numero di giorni sufficienti affinchè il bambino producesse il tensioattivo necessario per proteggere i suoi polmoni al momento del parto, e quindi non fu richiesta la ripetizione del conteggio dei corpi lamellari. Il test della fibronectina fetale fu eseguito su striscia (test rapido), una tecnica simile a quella del test di gravidanza. Melissa, che frequentava ancora il laboratorio, osservando il test che stavano eseguendo, chiese: "Perché facciamo un altro test di gravidanza a questa donna?".

"Il test di gravidanza misura la gonadotropina corionica (hCG), un ormone che aumenta dalle prime settimane della gravidanza, ma in questo caso stiamo determinando la fibronectina. Se il test è positivo, significa che la paziente è in travaglio". Il test rapido produsse una striscia nella zona che indicava la presenza di questa proteina. "Con questo risultato, la paziente è in condizioni di partorire".

Il risultato fu comunicato telefonicamente e Cecelia fu portata in sala parto. Dopo poche ore Cecelia partorì un maschietto di 2,72 Kg. Il bambino era scuro di pelle perché Cecelia era ispanica ed il padre caucasico. L'indice di Apgar risultò 8 dopo un minuto, e 9 dopo 5 minuti. L'ostetrica sculacciò delicatamente i piedi del bambino per stimolarlo a respirare e piangere. Nel nostro ospedale da tanti anni non si sculacciano più le natiche, ma i piedi.

Soddisfatto, il Dr. Mendez disse: "Il bambino non ha

problemi respiratori". Eseguì una visita veloce a Cecelia che stava bene, e uscì dalla sua stanza. Cecelia chiamò suo figlio Charles, come il nonno.

Sebbene fosse nato prematuro di alcune settimane, Charles sembrava godere buona salute. Aveva una voglia sul braccio; si trattava di una semplice coincidenza, in quanto la formazione delle voglie non si trasmette ereditariamente. Le voglie sono causate da vasi sanguigni anomali che si trovano al di sotto della pelle nelle zone affette.

Di solito, ai bambini prematuri viene prelevato un campione sangue che viene inviato al laboratorio per la determinazione della bilirubina. La bilirubina è un prodotto di degradazione dell'emoglobina che è normalmente metabolizzata dal fegato e poi eliminata. Nei neonati prematuri, se il fegato non è completamente funzionante, la bilirubina non viene eliminata dal sangue che si può accumulare. Se non controllata, l'elevata concentrazione di bilirubina determina tossicità per il cervello, e può causare una malattia nota come "Kernittero". La bilirubina si presenta con un colore giallo-verdastro che può essere evidente se si osserva attentamente la pelle del bambino. I bambini con elevata concentrazione di bilirubina sono trattati con una lampada a raggi ultravioletti (fototerapia). Le lunghezze d'onda di questa fonte luminosa modificano la configurazione molecolare della bilirubina facendo in modo che possa essere rimossa più efficacemente dal sangue del bambino stesso.

ooo

Nel mio ospedale, stavamo usando uno strumento per l'esame della bilirubina transcutanea come alternativa al tradizionale test nel sangue. Questo dispositivo misura il colore direttamente attraverso la pelle e non richiede alcun prelievo venoso. Avevamo confrontato i risultati del test del colore della pelle con i risultati ottenuti in laboratorio e avevamo osservato che vi era una correlazione, ma non nel 100% dei casi.

Dato che Charles era per metà Ispanico, aveva una pigmentazione della pelle più scura di un bambino caucasico. Poiché è difficile rilevare visivamente un colore anomalo, i "bilirubinometri transcutanei" in questi casi non sono così efficienti ed accurati nel rilevare la bilirubina neonatale. Per questa ragione a Charles non fu eseguito l'esame della pelle e fu, invece, prescritto l'esame della bilirubina sierica, ma il campione andò smarrito e non arrivò mai al laboratorio. A quei tempi, non avevamo un efficace sistema di monitoraggio del trasporto dei campioni. Il livello di bilirubina di Charles era elevato e non fu rilevato. Lui e Cecelia furono dimessi.

Due giorni più tardi, Charles divenne apatico, agitato, irritabile e rifiutò di nutrirsi. Cecelia voleva chiamare il medico, ma sua madre pensava fossero condizioni normali per un neonato. Cecelia mise a letto il bambino di malavoglia, ma rimase nella sua stanza e lo sorvegliò costantemente. Circa tre ore più tardi, notò che il bambino si agitava nel letto. Charles stava avendo un crisi convulsive. Cecilia gridò a sua mamma di correre in camera. Stava avvenendo qualcosa di grave, e così chiamarono l'ambulanza. Arrivato in ospedale, il bambino fu portato immediatamente in terapia intensiva. Charles aveva livelli molto aumentati di bilirubina, pari a 22 mg/dL. Venne richiesto del sangue O-negativo alla banca del sangue. Charles fu sottoposto a due trasfusioni di sangue nella speranza di eliminare la bilirubina.

Sfortunatamente, era troppo tardi. Charles non rispose alle cure e morì poche ore dopo. L'autopsia eseguita nell'ospedale in cui lavoro dimostrò che la causa della morte era dovuta al "kernittero". L'elevata concentrazione di bilirubina si era rivelata mortale per il cervello di Charles. Melissa venne a sapere della morte di Charles, e mi chiese di spiegarle meglio come fosse potuta accadere.

"Il kernittero è una grave patologia neonatale causata da elevati livelli di bilirubina che è un prodotto di degradazione dell'emoglobina. Moltissimi neonati hanno elevate concentrazioni di bilirubina per la rapida distruzione dei globuli rossi fetali che avviene immediatamente dopo la nascita. I bambini che nascono a termine, hanno un fegato maturo ed in grado di convertire la bilirubina in un composto che può essere facilmente eliminato. Nei bambini prematuri, gli elevati livelli di bilirubina sono dovuti all'incapacità del fegato, ancora non completamente funzionante, di eliminare la sostanza. Esistono, poi, soggetti con predisposizione genetica per elevati livelli di bilirubina. Una mutazione dell'enzima UGT1A1 riduce il metabolismo della bilirubina, mentre i neonati affetti da mutazione del gene della glucosio-6-fosfato deidrogenasi (G-6-PD) possono manifestare un aumento della velocità di distruzione dei globuli rossi in seguito ad esposizione a tossine e sostanze ambientali (ad esempio le fave)".

Nel corso dell'autopsia di Charles, il patologo volle indagare la presenza di eventuali deficit enzimatici nel sangue del bambino. Furono inviati al mio laboratorio dei campioni e furono analizzati sia l'UGT1A1 sia il G-6-PD. Confermammo che il figlio di Cecelia era affetto da mutazioni di entrambi i geni e, quindi, era un soggetto ad altissimo rischio di sviluppare kernittero.

Dopo l'autopsia, il neonato fu inviato all'obitorio per una cerimonia religiosa del tutto privata. Erano presenti solo Cecelia, sua madre ed il sacerdote. Dopo la breve cerimonia, Cecelia pensò fra sè: "Johnnie Newman, non saprà mai di aver messo al mondo un figlio con me".

ooo

In tutto il mondo e negli Stati Uniti l'incidenza del kernittero non è nota con sicurezza perché non ci sono registri disponibili a documentare questi casi. In Danimarca, i casi di incidenza segnalati sono di 1 su 100.000 nascite. Si è aperto un importante dibattito sulla necessità che i neonati debbano essere regolarmente sottoposti a screening per le concentrazioni di bilirubina subito dopo la nascita. L' American Academy of Pediatrics ha dichiarato che non ci sono studi randomizzati che dimostrino che l'introduzione di programmi di screening universale e sistematico possa ridurre il tasso di kernittero. Effettuare il test non è probabilmente conveniente, data la rarità di questa malattia. L'Accademia è, inoltre, preoccupata che uno screening ad ampio spettro possa portare alla decisione di diminuire la soglia di concentrazione di bilirubina che impone il trattamento di fototerapia. Per ora, la prevenzione del kernittero richiede un attento esame da parte dei pediatri e del personale dei reparti di neonatologia prima di dimettere i bambini dall' ospedale. Le mamme ed i loro familiari dovrebbero essere maggiormente consapevoli della pericolosità della iperbilirubinemia, ed esaminare attentamente i loro bambini durante i primi giorni di vita e cogliere eventuali segni e sintomi del kernittero. Un importante indicatore della presenza di ittero è il colore delle sclere del bambino. Se è di colore giallo, significa che siamo

92

in presenza di elevati livelli di bilirubina, segno che dev' essere motivo di preoccupazione immediata.

I neonati che nascono prematuramente, presentano un volume di sangue molto basso, stimato in circa 100 millilitri per ogni chilogrammo di peso. Un bambino prematuro può pesare un chilogrammo o anche meno. In un adulto, si possono prelevare anche 20-25 millilitri per singolo prelievo. Ma prelevare questo volume di sangue a neonati, specialmente prematuri, potrebbe essere pericoloso. Pertanto, deve essere fatto ogni sforzo per ridurre al minimo la quantità di sangue necessaria a determinare tutti i parametri necessari. L'uso del "bilirubinometro transcutaneo" può consentire di risparmiare preziose quantità di sangue che sono necessarie per la vita del bambino. Ma quando non vengono utilizzati o non sono disponibili questi sistemi non-invasivi, il rischio di non eseguire l'esame del sangue per determinare la bilirubina supera notevolmente il rischio di raccogliere un piccolo volume di sangue necessario per eseguire l'esame stesso.

Il trattamento dell' iperbilirubinemia è più preventivo che curativo. I neonati ai quali viene diagnosticato il kernittero, vengono sottoposti ad una particolare trasfusione di sangue per cui il volume di sangue del bambino viene sostituito con un volume doppio di sangue del donatore. Viene utilizzato, al posto del sangue abbinato al gruppo sanguigno del bambino, sangue di gruppo 0-negativo, al fine di ottenere una miglior rimozione degli anticorpi indesiderati.

.

Le pietre del veterano

Festus Bryant aveva sedici anni quando scoppiò la guerra tra gli Stati del Nord contro quelli del Sud. Viveva con la sua famiglia in una fattoria appena fuori Manchester nel New Hampshire e, come gli altri ragazzi, era impaziente di arruolarsi per combattere contro gli Stati Confederati perchè pensava fosse molto meglio che lavorare nella fattoria. Purtroppo era troppo giovane per entrare nell'esercito e così raccontò al reclutatore di avere 19 anni e, per farsi credere più anziano, si fece crescere la barba.

Festus fu arruolato e prestò servizio nella seconda unità di fanteria del New Hampshire che fu costituita all'inizio del 1861, poco tempo dopo l'appello del Presidente Abramo Lincoln l'esercito degli Stati del Nord contava di 70.000 volontari. I 900 soldati dell'unità furono impiegati nella loro prima battaglia a Bull Run, vicino alla città di Manassas, in Virginia. Festus, in tutta la sua vita, non era mai spinto più a sud dello Stato del Connecticut, ma ora si trovava a due passi dalla capitale della nazione, della quale aveva sentito parlare solo a scuola.

Sebbene il 2° New Hampshire combattesse per il Nord, i suoi soldati vestivano uniformi grigie dello stesso colore dei soldati della Confederazione. Si rifiutarono di cambiarle con quelle blue dell'Unione, creando così una drammatica confusione fra soldati del New Hampshire e quelli che combattevano per la Confederazione stressa. Festus fu ferito dal fuoco amico. Il proiettile colpì la sua gamba e mentre era sdraiato, Festus gridò ai suoi commilitoni, "Sparate dall'altra parte, accidenti, combattiamo dalla stessa parte: siamo del 2° New Hampshire". Per fortuna, si trattava di una ferita superficiale, e Festus continuò a combattere.

Il Tenente Generale Thomas Jackson, soprannominato "Muro di pietra", condusse le sue truppe Confederate ad una vittoria decisiva a Bull Run, pur disponendo di un esercito numericamente inferiore a quello dell'Unione. La vittoria fu possibile anche perché il Generale dell'Unione, Irwin McDowell, non impiegò tutti i suoi uomini nella battaglia. Festus e la sua unità si ritirarono verso Washington D.C. Sette soldati del 2° New Hampshire morirono in quella battaglia ed uno di questi era un vicino di casa di Festus la cui fattoria era distante meno di un miglio. Festus comprese subito che la guerra non sarebbe stata un'esperienza piacevole, nè sarebbe finita presto, come lui o altri avevano pensato, e rimise in discussione la decisione di essersi arruolato. Il suo reggimento successivamente combattè diverse importanti battaglie nel corso della Guerra Civile, tra le quali la seconda Bull Run, Fredericksburg, e Gettysburg. Alla fine della guerra nel 1865, 178 soldati dell'unità risultarono deceduti in battaglia a causa delle ferite, ad altri 172 erano morti per malattie, incidenti, o per altre cause mentre erano prigionieri di guerra.

Festus si distinse per la sua bravura. Nella battaglia di Gettysburg, salvò un gruppo dei suoi uomini che erano stati bloccati dal fuoco della Confederazione. Rischiò la vita per attaccare il fuoco nemico, ma sopravvisse e tornò alla sua fattoria.

Sua madre gli fece immediatamente notare che la guerra lo aveva cambiato. Non era più lo spensierato ragazzino di prima, teneva un comportamento molto più serio e soffriva di attacchi di depressione. Cercò di liberarsene negli anni dopo il ritorno a casa. Suo fratello più grande era morto in guerra e, così in famiglia gli toccò il ruolo di figlio anziano. Quando suo padre morì, cinque anni più tardi, divenne capofamiglia. Festus sposò Annie Bryant che era cresciuta in una fattoria accanto alla sua. Festus aveva viaggiato e visto anche troppo del suo Paese durante la guerra, e voleva vivere serenamente con Annie nella fattoria per tutto il resto dei giorni di vita. Allevarono due bambini, Justin e Matt, e Festus programmò di dividere la fattoria e di darne ai ragazzi la metà quando avrebbero raggiunto l'età adulta.

Un giorno, mentre stava per compiere cinquant'anni, Festus avvertì un violento dolore addominale, più forte del dolore di quando era stato colpito alla gamba durante la guerra. Aveva sempre goduto buona salute ma, in quel momento avvertiva dei forti brividi ed un tremolio incontrollabile. Benché fosse di razza caucasica, la sua pelle era fortemente abbronzata e coriacea, avendo lavorato in campagna per tutta la vita. Ora, però, stava virando verso il giallo. Festus non si accorse subito di questo cambiamento; non era il tipo che si guardava spesso allo specchio. Ed i suoi familiari, come pure i suoi aiutanti nei lavori nel campo, o non se ne accorsero o, comunque, non fecero alcun cenno di questo fatto. Solo diverse settimane dopo, sua moglie capì che Festus non stava bene. La sua sclera, la parte bianca dei suoi occhi, aveva assunto un forte color giallo. Si trattava di un colore inquietante, che nessuno in famiglia aveva mai visto prima.

Nessuno, era però, in grado di comprehendere cosa stesse accadendo a Festus. Il dolore addominale continuava ed Annie inviò Justine a Manchester a chiamare il medico. Ma era stato perso troppo tempo per contattare il medico, il quale, fra l'altro, era impegnato in altri casi urgenti e non poté liberarsi immediatamente. Quando arrivò il giorno dopo, Festus era già morto.

Annie vestì Festus con il più vestito più bello che aveva e che indossava alla domenica. La famiglia lo seppellì in una bara di pino in cima ad una collina nella loro fattoria. Molti veterani della 2^ Unità di Fanteria del New Hampshire vennero a rendere omaggio a Festus, anche se il numero di soldati ancora vivi si era ridotto. Anche i genitori di Festus erano stati sepolti nello stesso posto e sulla sua tomba fu posta una lapide scolpita a mano. Justin e Matt presero la gestione della fattoria dove fecero crescere i loro figli, e poi i figli dei figli che arrivarono negli anni a venire. Nel corso del tempo, anche la città di Manchester andò allargandosi ed estese i suoi confini sempre più vicino alla fattoria dei Bryant.

ooo

Nel corso di un secolo la fattoria originale di Festus Bryant fu divisa in fattorie sempre più piccole ed in piccoli ranch. Bob Bryant, che ora era vicino ai sessant'anni, era l'ultimo discendente di Festus. Bob viveva con sua moglie Mellie, nella casa di campagna che Festus costruì nel 1870. Con gli anni, essa era stata resa più moderna ed ingrandita. La sua proprietà era poco più di 16.000 metri quadrati di terreno. Le tombe di famiglia erano ancora parte di questo terreno. Cresciuto nella periferia di Manchester, Bob era affascinato dalla storia, in particolare dalla Guerra Civile, dal momento che il suo celebre bisnonno Festus e suo fratello avevano combattuto in essa. Bob fece fare una replica delle uniformi, delle armi da fuoco e delle spade del 2° New Hampshire Fanteria. Partecipò alle rievocazioni della Guerra Civile con altri appassionati della zona e non solo. Bob fu anche lo storico di famiglia: costruì un grafico dove tracciò i suoi antenati risalenti fino ai genitori di Festus. Già quando era giovanissimo, era affascinato quando suo nonno Matt Bryant raccontava le storie di Festus. Ma c'era un mistero che lo disturbava da molti anni. Nessuno sapeva realmente come era morto Festus. Le storie tramandate attraverso gli anni suggerivano che era morto di una sorta di malattia del fegato. Ma non aveva mai bevuto alcol nè non aveva avuto epatiti infettive.

ooo

La Lexar Real Estate Development Company (Società Immobiliare) stava conducendo una ricerca di un'area adeguata per aprire un nuovo centro commerciale. L'idea era di creare un'area per lo shopping di persone facoltose ed, infatti, la società aveva già formalizzato accordi con marche di lusso, quali Neiman Marcus, Tiffany e Giorgio Armani. J.R. Niles, uno degli architetti assunti dalla Lexar, aveva trent'anni e aveva già lavorato per altri centri commerciali. Era un amabile conversatore, vestiva elegantemente ma, soprattutto, era onesto ed incapace di imbrogli. Era nato e cresciuto a Manchester e si sentiva ben inserito in quella comunità. Sapeva che la Compagnia era disposta ad offrire un prezzo anche significativamente superiore a quello di mercato ed il suo incarico consisteva nell'identificare un'area adeguata al progetto. J.R. valutò con attenzione le aree destinate a fini residenziali e quelle che destinate ad attività commerciali. Presentò il suo piano ai costruttori che lo trovarono interessante e lo approvarono.

"È un'area ideale" disse J.R. "Le tasse sono basse, ed è a meno di un miglio dall'autostrada". I costruttori furono tutti consenzienti. J.R. continuò: "Dobbiamo acquistare alcune fattorie che sono attigue alla proprietà. Ho già iniziato le trattative, e la maggior parte dei proprietari sono disposti a vendere. Il più difficile da convincere sarà il Sig. Bob Bryant. E' in pensione e la sua famiglia vive in quella proprietà da più di 150 anni. Ma lui e sua moglie non hanno bambini o eredi, e quindi penso sia possibile acquistare la sua proprietà per una cifra ragionevole".

Le trattative tra J.R. Niles e Bob Bryant furono invece difficili. Non tanto per il denaro, dato che Bob riconosceva che l' offerta economica era più che buona. Bob era preoccupato per quello che sarebbe accaduto ai resti dei suoi antenati che erano sepolti nella proprietà anche se negli ultimi anni non vi erano state sepolture, e sia i nonni che gli zii erano stati sepolti in un cimitero, non nella loro proprietà. J.R. assicurò Bob che il trasferimento dei resti della famiglia sarebbe stato fatto con grande sacralità e rispetto. Dato che Festus e suo fratello erano considerati veterani della guerra civile, sarebbero stati tumulati nel cimitero che conteneva i resti degli altri soldati del 2° New Hampshire deceduti nel corso della Guerra Civile. Bob e Millie alla fine cedettero alle pressioni e vendettero la loro azienda agricola agli investitori ad un prezzo ragionevole, condizionando la vendita ad un piano per la nuova sepoltura dei resti dei loro antenati. Si trasferirono dal ranch alla periferia della città.

J.R. ingaggiò un gruppo di archeologi per scavare con

cautela le di Festus Bryant e dei discendenti e preservare i loro resti. La Dr.ssa Pauline Lewis, insegnante presso il Dipartimento di archeologia, era a capo del gruppo di studenti universitari e dei tecnici che si dovevano occupare dell'operazione. Le bare costruite con legno di pino come pure i corpi erano ormai decomposti, ma erano rimaste le ossa. Tendini e cartilagini si erano anch'essi dissolti in terra, gli scheletri non erano intatti, ma le ossa erano rimaste nelle posizioni iniziali. Il gruppo di archeologi rimosse accuratamente la terra vicino al punto nel quale avevano ritrovato i resti delle ossa. Bob Bryant osservava affascinato l'intero processo e fece alla Dr.ssa Lewis un sacco di domande sulle tecniche e finalità del loro lavoro. Lei era abituata a questo tipo di domande fatte da parenti che avevano partecipato ad esumazioni simili e pertanto rispose pazientemente ad ognuna delle domande. Vennero scattate foto e girati video per documentare ogni momento della esumazione e Bob prese numerosi appunti. Gli archeologi dissotterrarono i resti di Festus e, dopo aver completato lo scavo, riesumarono anche i suoi parenti. Quando finalmente, fu rimossa la maggior parte della terra, il gruppo si riposò. Sotto le ossa della gabbia toracica, furono rinvenute cinque piccole pietre bianche, molto diverse da tutte le altre pietre che si trovavano vicino alla zona circostante. Dopo aver scattato le fotografie, le pietre furono accuratamente rimosse con una pinza ed inserite in un contenitore per campioni biologici.

"Che cosa sono e cosa significano?" chiese Bob alla Dr.ssa Lewis.

"Non sono sicura, ma penso che provengano dal corpo

di Festus" rispose. "Ho un collega che lo potrà confermare con sicurezza".

Quando tornò al suo ufficio, la Dr.ssa Lewis mi chiamò al General Hospital. Io, tempo prima, avevo lavorato con lei per effettuare un' analisi del DNA su scavi precedenti, e sarebbe stato per me un vero piacere aiutarla anche in quest'occasione.

La Dr.ssa Lewis mi spiegò perché stavano scavando queste tombe e come il gruppo di lavoro avesse trovato al loro interno le pietre stesse. "Ti sto inviando il contenitore con le pietre per l'analisi" mi disse al telefono. "Mi piacerebbe sapere cosa sono".

Le pietre arrivarono il giorno dopo insieme ad una fotografia che mostrava la posizione nella erano state rinvenute accanto allo scheletro. Mi recai presso il laboratorio di ricerca per preparare i reagenti necessari per risolvere quest'enigma. Pensai che sarebbe stata un'utile occasione di insegnamento e, perciò chiesi ad una tecnica, Tammy Bartlett, di assistere. "Noi di solito analizziamo calcoli renali e della vescica" dissi a Tammy. "Questi calcoli normalmente sono costituiti di acido urico, ossalato di calcio o fosfato di ammonio e magnesio. L'individuazione della composizione di questi calcoli ci permetterà di scoprire la malattia che li ha causati".

"Come si esegue l'esame dei calcoli renali?".

"Con la spettroscopia ad infrarossi" dissi. "Questo tipo di luce è usata come lampada di calore per mantenere caldo il cibo nei ristoranti, e nei bagni per mantenere le persone al caldo dopo la doccia. Quando la luce è diretta su una fetta sottile di questi calcoli, si produce uno spettro che è caratteristico della sua composizione". Schiacciai uno dei calcoli, misi i pezzi nel bromuro di potassio, e poi li analizzai con lo spettrometro ad infrarosso.

"Hmmm" dissi ad alta voce. "Gli spettri di questo calcolo non sono contenuti nella libreria di spettri della strumentazione. Questo non è un calcolo renale; l'esame spettroscopico suggerisce qualcos'altro, ma devo eseguire un altro test di conferma".

Aprii il solvente "metil-t-butil etere", sotto cappa aspirante ed incaricai Tammy di aggiungere il solvente ad alcune delle pietre che avevo inserito in una provetta. Sigillai la provetta e la misi a bagnomaria a 37°C. Le pietre furono incubate con il solvente per ben tre ore. Quando Tammy ed io ritornammo in laboratorio, la maggior parte era disciolte. Prendemmo una piccola quantità della miscela fluida e l'aggiungemmo ad un campione di plasma, che venne poi sottoposto ad esame di laboratorio.

"Che test eseguiamo?" chiese Tammy.

"Quello del colesterolo" le risposi.

Tammy, in quel momento, si sentì ancora più confusa: sapeva che un elevato livello di colesterolo nel sangue era pericoloso, ma non immaginava che potesse portare alla formazione di calcoli. Quando arrivò il risultato dal laboratorio, si evidenziò che il campione conteneva un' elevata quantità di colesterolo".

"Questa è la conferma che cercavamo" dissi a Tammy. "Si tratta di calcoli biliari che si formano nei pazienti con colecistite, o infiammazione della cistifellea. Si tratta di una condizione comune, solitamente asintomatica. La presenza di calcoli nella cistifellea è chiamata "colelitiasi". Occasionalmente, i calcoli possono crescere fino alla dimensione di ciottoli, come questi. Quando sono presenti possono causare dolore e ostruzione biliare e, solitamente colpiscono maggiormente i soggetti obesi e persone anziane. Possono essere causati da diete ricche di grassi e colesterolo".

"Ma a me piace mangiarmi un bel hamburger tanto quanto pensare al prossimo ragazzo" disse Tammy.

"Non devi preoccuparti eccessivamente, almeno per ora, Tammy: sei molto giovane e magra. Tuttavia, sappi che i soggetti che soffrono di calcolosi biliare hanno una predisposizione genetica e, quindi potrebbe essere necessario fare particolare attenzione al problema se i tuoi genitori soffrissero di calcolosi".

Poi andai nel mio studio e chiamai la Dr.ssa Lewis. "Le pietre che avete trovato sono certamente di origine umana. Le analisi chimiche hanno permesso di stabilire che sono, in realtà, dei calcoli biliari" le dissi. "Ma perché è così importante chiarire la natura delle pietre?. Non siamo certo di fronte ad una scoperta rivoluzionaria".

"Il pronipote è ancora proprietario dell'area e sperava che gli scavi della tomba di Festus potessero rivelarci la causa della sua morte" spiegò.

"L'ostruzione biliare causata da un calcolo può produrre ittero per accumulo di bilirubina" dissi. "La bilirubina è il prodotto di degradazione naturale della emoglobina. La riduzione della clearance epatica della bilirubina, che è una sostanza chimica di colore giallo-pigmentato, può portare all'ittero. Oggi, la morte per colecistite acuta è un evento raro, ma cento anni fa, particolarmente nelle zone rurali con scarsa assistenza medica, questi incidenti mortali erano molto più comuni, specialmente nel caso di infezioni capaci di diffondersi attraverso il sangue.

Penso sia realistico pensare che Festus sia deceduto per una malattia epatica causata dalla presenza dei calcoli" .

"Dirò al Sig. Bryant quello che hai scoperto" osservò la Dr.ssa Lewis.

"Potresti aggiungere che i calcoli biliari solitamente colpiscono soggetti geneticamente predisposti. Domandagli se ha mai sofferto di calcolosi. Potremmo trovarci di fronte al fatto che, scavando una tomba, veniamo in possesso di informazioni cliniche che aiutano chi è ancora in vita".

"Non ci avevo mai pensato!" disse la Dr.ssa Lewis.

ooo

Quando la Manchester Historical Society seppe che i resti di Festus Bryant erano stati riesumati e inumati nuovamente in un cimitero dove erano stati sepolti altri veterani della Guerra Civile, organizzò una grande celebrazione per evidenziare l'evento. Ci fu una rievocazione della battaglia e furono celebrati i comportamenti eroici di Festus e del 2° New Hampshire Fanteria. Gli uomini indossavano la divisa grigia, la stessa che il reggimento indossava durante la guerra.

Un anno dopo, quando il centro commerciale Lexar Mall aprì, fu organizzata un'altra cerimonia alla quale parteciparono anche Bob e Mellie. Fu posta una piccola targa sul terreno in corrispondenza del luogo esatto dove Festus e la sua famiglia erano stati sepolti. Una targa più piccola, vicina alla prima, descriveva il ruolo che Festus Bryant aveva avuto durante la Guerra Civile. La maggior parte delle persone che andava a fare shopping presso il Centro Commerciale e passava vicino alla targa ed alla targhetta, non se ne accorgeva per nulla o dava un'occhiata veloce. Ma quando Bob e Mellie passavano di lì, ripensavano alla loro vita trascorsa nella fattoria, e a tutti familiari che li avevano preceduti e che loro non avevano potuto conoscere direttamente.

ooo

Sono ad alto rischio di calcoli biliari le donne in gravidanza, specialmente quelle che hanno assunto la pillola anticoncezionale o si sono sottoposte a terapia ormonale sostitutiva. Altri fattori di rischio conosciuti sono un'età superiore ai 60 anni, specialmente per chi soffre di diabete od obesità. Anche perdere peso troppo rapidamente può esporre al rischio di formazione di un calcolo. Messicani, Scandinavi e Americani Indigeni hanno un rischio più elevato, all'incirca 1.5 superiore rispetto alle altre etnie, di formare calcoli renali. La maggior parte dei calcoli viene eliminata senza alcun problema. Chi soffre di coliche ripetute da calcoli biliari può prendere in considerazione la possibilità di sottoporsi ad un intervento chirurgico per rimuovere la cistifellea. La mancata rimozione di una colecisti malata può, infatti risultare fatale. L'intervento di asportazione chirurgica delle cistifellea fu eseguito per la prima volta nel 1895 a Londra, proprio nel periodo in cui Festus evidenziò la sua malattia.

I pazienti che soffrono di calcoli nel dotto biliare possono sottoporsi ad un intervento chirurgico per permettere la loro rimozione. Le terapie mediche si basano sull'assunzione di farmaci che sciolgono il calcolo come l'ursodiolo e l'acido chenodesossicolico. Attualmente è oggetto di sperimentazione l'applicazione diretta sul calcolo di metil-t-butil etere, lo stesso solvente da me utilizzato per l'analisi di laboratorio.

Sangue esplosivo

Farhad era figlio di un fabbricante di tappeti. Suo padre voleva che il figlio continuasse il suo lavoro, ma Farhad manifestò fin dai primi anni una predisposizione naturale verso la scienza e non voleva dedicarsi al lavoro del papà. Farhad, dopo il diploma, entrò in una scuola di specializzazione di un'importante università degli Stati Uniti. Era uno dei migliori del suo corso e nel giro di due anni, ricevette il master in chimica organica; in particolare, si dimostrò un'eccellenza nel settore della sintesi e caratterizzazione dei materiali inorganici. Dopo la laurea, Farhad cercò un lavoro in America; correva l'anno 2007. L'America cercava ancora di riprendersi dall'attacco dell'11 settembre 2001 da parte di Al Qaeda. Era in atto una discriminazione verso le persone provenienti da paesi di lingua araba, specialmente quando si presentavano per ottenere un lavoro qualificato e ben pagato. Farhad fece diversi colloqui di lavoro e visitò laboratori di varie aziende. Ma alla fine, tutte quelle da lui contattate non lo assunsero adducendo la stessa scusa: "Non ha alcuna esperienza pregressa di lavoro". Ma I colleghi americani di Farhad, anche se erano meno qualificati di lui, non avevano avuto problemi a trovare dei posti di lavoro. Essendo straniero, gli fu difficile contestare la decisione, sia per l'aspetto lavorativo sia per quanto riguardava la discriminazione razziale. Nonostante questo fallimento, Farhat volle rimanere negli Stati Uniti. Il padre, per aiutare il figlio, aprì un ufficio d'importazione di tappeti, e Farhad accettò, anche se malvolentieri, di ricoprire il ruolo di direttore operativo: non gli sembrava un motivo valido per rimanere negli USA, ma era sempre meglio che tornare a casa, ed inoltre poteva rappresentare un mezzo per ottenere un permesso di lavoro. Ma nel suo cuore rimaneva la speranza di poter lasciare questa occupazione per lavorare come chimico. Era ben conscio della necessità di tenersi sempre aggiornato sugli sviluppi della scienza, e così leggeva regolarmente gli articoli dei periodici scientifici, fra i quali il Journal of American Chemical Society.

Farhat aveva una grande passione per il calcio, partecipava al campionato locale e giocava tutte le domeniche. In campo, si sentiva a casa perché nella sua e nelle altre squadre c'erano altri giocatori di lingua araba. Una volta, mentre giocava una partita nel secondo tempo di un pomeriggio caldo ed afoso, Farhat si sentì molto affaticato e chiese di essere sostituito. Aveva un gran mal di testa e cominciò a soffrire di vertigini mentre sedeva in panchina: dopo pochi minuti svenne e cadde a terra. La partita fu sospesa e tutti si precipitarono per assisterlo.

Gli altri giocatori si precipitarono per prestare soccorso e cercarono di fargli bere dell'acqua pensando che fosse solo disidratato: gli misero anche un asciugamano bagnato sulla testa, ma quando si resero conto che non si riprendeva, fu finalmente chiamata un'ambulanza. In pochi minuti l'ambulanza arrivò entrando direttamente in campo con i lampeggianti accesi; fu messo in barella e portato immediatamente al General Hospital.

I medici del servizio di emergenza avevano allertato il

pronto soccorso durante il trasporto. "Abbiamo un ragazzo di circa 20 anni, incosciente e con difficoltà respiratorie. Gli stiamo somministrando ossigeno; non sembra abbia subito un trauma e le pupille appaiono normali e reattive agli stimoli luminosi. La pressione sanguigna è normale. È pallido ed ha i letti ungueali cianotici. La pelle ha tonalità bluastra. Abbiamo stabilito un accesso venoso".

L'infermiera del pronto soccorso che aveva ricevuto la chiamata si era fatta un'idea della situazione e preparò quanto necessario per curare Fahad. Una volta al pronto soccorso, a Fahad fu somministrata una dose superiore di ossigeno, fu presa una via arteriosa, prelevato un campione di sangue arterioso che fu inviato al laboratorio. In questo campione furono eseguite emogasanalisi, analisi degli elettroliti e CO-ossimetria. I risultati ottenuti rientravano nella norma, ad eccezione di quelli del CO-ossimetro, che è un dispositivo utilizzato per la determinazione della percentuale di emoglobina saturata con ossigeno. Normalmente, la "saturazione di ossigeno" varia tra il 93 ed il 100%. Il risultato di Fahad, invece, era del 74%. Questo test fornisce anche la concentrazione di carbossi- e metaemoglobinemia. L'esposizione al monossido di carbonio dovuto ad un incendio o ad un forno a gas difettoso produce livelli elevati di carbossiemoglobina, ma i risultati nel sangue di Farhad erano normali. Invece, la concentrazione di metaemoglobina, pari al 23%, era 15 volte superiore al limite normale. Fu curato con un forte agente riducente ed in un'ora la saturazione dell' ossigeno fu ripristinata, ed anche il colore del viso e della pelle rientrarono nella norma. Fahad restò ricoverato, in osservazione, per tutta la notte.

La mattina dopo mentre Farhad stava ancora dormendo, i medici fecero il giro di visita, ed il Dr. Sylvan Platt, che era il medico di guardia, spiegò il caso leggendo la cartella agli altri medici frequentatori, agli specializzandi ed agli studenti di medicina.

"Questo paziente ha una diagnosi di metaemoglobinemia, per cui il ferro nella sua emoglobina si è ossidato dallo stato ferroso con ossidazione +2 allo stato ferrico con ossidazione +3. La metaemoglobinemia ha ridotto in modo significativo la sua capacità di rilasciare ossigeno ai tessuti".

Uno degli studenti in medicina che era presente quando Farhad era arrivato in pronto soccorso, chiese i risultati del pulsossimetro, un dispositivo che era stato inserito sulla punta del dito indice di Farhad. "Dr. Platt, la prima analisi della pulsossimetria sul paziente era risultata normale. Come si spiega la discrepanza tra i valori rilevati dal co-ossimetro con quelli del polso?".

Il Dr. Platt rispose: "Il pulsossimetro è usato per misurare la saturazione di ossigeno, ma non rileva le altre forme anomale. Quando sono presenti forme anomale, come appunto la metaemoglobina, le letture del pulsometro sono falsamente elevate".

Uno dei medici curanti approfittò di questa opportunità per fornire ulteriori spiegazioni agli student su questo caso clinico e chiese a Dr. Platt di descrivere le cause che portano alla metaemoglobinemia. "Una persona può essere geneticamente predisposta alla metaemoglobinemia se ha una riduzione dell'attività della glucosio-6-fosfato deidrogenasi nei suoi globuli rossi. Quest'enzima è importante perchè rigenera l'emoglobina allo stato iniziale. Farmaci come i nitrati utilizzati per il trattamento di malattie cardiache, antibiotici usati per trattare le infezioni, e sostanze chimiche come nitrati, clorati e coloranti all'anilina, possono anch'essi causare questa desaturazione dell'ossigeno. Abbiamo allertato il centro antiveleni, che a breve fornirà la sua consulenza ". Il Dr. Platt concluse la sua analisi e il gruppo si spostò tutto assieme verso il paziente successivo.

ooo

Il mio laboratorio al General Hospital esegue l'esame per la glucosio-6-fosfato deidrogenasi, meglio conosciuto con l'abbreviazione "G-6-PD". Quest' esame era appropriato nel caso di Fathad perché gli individui di discendenza africana, mediorientale o sudorientale presentano una altissima incidenza di questa condizione anomala. Gli individui con questo deficit enzimatico possono portare ad un incremento di metaemoglobina ingerendo alcuni cibi come le fave. Farhad aveva dei livelli normali di G-6-PD, il che escludeva che questa fosse la causa del problema. Una parte del suo sangue fu esaminata dal mio laboratorio per testare l'eventuale carenza di metaemoglobina-reduttasi, un altro enzima che può essere la causa maggiore della presenza di metaemoglobinemia. La popolazione con una elevata diffusione di questa carenza sono gli Indiani nativi d'America o discendenti Inuit. Poiché questa carenza non è comune tra i pazienti che vengono al General Hospital, noi non offriamo questo tipo di test nel nostro laboratorio.

Ci chiesero anche di esaminare il suo sangue e le urine, al momento della sua ospedalizzazione per vedere se fossero presenti droghe o sostanze chimiche che potessero indurre la metaemoglobinemia. Un controllo delle sue precedenti cartelle cliniche evidenziarono che a Farhad non erano mai stati prescritti farmaci noti per costituire un potenziale pericolo per gli individui affetti da questo deficit. Egli ammise di prendere un farmaco a base di erbe, ma non era in grado di fornire i loro nomi.

Eseguimmo diverse analisi per vedere se erano presenti sostanze chimiche che avessero causato a Farhad l'innalzamento dei livelli di metaemoglobina. Utilizzammo un semplice "saggio colorimetrico" per individuare la presenza di nitriti che richiede l'aggiunta di un reagente che reagisce con i nitriti e produce un colore caratteristico. L'esame risultò negativo. Per le altre sostanze chimiche, vennero utilizzate tecniche di cromatografia liquida e spettrometria di massa. Identificammo la presenza di amino nitrotoluene, un pigmento a base di aniline, e poichè che Farhad era il direttore di una ditta che produceva i tappeti, il centro antiveleni inviò un investigatore presso la sua azienda. Se la causa della malattia che aveva colpito Fathad fosse stata ritrovata sul posto di lavoro, altri suoi collaboratori sarebbero potuti essere esposti visto che lavoravano in un ambiente con una scarsa ventilazione. Farhad si dimostrò contraria a questa idea perché la sua compagnia non produceva tappeti ma, poiché la questione era divenuta un problema di medicina occupazionale, Farhad non potè opporsi all'ispezione. Gli investigatori si recarono presso la sua Ditta e, dopo poche ore, confermarono che non erano stati trovati coloranti all'anilina. La causa della presenza di metaemoglobinemia nel corpo di Farhad rimaneva sconosciuta.

La Dr.ssa Morgan Perrone, una delle borsiste del centro antiveleni and ispettori, che faceva parte del gruppo di ispettori manifestò un sospetto sul comportamento di Farhad. "Non mi sembra che stia collaborando con noi" pensò. "Probabilmente ci sta nascondendo qualche cosa". La Perrone non aveva nessuna prova, era solo una sensazione "a pelle" ma decise di fare per suo conto ulteriori ricerche ed indagini. Attraverso Internet, venne a scoprire che l'amino-nitrotoluene è un sottoprodotto del tritolo o dinamite. Il tritolo si scompone in dinitrotoluene e, sotto l'azione dei batteri, in amino-nitrotoluene. "Farhad è stato esposto a materiale esplosivo?" si chiese. "Peggio ancora, stava preparando una bomba?". Chiamò il capo del centro antiveleni, e esternò questa possibilità al Dr. Tilden.

"Stai pensando a quest'ipotesi solo per le sue origini? Dobbiamo stare molto attenti perché non siamo razzisti" le disse Tilden. "Vi è anche un problema di confidenzialità dei dati clinici. Rischiamo di avere dei grossi guai se violiamo i suoi diritti".

"Non è compito dell'FBI approfondire ogni sospetto? E se poi avviene un attentato e noi non abbiamo fatto nulla dopo aver avuto un sospetto?" supplicò Morgan. "Discuterò del problema con il laboratorio per avere qualche idea su quanto possano essere attendibili i loro risultati" concluse Tilden.

ooo

L'amino-nitrotoluene, in realtà, è un gruppo di isomeri chimici. Questi composti hanno la stessa formula molecolare ma differiscono nel posizionamento delle varie molecole nello spazio. I toluene sono composti contenenti un gruppo idrossilico legato ad un anello benzenico. Gli altri nitro- ed amino- gruppi possono essere organizzati differentemente nell'anello benzenico, formando vari isomeri. Abbiamo eseguito ricerche nella banca dati dello spettrometro di massa ad alta risoluzione ed abbiamo riscontrato un'elevata compatibilità con la sostanza nel sangue di Farhad, ma non avevamo uno standard per confermare i nostri sospetti. Ordinammo lo standard e ottenemmo il suo spettro di massa. Quando verificammo che vi era corrispondenza esatta tra i due spettri, chiamammo il centro antiveleni e comunicammo loro i risultati.

Il caso fu discusso con i responsabili della privacy dell'ospedale che decisero che era opportuno avvisare le autorità. Fu chiamato il Dipartimento della Sicurezza Interna e fu comunicato il sospetto su Farhad; si scoprì che Farhad era già nella loro lista di sorveglianza, ma ora avevano più prove per agire. Ottennero un mandato di perquisizione dal giudice e riunirono una squadra per entrare nell'appartamento di Farhad. Bloccarono tutte le uscite del suo condominio e poi bussarono alla porta di Farhad. Un agente era pure deciso a sfondare la porta, nel caso fosse stato necessario. Farhad chiese chi stesse bussando ma quando vide gli agenti attraverso lo spioncino, cercò di fuggire dal retro dell'appartamento. Alcuni agenti abbatterono la porta e il sospettato fu rapidamente catturato. Lo costrinsero a mettersi faccia a terra, poi lo ammanettarono dietro la schiena. Altri agenti dell'FBI ispezionarono il suo appartamento ed, in un grande ripostiglio chiuso, trovarono un mini laboratorio di chimica che conteneva sostanze chimiche, polveri, provette, tubi, borracce, soluzioni e serbatoi di gas compressi. Gli agenti che erano perfettamente addestrati, capirono subito che in quell'appartamento vi era il necessario per fabbricare ordigni explosivi. Morgan Perrone aveva ragione: Farhad stava progettando qualcosa di brutto. A Farhad furono letti i suoi diritti, fu arrestato e messo sotto custodia federale. Un nastro giallo, con la scritta "Polizia, linea da non attraversare", fu steso di traverso davanti alla porta del suo appartamento. Dopo pochi minuti, i mezzi di informazione collegati alle chiamate digitalizzate della polizia, si precipitarono sulla scena del presunto crimine.

Nel corso dell' interrogatorio presso la centrale dell'FBI, Farhad rivelò che stava pianificando di mettere una bomba presso una delle aziende chimiche che gli avevano negato l'assunzione. Stava costruendo una piccolissima bomba con un dispositivo che l'avrebbe fatta scoppiare di notte, quando non ci fosse stato nessuno sul posto di lavoro. Nel corso del colloquio di lavoro, aveva anche saputo che nessuno dei guardiani notturni sarebbe stato in zona con il rischio di essere ferito. Con le lacrime agli occhi, disse che non aveva intenzione di uccidere nessuno: aveva subito un'ingiustizia e voleva solo creare una certa impressione. Insistette nel dire che non era affiliato a qualche organizzazione terroristica e che aveva agito da solo. L'FBI controllò il suo computer, le e-mail, il cellulare ed il telefono fisso. Non trovarono alcun collegamento con altri possibili complici. Suo padre venne negli Stati Uniti per aiutare il figlio. Agenti della "Homeland Security" interrogarono accuratamente suo padre sulla sua attività commerciale, ma non trovarono nulla di illecito. Il padre assunse un avvocato molto costoso. Io fui convocato in tribunale per fornire informazioni sulle prove tossicologiche che portarono gli investigatori a ispezionare il suo appartamento. Durante il processo, lui mi fissava intensamente ed ebbi l'impressione che, se fosse uscito in libertà, si sarebbe vendicato.

E' un rischio che chi esercita la mia professione può correre. Farhad fu accusato di tentata attività terroristica e fu condannato. Mesi dopo, ricevetti un pacco scritto a mano e senza l'etichetta del mittente. Preoccupato, non lo aprii e lo portai al "Homeland Security". Lo aprirono con le cauzioni e le protezioni necessarie, ma conteneva semplicemente un libro che avevo ordinato tempo prima.

ooo

Questo caso immaginario illustra come un semplice esame di laboratorio possa essere utilizzato per identificare un individuo con intenti criminali. La produzione di amino-nitrotoluene dal tritolo, anche se chimicamente possibile, è altamente improbabile. Nel nostro caso reale di metaemoglobinemia da esposizione all'anilina, non fu fatta alcuna segnalazione alle autorità federali: il paziente non stava preparando alcun ordigno esplosivo.

Subito dopo l'attacco al popolo americano, l'11 settembre del 2001, il Presidente Bush approvò il "Patriot Act", prorogato per altri 4 anni nel 2011 dal Presidente Obama. Questo atto dà alle forze dell'ordine l'autorità di esaminare i documenti finanziari, eseguire intercettazioni telefoniche, e condurre sorveglianza su persone sospettate di attività terroristiche.

Al di là del "Patriot Act", la "Homeland Security" ha sensibilizzato l'opinione pubblica sul fatto che il terrorismo deve essere combattuto con la vigilanza di tutti cittadini. Tuttavia, la divulgazione di informazioni mediche non rientra in questi provvedimenti e ricade sotto la Health Insurance Portability e Accountability Act, o HIPAA, firmata dal presidente Clinton nel 1996. Può l'interesse complessivo di un Paese avere precedenza sui diritti di un singolo individuo? Quali possono essere le conseguenze se un' informazione clinica di una persona innocente viene rivelata e viene utilizzata per problemi assicurativi o nel caso di avanzamenti di carriera? Queste questioni sono di difficile soluzione e dovrebbero essere affrontate da persone e organismi autorevoli per rendere più sicuro l'accesso e la sorveglianza dei dati sensibili. Tutti noi siamo consapevoli che le e-mail possono essere rintracciate e diventare parte di atti pubblici. In definitiva, gli scambi di informazioni fra medici possono essere divulgati nell'interesse della sicurezza nazionale? I diritti di Farhad, con la comunicazione di informazioni cliniche alla Sicurezza Nazionale, sono stati violati, ma i diritti del singolo cittadino possono essere violati nell'interesse della sicurezza nazionale.

Una bugia sulla fibrillazione atriale

****

Barbie Ruggleman, che lavorava per la Landmark Agency Realty, capì che il suo cuore non funzionava bene quando lo sentì battere convulsamente e troppo rapidamente senza che vi fosse alcun motivo. Questa sensazione era molto fastidiosa e si verificava sempre più frequentemente. Agente immobiliare da 25 anni, Barbie aveva sofferto, ma solo saltuariamente, di questi attacchi di "tachicardia", specialmente quando accompagnava potenziali clienti a visitare case delle quali gestiva la vendita. Inizialmente aveva ignorato questi episodi ed aveva rifiutato l'idea di farsi visitare. Ma gli attacchi erano sempre più debilitanti e iniziavano a limitare la sua attività lavorativa. Barbie era sempre stata una stacanovista, soprattutto dopo il divorzio dal marito, avvenuto cinque anni prima. Lei ed Harry non avevano avuto figli e non erano in comunione di beni, per cui la separazione era stata amichevole e senza strascichi legali. Una volta libera dal legame con Harry, Barbie avrebbe potuto lavorare ancora di più e dedicare ancor più tempo alle vendite rispetto a prima.

Ora, a 56 anni di età, Barbie cominciò a capire che le lunghe ore dedicate al lavoro avevano richiesto un tributo eccessivo al suo organismo. Lei amava i medici perché erano ricchi e ricorrevano a lei per acquistare case costose. Tuttavia, tremava al pensiero di rivolgersi ad un medico per far controllare la sua salute. Ma, visto che il suo cuore si faceva sentire sempre più frequentemente, non ebbe altra scelta che prendere un appuntamento con il medico di famiglia, il Dr. Joseph Rivers. Il Dr. Rivers proveniva da una ricca famiglia di medici, era di altezza normale ed aveva capelli scuri ramati. Barbie aveva sentito un'attrazione per quest'uomo, fin dalla prima volta che l'aveva incontrato ed aveva deciso di vestirsi in modo molto elegante il giorno dell'appuntamento. Si era pure truccata con ciglia finte e ombretto blu; i riccioli dei capelli cadevano fluenti sulle sue spalle, ed inoltre indossò un reggiseno "push-up" in modo da non passare inosservata. Indossava un abito mozzafiato di Prada e tacchi di Christian Louboutin, con una borsa coordinata di Louis Vuitton. Barbie era una donna alta, circa un metro e ottanta, ma le scarpe a spillo aggiunsero altri centimetri alla sua altezza, e così lei sovrastava il Dr. Rivers che appariva più piccolo del solito. Era determinata ad apparire affascinante e seducente per quell'incontro e non la sfiorava l'idea che tutti i suoi sforzi potessero andare sprecati. Appena entrata nello studio, un'infermiera del Dr. Rivers chiese a Barbie di togliersi i vestiti e le scarpe, e di indossare un camice di tipo "ospedaliero" con lacci e apertura sul retro. L'unico aspetto positivo era che il camice era di color giallo pallido, il suo colore preferito, ma era di taglia troppo piccola ed il suo sedere spuntava fuori dall'apertura.

"*Non sarei mai riuscita a vendere una casa vestita così*", pensò fra se. L'infermiera misurò la temperatura e la pressione di Barbie, eseguì un elettrocardiogramma, inserì i dati della sua altezza, peso ed altre informazioni nella cartella clinica.

L'infermiera uscì, poi, dalla stanza comunicandole che il medico sarebbe arrivato a momenti, ma Barbie, in realtà, dovette attendere altri 20 minuti prima che il Dr. Rivers arrivasse.

"Non potrei mai trattare i miei clienti in questo modo" si lamentò Barbie. *"Cos'è che rende così speciale la professione medica da far attendere i pazienti così a lungo?".*

Quando, finalmente, il Dr. Rivers arrivò, domandò a Barbie alcune banali informazioni sulla sua salute.

"Che cosa l'ha spinta a farsi visitare?". Barbie descrisse i sintomi legati al battito cardiaco accelerato ed al senso di fatica che lo accompagnava. Il Dr. Rivers, dopo averla ascoltata, disse: "Diamo un'occhiata e lo ascoltiamo, che ne dice?"

"Hmmm, forse noterà il mio seno così in vista e dimostrerà un po' d'interesse per me come persona, e non solo come un pezzo di carne" pensò Barbie.

Il Dr. Rivers aprì il camice di Barbie ed appoggiò lo stetoscopio sul suo petto, senza fare commenti sulla sua mastoplastica. Lei fece notare al Dr. Rivers il tatuaggio sulla sua spalla con la scritta, "Condo queen", ma lui non commentò. La membrana dello stetoscopio era fredda e Barbie sussultò per un attimo. Il medico le chiese di fare dei profondi e ripetuti respiri mentre auscultava il cuore. Poi le prese il polso per misurare la frequenza cardiaca. Il bell'aspetto del Dr. Rivers fece battere forte il cuore di Barbie. Il medico prese una torcia per ispezionare le pupille degli occhi, ma lunghe ciglia finte resero difficoltoso il controllo. Tirò i lobi per guardare dentro le orecchie, ma i suoi grandi orecchini di diamanti di Cartier impedivano l'osservazione, e così le fu chiesto di toglierli.

"Non sono mai stata senza orecchini in pubblico" gli disse, arrossendo un po' quando li tolse. Il Dr. Rivers ignorò il commento. Continuò a ispezionare un orecchio e poi l'altro. Non osservò alcun problema.

"La pressione e la frequenza cardiaca sono normali" disse il medico. "Il suo ritmo cardiaco è buono, ma questi episodi di tachicardia sono preoccupanti. Sospetto che possa soffrire di fibrillazione atriale (a-fib). Questo significa che il cuore batte troppo velocemente ed in modo irregolare. Le chiederei di fare un Holter cardiaco in modo accertarsi che sia la giusta diagnosi".

"Dottore, sono lusingata che lei pensi che io stia bene in top (in inglese "halter top" risulta simile al termine "holter"), ma pensa davvero che questo sia appropriato dato che lavoro come agente immobiliare?".

Il Dr. Rivers replicò con una risatina: "No Barbie l' H-o-l-t-e-r", pronunciò sillabando. "E' un dispositivo che monitora continuamente l'attività elettrica del cuore. Non è un capo di abbigliamento. Poiché il suo cuore presenta battiti irregolari, dobbiamo essere in grado di monitorare il suo ritmo cardiaco nel corso del tempo e, quindi dovrà indossare questo dispositivo per 48 ore".

"Oh, non avevo capito," rispose Barbie, avvertendo un rossore al viso. Il Dr. Rivers l'accompagnò fino al laboratorio dove le fu applicato l'ultimo modello dell'Holter. Le furono applicati cinque elettrodi in varie parti del petto e delle spalle ed il dispositivo fu legato alla sua cintura. "Questo aggeggio rovina la mia figura" disse al tecnico che ignorò il suo commento.

Quando il Dr. Rivers ritornò alla fine della procedura, disse a Barbie: "Ritorni fra due giorni e sapremo esattamente cosa ti sta succedendo".

Due giorni più tardi, quando Barbie ritornò, l'Holter fu tolto.

"Sono felice che mi sia stato tolto quest'aggeggio. Mi sentivo un robot".

Il Dr. Rivers esaminò l'elettrocardiogramma nel suo ufficio, ritornò da Barbie dopo pochi minuti e disse: "Proprio quello che sospettavo, lei soffre di fibrillazione atriale".

Un po' agitata, Barbie chiese al medico: "Che cosa ha causato questa malattia? Mi sono comportata male?". Mise le mani sui fianchi, mettendo il broncio.

"Per niente" spiegò il Dr. Rivers. "Molta gente soffre di questo disturbo per problemi di ipertensione, o perché ha avuto interventi al cuore oppure soffre di attacchi cardiaci. È anche comune negli anziani....".

Barbie lo interruppe bruscamente: "Piano, piano, che cosa vorrebbe insinuare, dottore?".

"Nel suo caso, abbiamo scoperto che lei soffre d'iperattività tiroidea e, probabilmente, è per questa ragione che lei è molto magra".

"Dr. Rivers vorrei farle sapere che vado regolarmente a fare ginnastica con il metodo Pilates e corro sul tapis roulant!" disse Barbie.

"Naturalmente, non intendevo offenderla, Signora Ruggleman. Ho intenzione di darle un farmaco chiamato warfarin: è un anticoagulante".

"Ma dottore, mi ha appena detto che sono già magra. Perché devo diventare ancora più magra?".

"No, non le sto chiedendo di perdere peso; questo farmaco fluidificherà il suo sangue. I pazienti che soffrono di fibrillazione atriale sono a rischio d'infarto e di ictus a causa dei coaguli del sangue. Questo farmaco riduce questi rischi".

"Così prenderò per alcune settimane questa medicina e poi starò bene?".

"Possiamo prendere in considerazione l'ipotesi di sottoporla ad un'ablazione transcatetere" disse il Dr. Rivers. "Attraverso un catetere viene fatta passare una corrente elettrica a radiofrequenza che provoca una piccola bruciatura che determina la distruzione del tessuto miocardico patogeno responsabile dell'innesco o del mantenimento dell'aritmia, senza danneggiare i tessuti sani circostanti. Ma questa tecnica non funziona in tutti i pazienti e, quindi potrebbe essere necessario che lei debba assumere questo farmaco o qualcosa di simile per il resto della sua vita". Gli occhi di Barbie cominciarono a lacrimare, ed il trucco a scendere lungo le guance. Si voltò dall'altra parte e si asciugò la faccia con la mano. Il suo fazzoletto era rimasto nella borsa in un angolo lontano dello studio.

"Non si preoccupi Barbie, facciamo un passo alla volta" disse il Dr. Rivers, mettendole una mano sulla sua spalla. "Le sto prescrivendo warfarina da 5 mg. Deve prenderne una al giorno. Mangiare verdure a foglia verde influirà anche sul suo livello di diluizione del sangue; quindi, per favore, cerchi di mangiare in modo costante, ogni giorno, una generosa porzione di queste verdure. È necessario che effettui regolarmente esami del sangue per controllare se sta assumendo la giusta dose di farmaco. La fibrillazione atriale è un problema serio, Barbie, perché senza questo fluidificante del sangue, si possono avere degli attacchi cardiaci e ictus. Mi mi sto prendendo cura di lei. Ha la mia parola".

Con questa promessa, Barbie lasciò lo studio. Non aveva nessuna intenzione di permettere che la fibrillazione atriale le cambiasse la vita. Dal momento che il lavoro era tutto il suo mondo, decise di recarsi subito in ufficio per rivedere i nuovi listini degli annunci su "MLS house". Sulla strada, si fermò in una farmacia per acquistare il farmaco con la ricetta elettronica inviata direttamente dallo studio del Dr. Rivers. In farmacia, comprò anche un contenitore portapillole settimanale che conteneva 7 scomparti; caricò il contenitore con una pillola per ogni giorno della settimana. Poi prese la prima pillola e si diresse al lavoro. Disse dentro di sé che non avrebbe più ripensato al problema per tutta la giornata.

Nelle prime due settimane di terapia, tutto andò bene. La seconda settimana, dopo l'inizio dell'assunzione del farmaco, andò al laboratorio per eseguire l'esame prescritto "PT-INR", utilizzato per determinare la tendenza alla coagulazione del sangue e per adeguare il dosaggio della warfarina. Il Dr. Rivers le disse che il tasso di INR che lei doveva avere sarebbe dovuto essere tra 2 e 3. Qualsiasi cosa al di sopra o al di sotto di questo intervallo avrebbe richiesto un aggiustamento della dose di warfarina. Il suo risultato fu di 2.8, e quindi andava bene. L'infermiera disse a Barbie: "Buon lavoro, ci vediamo tra due settimane".

ooo

Mentre il monitoraggio del PT-INR è essenziale per la riuscita della terapia con la warfarina, esiste un nuovo approccio che può ridurre gli effetti avversi dovuti all' utilizzo di questo farmaco. Poiché fa parte del mio lavoro, ho imparato a conoscere il progresso della medicina personalizzata, che consiste nel mettere a disposizione esami di laboratorio che permettano ai medici di fornire il farmaco più appropriato per il paziente, al momento giusto con la dose giusta. Nonostante questi progressi, gli errori dovuti alla somministrazione dei farmaci continuano ad essere una delle principali cause di malattia o morte. Tuttavia, l'errore umano nel calcolo delle dosi o nella prescrizione del farmaco non appropriato rappresentano una piccola quota di questi errori. La stragrande maggioranza avviene a causa di complicanze mediche che si verificano in persone che sono predisposte a subire gli effetti collaterali del farmaco somministrato.

Mentre il mio laboratorio si apprestava a tradurre in pratica i principi della medicina personalizzata, mi ero proposto di contribuire alla formazione della nuova generazione di medici. "Se grazie ai test genetici, si prova che una persona metabolizza lentamente" dissi agli studenti in medicina che si stavano specializzando nel mio laboratorio, "il farmaco scompare dal corpo più lentamente rispetto all'individuo medio. Se diamo a quella persona una dose standard di medicinale, possono crearsi concentrazioni tossiche nel sangue. Pertanto, questi pazienti devono iniziare la terapia con una dose più bassa".

Johnny, uno dei miei studenti, chiese: "Ci sono degli individui che metabolizzano più velocemente?".

"Si" risposi "In questi soggetti, le concentrazioni dei farmaci diminuiscono molto velocemente, ed essi hanno bisogno di aumentare il dosaggio affinché esso abbia effetto. La Food and Drug Amministration approva le dosi di farmaco che sono efficaci per la maggior parte della popolazione. Il problema è che dare a tutti la stessa dose non ha senso, visto che ognuno di noi è diverso. La farmacogenomica è una nuova scienza che si basa su test genetici per determinare la velocità di metabolizzazione di un farmaco nel singolo soggetto e cambia, quindi, l'approccio alla somministrazione della dose del farmaco".

Come esempio, presi in considerazione proprio il problema degli anticoagulanti.

"La warfarina è uno dei farmaci il cui metabolismo è influenzato dal corredo genetico di una persona. Se prendi troppa warfarina, sei soggetto a emorragie. Se non ne prendi abbastanza, sei soggetto a trombosi. Questa è la ragione per cui il monitoraggio del PT-INR è così importante nel nostro lavoro".

Ma Johnny sempre più curioso chiese: "C'è un modo per individuare chi ha un metabolismo lento e chi invece l'ha veloce?".

Gli risposi: "I geni responsabili del metabolismo della warfarina sono quelli che codificano per l'enzima CYP2C9 e per l'enzima vitamina K-epossido reduttasi. Gli individui che hanno mutazioni genetiche, possano avere una metabolismo lento ed essere a rischio di effetti tossici dovuti alla warfarina. Infatti, l'anno scorso, la FDA ha chiesto alle ditte produttrici di rivedere i fogli illustrativi dei loro prodotti raccomandando ai nuovi pazienti di controllare la presenza di eventuali mutazioni genetiche prima di assumere la dose iniziale di walfarina. Si pensa, ragionevolmente, che questo possa ridurre i casi di emorragia o di trombosi".

Convinsi l'amministratore del mio ospedale che il mio

laboratorio aveva bisogno di implementare le procedure necessarie per rendere disponibili questi importanti test di farmacogenomica, anche se erano costosi.

ooo

Dopo tre settimane di cure con la warfarina, Barbie avvertì uno strano malore. Si era appena seduta sulla sua scrivania nell'ufficio vendite immobiliari per esaminare un contratto di vendita di un condominio, quando cominciò a girarle la testa e sentirsi stordita. La luce dell'ufficio le sembrò estremamente forte. Non appena aprì il cassetto della sua scrivania per prendere una pastiglia di Advil, vide una luce bianca, cadde dalla sedia sul pavimento, e svenne. La testa sbattè contro la scrivania, la lampada da tavolo si rovesciò, si ruppe sul pavimento e la lampadina andò in frantumi. La segretaria, che era nella stanza accanto, sentì il rumore e si precipitò a vedere cosa fosse successo.

"Oh mio Dio, Barbie, va tutto bene?". Era chiaro che Barbie non stava bene. Il lato sinistro del suo viso era asimmetrico, e la saliva le usciva dalla bocca. La segretaria chiamò immediatamente il 911. I sanitari arrivarono nell'ufficio dopo pochi minuti e portarono Barbie immediatamente al pronto soccorso. Le scosse epilettiche facevano muovere il suo corpo in modo incontrollato. I medici del pronto soccorso fecero del loro meglio per fare in modo che non si facesse male. Una volta in ospedale, i medici fecero un rapido esame e la inviarono velocemente in radiologia per una tomografia computerizzata alla testa. I sospetti erano esatti: Barbie era stata colpita da un ictus emorragico. Gli esami successivi confermarono che aveva un PT-INR prolungato: il sovradosaggio di warfarina era la causa dell'ictus.

ooo

Dopo l'ictus non riacquistò mai più tutte le sue facoltà mentali e fisiche. La sua disabilità la costrinse a ritirarsi dalla carriera di agente immobiliare e rimanere sotto cura per il resto della vita. Questa persona, una volta vivace e talvolta stravagante, si ridusse ad essere una donna molto più vecchia della sua età anagrafica e dipendente dalle cure mediche domiciliari. Il suo ex marito Harry divenne il tutore del suo patrimonio e dei suoi affari: consultò degli esperti di terapia anticoagulante che gli dissero che la warfarina era un farmaco difficoltoso da controllare e che gli eventi avversi si verificano senza colpa del medico che l'aveva prescritta. Harry, però, fu insoddisfatto di questa spiegazione. Per amore verso la sua ex moglie, cominciò a studiare da solo i pericoli della warfarina e si imbatté in alcuni studi di medicina personalizzata che evidenziavano come alcuni individui siano più sensibili di altri ad una dose standard di warfarina. Trovò un mio articolo sulla warfarina e mi chiamò. Mi spiegò la situazione clinica della sua ex moglie e volle sapere se noi facevamo dei test farmacogenetici sulla warfarina.

"Sì, noi possiamo fare dei test sulla warfarina" dissi ad Harry. "La prossima volta che viene a fare l'esame del PT-INR chieda all'infermiera di raccogliere del sangue in più in una provetta tappo viola e di inviarla a me".

Le provette per il prelievo del sangue hanno dei colori codificati per garantire che contengano gli additivi corretti. Dopo aver discusso i costi dell'esame con l'amministrazione dell'ospedale, il mio laboratorio aveva iniziato da poco ad offrire questo test farmacogenetico. Soltanto pochi medici dell'ospedale erano a conoscenza di questi nuovi test. Alcuni cardiologi, pur sapendo della possibilità di richiedere questi esami, non li prescrivevano mai perché si sentivano così esperti nel dosaggio della warfarina che ritenevano di non avere bisogno di un aiuto in più, nonostante il fatto che la warfarina provocasse il più alto tasso di ictus in America. Sapevo che ci sarebbero voluti parecchi anni prima che i medici accettassero questo test come una pratica rutinaria.

Il sangue di Barbie fu prelevato ed inviato al mio laboratorio, dove i tecnici estrassero il DNA e fecero le analisi del polimorfismo a singolo nucleotide, chiamato "SNP test". Quando il test fu completato, chiamai Harry per comunicare il risultato.

"Barbie è del genotipo *2/*3 per 2C9 e genotipo AA per l'enzima della vitamina K, il che significa che ha una attività enzimatica ridotta per la walfarina".

Harry rispose, "Dottore, sia più chiaro".

"Oh naturalmente, chiedo scusa" dissi. "E' l'abitudine di parlare con altri medici che mi ha impedito di farmi capire. La quantità di warfarina che è stata data a Barbie era molto superiore a quella che il suo organismo poteva metabolizzare, la conseguenza è stata dell' emorragia cerebrale che ha provocato ictus". Forte di questa informazione, Harry decise di aprire una causa contro il Dr. Rivers ed il suo studio medico. Assunse un avvocato che aveva un dottorato in biologia molecolare ed era stato ricercatore scientifico prima di diventare avvocato. Un suo collaboratore dallo studio legale venne a sapere delle raccomandazioni della FDA. L'avvocato di Harry nel corso del processo per malasanità, chiamò l'imputato sul banco dei testimoni.

"Dr. Rivers abbiamo una prova genetica che dimostra che la mia cliente aveva un metabolismo rallentato. Lei ha prescritto 5 mg di warfarina che in questo caso ha provocato un'overdose". Citò quello che la FDA aveva suggerito nel foglietto illustrativo: "Si consiglia che, nei soggetti con alcune mutazioni genetiche di CYP2C9 e dell'enzima della vitamina K epossido reduttasi, venga somministrata una dose iniziale di warfarina inferiore alla dose standard". "Lei ha scelto di ignorare questa raccomandazione di eseguire la tipizzazione genetica, e la mia cliente ha subito un incidente cerebrovascolare. Che cosa ha da dichiarare a sua discolpa?".

Su consiglio del suo avvocato, il Dr. Rivers lesse una dichiarazione preparata con cura. "La raccomandazione rilasciata dall' FDA è solo una raccomandazione. Non ci sono linee guida cliniche che sostengano questa posizione. Infatti, il "Centers for Medicare and Medicaid" afferma che non vi sono prove sufficienti per dimostrare che il test di farmacogenomica migliora gli esiti clinici nella terapia con warfarina. Per questa ragione, è stato negato il rimborso dell'esame, tranne che nel contesto di una sperimentazione clinica. Fino a quando non siano raccolte altre prove, questo test non è ancora indicato. La sig.ra Ruggleman non faceva parte di una sperimentazione clinica". La dichiarazione del Dr. Rivers fu considerata esaustiva, e costrinse la giuria a decidere a favore dell' imputato, nonostante la simpatia per Barbie. Il giudice decise che il Dr. Rivers non aveva tenuto un comportamento negligente nel prescrivere la dose di 5 mg, e quindi, fu prosciolto.

Nel corridoio, Barbie si avvicinò al Dr. Rivers, lo guardò

in un modo decisamente differente da come l'aveva guardato la prima volta, alcuni mesi prima. Non era truccata, non aveva gioielli ed i capelli erano ritornati al loro colore bruno naturale. I suoi occhi non erano brillanti, appariva stanca ed invecchiata. Il suo abbigliamento, così semplice, sembrava poco adatto ad una donna che era stata così vivace prima della malattia.

Si avvicinò al Dr. Rivers e pronunciò a bassa voce: "Mi aveva detto che si sarebbe preso cura di me". Fece una pausa guardandolo dritto negli occhi. "Mi ha mentito".

Il Dr. Rivers si sentì malissimo, ma prima che il medico potesse rispondere, Harry mise il cappotto addosso a Barbie ed insieme lasciarono il tribunale. Il Dr. Rivers si voltò a guardarli mentre lasciavano l'edificio. Dopo qualche minuto si sedette su una panchina nel corridoio vuoto e abbassò la testa in mezzo alle ginocchia.

Barbie Ruggleman si rimise assieme ad Harry che non aveva mai smesso di amarla. Lui andò in pensione ed si trasferivano a Scottsdale in Arizona perchè Barbie sopportava meglio il clima tiepido. Continuò ad assumere la walfarina, ma in dose minore. Questa volta, il farmaco fu ben controllato e rimase all'interno dei valori del PT-INR. Tuttavia, lei soffrì di una serie di mini ictus e morì tre anni più tardi. Una volta, Barbie disse ad Harry che il Dr. Rivers le aveva promesso che si sarebbe preso cura della sua malattia, ma era stata una bugia.

ooo

L'attivazione dei test di farmacogenetica per la warfarina non è ancora diventata pratica comune negli Stati Uniti. Tuttavia, un nuovo farmaco anticoagulante orale, il Dabigatran, è stato approvato dalla FDA nel mese di ottobre del 2010. Questo nuovo farmaco non richiede venga effettuato il PT-INR o il test farmacogenomico per somministrare il dosaggio ottimale. Lo studio sul nuovo farmaco ha evidenziato che il Dabigatran è più sicuro della warfarina per i pazienti che soffrono di fibrillazione atriale. Il tempo ci dirà se questo farmaco, più costoso, avrà davvero un migliore profilo di sicurezza della warfarina nei pazienti che hanno altre malattie e che richiedono una terapia anticoagulante. Nel frattempo, la warfarina continuerà ad essere ampiamente utilizzata nonostante i rischi.

La morte di Barbie Ruggleman fu una tragedia che poteva essere evitata. Sfortunatamente, altri casi come il suo dove il test di farmacogenetica non è stato effettuato, continuano a provocare la morte di pazienti. In alcuni casi è questione di arroganza: "Ho usato la warfarina per molti anni e non ho bisogno di un costoso test di laboratorio per iniziare la terapia". E' questa la frase che mi sono sentito dire da alcuni colleghi. Mi auguro che questi atteggiamenti possano cambiare con la prossima generazione di medici che sempre più accettano di ricorrere alle analisi molecolari anziché rifiutarle.

Senza morfina

Nick Newman, dopo la laurea, aveva trovato lavoro presso la farmacia locale. Era una persona molto socievole, apprezzata da tutti i suoi clienti fra i quali, a suo tempo, la futura moglie. La madre di Tess non godeva di buona salute, ed aveva bisogno di molte medicine che Tess comprava regolarmente in farmacia. Nick fu attratto da Tess fin dalla prima volta che lei entrò in farmacia, ma fece di tutto per non darlo a vedere, perché in farmacia vigeva la regola che proibiva gli incontri con i clienti. Come i medici, anche i farmacisti entrano in possesso di informazioni sulla salute dei pazienti che devono rimanere assolutamente riservate. Ma lui aveva avuto la sensazione di non essere indifferente a Tess, e così colse un'occasione e le chiese di uscire. Per non attirare l'attenzione degli altri farmacisti, mentre stava completando una prescrizione, consegnò furtivamente un foglietto a Tess per chiederle di uscire assieme per la prima volta: "Hai tempo di prendere e caffè con me?", firmato "il tuo devoto farmacista di quartiere, Nick".

Tess pensò che quel biglietto era davvero carino. Disse di sì e fece in modo di incontrare Nick a pranzo nel suo giorno libero dal lavoro. Nick e Tess s'innamorarono immediatamente. Si frequentarono per alcuni mesi e poi si sposarono. Un anno dopo, nacque il primo figlio, e dopo due anni, una bambina. Quando si incontrarono Tess lavorava come segretaria in uno studio legale, ma dopo la nascita della secondogenita, entrambi pensarono fosse meglio che lei stesse a casa per dedicarsi a fare la mamma, anche se, con un unico stipendio, il bilancio famigliare sarebbe stato più difficile.

Nick cominciò a guardarsi attorno per trovare un'altra possibilità di lavoro più remunerativo e discusse con un suo vecchio professore dei tempi dell'Università la possibilità di entrare in una industria farmaceutica. Essendo una persona molto socievole, pensava di poter diventare un buon rappresentante. Con l'aiuto del suo ex mentore, Nick ebbe la possibilità di fare alcuni colloqui di lavoro. Grazie alla sua intelligenza ed alla sua personalità cordiale ed aperta, fece ottima figura nei colloqui e gli furono offerte varie proposte come rappresentante in ambito farmaceutico. Alla fine, si trovò a scegliere fra una grande azienda che commercializzava una grande varietà di farmaci ed una piccola azienda, appena avviata, che commercializzava solamente due farmaci già approvati dalla FDA. Se avesse scelto l'industria piccola, avrebbe dovuto gestire un'area di vendita molto vasta, il che avrebbe richiesto lunghi viaggi e pernottamenti in città diverse dalla sua. La grande industria disponeva di un maggior numero di agenti, e pertanto, la sua area di vendite sarebbe stata più piccola: avrebbe potuto evitare molti pernottamenti e avrebbe usato l'automobile per visitare i clienti. Nick voleva rimanere a casa il più possibile per stare assieme a Tess e ai loro due bimbi. Così, sebbene lo stipendio fosse inferiore, scelse di lavorare per l'azienda più grande: la McDowell Pharmaceuticals.

Nick divenne l'agente di vendita dei farmaci antiinfiammatori della McDowell. Guidava una monovolume fornita dalla ditta per andare a visitare reumatologi e immunologi. Parte del suo lavoro richiedeva di identificare pubblicazioni dei lavori di ricerca che descrivessero i risultati dell'utilizzo dei farmaci della McDowell. Organizzò anche seminari di formazione con esperti clinici provenienti da tutto il paese per discutere nuovi approcci terapeutici.

Uno di questi eventi era particolarmente importante per Nick perchè avrebbe potuto aumentare significativamente la sua quota di vendite mensili. La McDowell aveva appena ricevuto l'approvazione per un nuovo farmaco, l'Osteba, per il trattamento dell'osteoartrite e così lui aveva organizzato un seminario serale per un numeroso gruppo di specialisti in ortopedia e medicina dello sport in un esclusivo club di appassionati di golf. Non solo vi erano moltissimi invitati, ma soprattutto molti erano dei leader molto influenti sulle scelte degli altri medici della zona e, perciò, se l'evento fosse riuscito bene, poteva tradursi in un aumento delle vendite. Nick ottenere dal capo area il permesso di organizzare l'evento. Anche il suo capo decise di partecipare per valutare il successo del programma e capire se valeva la pena ripeterlo in altre aree della regione. Nick si diede un gran da fare per organizzare al meglio la serata ed ebbe la fortuna di invitare come relatore il Dr. Alan Toshman. Il Dr. Toshman era l'autore principale di un articolo pubblicato sul New England Journal of Medicine nel quale si dimostrava che l'effetto dell'Osteba era superiore rispetto alla terapia standard nel rallentare la progressione dell'osteoartrite. L'onorario del Dr. Toshman era di

10.000 $, ma Nick e la McDowell Pharma ritenevano che ne valesse la pena.

La notte prima del congresso, improvvisamente Nick fu colpito da un attacco febbrile e tosse. Già nei primi giorni della settimana, Tess lo aveva messo in guardia dicendo che si stava affaticando troppo per organizzare l'incontro scientifico e che si sarebbe potuto ammalare, ma Nick non le diede retta. Mentre era molto accomodante con i suoi clienti, spesso usava modi spicci e bruschi con sua moglie, pensando che fosse giusto così. Sfortunatamente, questa volta aveva ragione lei. Il suo sistema immunitario era stato compromesso dalla mancanza di ore di sonno, ma lui non poteva permettersi di essere assente all' evento. Disse a Tess che avrebbe preso alcuni giorni di vacanza subito dopo il congresso. Essendo un ex farmacista, Nick teneva in casa molta di ricette di farmaci da banco. Andando contro tutti principi della pratica medica, si curò da solo autoprescrivendosi codeina, che è più potente del paracetamolo, dell'aspirina o dell'ibuprofene, come analgesico e farmaco contro la tosse. Non aveva tempo di farsi visitare dal medico e voleva che il farmaco agisse in fretta. Così prese una pastiglia di codeina e mise nella sua valigetta alcune pillole da prendere il giorno dell'evento.

La codeina funzionò; lui si sentì meglio e pronto per quell' evento così importante.

Al mattino, Nick andò all'aeroporto a ricevere il Dr. Toshman che arrivava da Boston. Accompagnò il medico nel suo hotel per farlo riposare prima della lettura che era programmata per la tarda serata, si recò nel luogo dell'evento per incontrare la sua assistente Kim, per assicurarsi che tutto fosse in ordine. Kim, quel giorno, era stata dal parrucchiere ed era bellissima, ma Nick non ci fece caso. Kim aveva appena finito di predisporre l'area di registrazione con i badge di tutti gli iscritti all'incontro e stava montando il display e sistemando lo stand con i dépliant e le ristampe degli articoli più importanti, tra cui quelli del Dr. Toshman. La tavola da pranzo era arredata in modo molto simpatico. Gli ospiti avrebbero potuto scegliere fra bistecche, salmone, o pollo. Un paio d'ore prima dell'inizio dell'evento, Nick si recò in albergo a prendere il Dr. Toshman che stava già cenando perchè così avrebbe potuto tenere il suo intervento mentre gli altri medici mangiavano: tutto stava andando come programmato.

Nick ed il Dr. Toshman arrivarono in sede in tempo per il rinfresco. Gli addetti del country club servirono agli ospiti birra, vino ed antipasti. Nick fu particolarmente contento di constatare che il Dr. Toshman non stava bevendo alcolici dato che era il relatore principale dell'evento. La sala era gremita di medici che discutevano. Nick cercava di ascoltare alcuni discorsi, ma contemporaneamente teneva d'occhio l'orologio affinché tutto si svolgesse nei tempi previsti.

Quando arrivò il momento stabilito, Nick presentò il relatore ed il Dr. Toshman salì sul palco: teneva in mano il puntatore laser. La lettura si rivelò un successo e Nick ricevette tantissimi commenti positivi. Il Dr. Toshman fu molto attento a non apparire troppo influenzato da legami con l'azienda farmaceutica, presentando sia i pro sia i contro di Osteba e molti medici presenti in aula affermarono che avrebbero iniziato a prescrivere il farmaco ai loro pazienti.

Al termine della discussione, l'evento si concluse: Nick

era felicissimo. Salutò gli ospiti ed accompagnò il Dr. Toshman in albergo. Gli chiese se dovesse prenotargli un taxi per andare in aeroporto il mattino successivo per prendere l'aereo e ritornare a Boston; poi Nick prese il suo monovolume e si diresse verso casa. Era esausto e voleva prendersi alcuni giorni di riposo perché ne aveva bisogno. Ma fu arrestato.

ooo

Beatrice Cready era una vedova di 81 anni che viveva in città. Era ancora in buona salute e voleva mantenere la sua indipendenza. Wiveva da sola in un appartamento con due camere da letto. Sua figlia e la sua famiglia la andavano a trovare regolarmente. Sfortunatamente, la sua vista stava calando e non le fu rinnovata la patente di guida proprio per questo problema. Ogni tanto dopo la cena, percorreva cinque isolati della città, per andare al suo caffè preferito dove ordinava un cappuccino. Beatrice amava sedersi vicino alla finestra per guardare i passanti: amanti che passavano mano nella mano, ragazzi che sfrecciavano sulle proprie moto, e adolescenti che passavano abilmente in mezzo alle persone sui loro skateboard o pattini a rotelle. Qualche volta uomini d'affari di mezza età che erano accompagnati da belle e giovani ragazze. Beatrice sapeva che quelle ragazze non erano certo le mogli: erano le loro segretarie o "signore della notte".

Una sera, Beatrice finì il suo caffè, pagò lo scontrino e si diresse verso casa; erano circa le nove di sera. C'era poca gente che passeggiava. Lei era in piedi, da sola, sul bordo del marciapiede in attesa che il semaforo diventasse verde per poter attraversare la strada. Improvvisamente, vide un'automobile: era un minivan, che andava molto veloce e si dirigeva verso di lei.

Era così terrorizzata che si sentì paralizzata e non fu in grado di togliersi dalla sua traiettoria: il paraurti del veicolo la colpì all'anca, fratturandogliela. Nick uscì dall'auto e rimase scolvolto vedendo quello che era successo. La polizia e l'ambulanza arrivarono nel giro di pochi minuti. Beatrice fu portata al pronto soccorso. Trascorse alcuni giorni di agonia prima di morire a causa delle ferite. Sua figlia le rimase vicino fino al all' ultimo della morte.

Nick, immediatamente dopo l'incidente, arrestatodalla polizia ed il suo monovolume fu sequestrato. Non appena arrivò alla stazione di polizia, fu sottoposto all'alcol test che diede risultato negativo. Anche se aveva offerto vino ai suoi ospiti, lui non aveva bevuto alcuna bevanda alcolica. Nick spigò agli agenti che quella sera aveva organizzato e gestito un evento aziendale, ed aveva appena portato e lasciato in albergo il suo ospite d'onore. Aggiunse che non stava correndo, ma semplicemente non aveva visto Beatrice sulle strisce pedonali. Il poliziotto gli chiese se avesse assunto farmaci.

Nick rispose: "Si ho preso dei farmaci contro la tosse". Sapendo che questi farmaci possono causare vertigini, il poliziotto disse a Nick che gli avrebbero prelevato campioni di sangue ed urina per controllare la presenza di farmaci o droghe. Poi fu rilasciato con l'avvertimento di non lasciare la città fino a nuove notifiche. Nick non aveva in sospeso viaggi di lavoro; voleva solo starsene a casa assieme a moglie e figli.

Una settimana dopo, il laboratorio di medicina legale chiamò l'agente Huff per informarlo dei risultati degli esami: il sig. Newman era risultato positivo alla codeina; non c'era presenza di altre sostanze nel sangue. L'agente Huff si ricordò che Nick gli aveva detto che stava prendendo dei farmaci contro la tosse. Tuttavia, inviò tutte le informazioni al Procuratore Distrettuale, il sig. Solomon Greenberg. Nick fu accusato di omicidio colposo. Il Procuratore propose a Nick ed al suo avvocato, Brenden Collins, un'ammissione di colpevolezza, ma lui rifiutò. Pensava che non ci fosse stato né dolo né negligenza nel suo comportamento. Il suo caso fu esposto alla giuria ed il Procuratore Distrettuale chiese a Nick se fosse disposto a raccontare, alla giuria, la sua versione dei fatti. Essendo imputato, non era obbligato a farlo. Nick pensò che, dicendo la verità, sarebbe stato compreso e giustificato e, contro il consiglio del suo avvocato, rinunciando al quinto emendamento, prese la parola.

"Sig. Newman, aveva una regolare ricetta per acquistare la codeina?" chiese il Procuratore Distrettuale Greenberg.

"Ebbene, no. Ho esercitato come farmacista ed avevo conservato a casa alcune pastiglie per la mia famiglia e per me stesso. Il giorno prima dell'incidente fui colpito da un forte raffreddore ed avevo bisogno di curarmi con quelle pastiglie" dichiarò.

"Così se le è prescritte da solo?".

"Sì".

"Sig. Newman, lei soffre di dipendenza da oppiacei?".

"Assolutamente no" replicò Nick". È possibile controllare i dati dal mio datore di lavoro. Sono stato sottoposto ad un test per droghe nel corso delle procedure di preassunzione prima di iniziare il lavoro e lo screening tossicologico urinario era risultato negativo. Ho assunto codeina solo per due giorni".

"Lo sa che è pericoloso guidare l'auto quando si assume

la codeina?" chiese il Procuratore Distrettuale Greenberg.

"Sì, ma non mi sentivo alterato ed avevo il completo controllo delle mie facoltà".

"Il laboratorio mi ha segnalato che il livello della codeina trovato nel suo organismo era elevato" continuò il Procuratore "è probabile che le sue facoltà mentali siano state compromesse e ciò ha causato l'incidente. La sua auto è sbandata fuori dalla corsia ed ha colpito la povera signora Cready che è morta a causa della sua negligenza ".

Brenden Collins si alzò in fretta. "Obiezione" disse "il Procuratore Distrettuale sta tormentando l'imputato".

"Accolta" decise il giudice.

"Non ho altre domande" concluse il Procuratore. L'avvocato della difesa, nella sua requisitoria, sostenne che si era trattato solo di uno sfortunato incidente. Furono chiamati alcuni testimoni, compresi il Dr. Toshman e la sua assistente Kim che testimoniarono che Nick non era ubriaco ed era nel pieno controllo delle sue facoltà mentali. Quando finirono le arringhe, la giuria si ritirò per deliberare. Dopo poche ore, rientrarono in aula con il verdetto: Nick fu condannato per omicidio colposo di secondo grado.

Nick fu fortemente provato dal verdetto. Il fatto che la concentrazione di codeina fosse elevata e e il farmaco fosse stato assunto senza prescrizione medica fece propendere la giuria per un verdetto a di consapevolezza e, così, fu condannato a cinque anni di prigione. La McDowell Pharmaceuticals fu costretta a licenziarlo perché una società farmaceutica non voleva sopportare le ricadute negative della notizia che un suo agente avesse assunto dei farmaci senza la prescrizione medica. Fu portato in prigione e Tess andò a trovarlo frequentemente ma teneva i bambini all'oscuro di tutto, perché erano troppo piccoli per capire cosa fosse accaduto al loro papà.

Durante i primi mesi di prigione, Nick lesse tutto ciò che era possibile leggere sugli esami per le droghe ed i farmaci, e sugli effetti dell'uso degli oppiacei. Al processo, il Procuratore Distrettuale fece testimoniare un esperto tossicologo che dichiarò che la quantità di codeina presente nelle urine di Nick era più elevata di quella dovuta ad un uso strettamente terapeutico, e questa affermazione mise in seria difficoltà la difesa di Nick. Era stata una sua negligenza a causare l'incidente che portò alla sua condanna. Dal carcere, Nick chiese al suo avvocato di fornirgli i risultati del laboratorio di medicina legale. Quando li ricevette, vide che c'era qualcosa che non quadrava. I risultati dello spettrometro di massa dimostravano che, mentre si osservava un'elevata concentrazione di codeina, non era presente morfina né nel sangue, né nelle urine. La codeina è un composto che dev'essere trasformato, per azione di enzimi epatici, in morfina per poter produrre i suoi effetti farmacologici. Nick sapeva che la sua mente non era stata alterata dalla codeina ma, durante il processo, non riuscì provarlo. L'esperto del Procuratore Distrettuale dichiarò che Nick era cosciente quando la polizia arrivò subito dopo l'incidente soltanto perché la tensione della collisione gli aveva fatto produrre grandi quantità di adrenalina, ma, oggettivamente, era evidente che lo stato mentale di Nick non era affatto compromesso. Contattò il suo avvocato per valutare la possibilità di un nuovo processo sulla base di questi dati.

Fui chiamato a fornire nuove prove per il processo

d'appello di Nick. Il mio laboratorio esegue regolarmente i test per gli oppiacei, e fui coinvolto nell'interpretazione dei risultati. Facemmo alcuni test per determinare l'eventuale presenza nel sangue di Nick di varianti genetiche in grado di modificare la metabolizzazione della codeina e di altri farmaci. Dopo il controllo della documentazione, spiegai all'avvocato di Nick che potevano esserci due ragioni perché il livello di morfina non era elevato nel sangue del suo assistito. Un motivo poteva essere la presenza di altri farmaci che inibivano il metabolismo della codeina nel fegato, oppure poteva esserci una mutazione genetica che aveva impedito al suo fegato di produrre l'enzima coinvolto nel metabolismo della codeina. Nick non aveva assunto altri farmaci il giorno dell'incidente, come era stato confermato dal referto tossicologico del laboratorio. Così suggerii di prelevare a Nick un nuovo campione di sangue ed analizzare il suo DNA per individuare eventuali varianti del gene P450 2D6 che codifica per il citocromo.

"Questo gene codifica un enzima che è responsabile della trasformazione della codeina in morfina" dissi a Nick ed a Brenden in un incontro in prigione. "Se documentiamo che sei un metabolizzatore lento, possiamo dedurre che eri cosciente e che, perciò, si è trattato davvero di un incidente". Nel parlatorio della prigione non era permesso usare aghi per effettuare il prelievo di sangue a Nick. Usai, invece, dei semplici tamponi di cotone e chiesi a Nick di raschiare la parte interna delle guance. "Possiamo estrarre il DNA dalle cellule delle tue guance e determinare se sei un metabolizzatore lento". Brenden ed io lasciammo il carcere ed andammo in laboratorio per eseguire il test sul DNA di Nick. Dopo una settimana, i risultati sul 2D6 furono completati e chiamai Brenden per dirgli le novità.

"Nick ha un genotipo 2D6 *4/*4" gli dissi. "Questo genotipo si associa ad un ridotto metabolismo dei farmaci e ciò spiega perché non c'era morfina nel sangue di Nick. La codeina è un farmaco che per lui non presenta alcuna attività: non funziona. Pertanto, non può avere sofferto effetti collaterali. Alla luce di queste informazioni, credo sia assolutamente giustificato fare richiesta al tribunale di nuovo processo. In questi ultimi anni, i giudici si sono dimostrati molto accondiscendenti a riaprire casi se vengono forniti nuovi elementi di prova tramite l'analisi del DNA e molti verdetti sono stati ribaltati. Ma la maggior parte di questi casi aveva utilizzato l'esame del DNA per escludere la presenza di una persona sulla scena del crimine. Nel caso di Nick l'informazione genetica rappresenta un elemento fondamentale per interpretare i livelli del farmaco".

L'appello del caso di Nick Newman ebbe successo. Un Procuratore Distrettuale diverso dal primo rivide il caso e accettò la mia deposizione. Nick fu ritenuto ancora responsabile della morte di Beatrice Cready, ma non per negligenza. Il Procuratore Distrettuale propose un accordo fra le parti e la sentenza fu ridotta al tempo già trascorso in carcere. Nick fu libero di tornare a casa ed alla sua famiglia. Iniziò un nuovo lavoro, ma l'importante era essere libero e non più in prigione. Brendes mi disse che questa era la prima volta che un'informazione di farmacogenomica veniva utilizzata in un processo d'appello e aggiunse che questo è ciò che rende la giurisprudenza interessante, perché la scienza crea sempre nuovi precedenti.

Ripensando a questo caso, conclusi una cosa che solo i

tossicologi potrebbero apprezzare. Con un gioco di parole in inglese, potrei dire che Nick aveva "less-phine" (letteralmente, "meno-fina"), cioè nessuna conversione della codeina, e non "more-phine" ("più fina"), ossia il normale metabolite".

ooo

Il citocromo P450 2D6 è un enzima epatico responsabile, più di qualsiasi altro enzima, del metabolismo dei farmaci. In più, oltre agli oppiacei come la codeina, il 2D6 metabolizza anche farmaci antinconvulsanti, antidepressivi, e alcuni farmaci contro il cancro. Circa il 6-10% della popolazione di origine caucasica, come Nick, presenta un ridotto metabolismo da parte del 2D6.

Alcune persone sono proprio all'opposto e sono classificati come "metabolizzatori ultrarapidi". Queste persone hanno coppie multiple del gene 2D6 e producono più enzima del normale. Le persone che sono metabolizzatori ultrarapidi, nel caso dei profarmaci come la codeina, producono il farmaco attivo in elevate concentrazioni. Le donne che sono metabolizzatrici ultrarapide, ed allattano, se assumono codeina, devono controllare di non esporre il bambino ad un'overdose di morfina che in passato ha provocato già alcuni casi di decesso. Per questi motivi, l' FDA ha messo in guardia medici e pazienti sui pericoli nell' uso di codeina.

Nick Newman imparò la lezione nel peggiore dei modi. Bisogna scoraggiare l'automedicazione e usare solo prescrizioni fatte dai medici perché i singoli soggetti non possono fornire valutazioni oggettive di se stessi. Tutti pensano di saperne più dei medici, e quest' arroganza può portare a diagnosi errate e terapie improprie. Anch'io, talvolta, ho avuto discussioni in famiglia in merito all'appropriatezza di prescrizioni terapeutiche ed, anche se ritengo necessario seguire le prescrizioni cliniche, qualche volta sono stato indotto in tentazione.

Il facile accesso alle prescrizioni mediche può portare ad abusare dei farmaci, un problema particolare che tocca anche i farmacisti. Nick usò un farmaco a base di oppio senza la prescrizione medica e ciò è illegale, anche se la droga non era stata utilizzata per drogarsi. Quando andò a casa, Nick buttò via tutti i farmaci acquistati senza prescrizione e conservati ancora nell'armadietto.

Abuso di ibuprofene

****

Amanda Voss studiava arti grafiche presso la locale università. Quando si iscrisse, entrò in una comunità femminile universitaria nella speranza di trovare un appartamento adatto alle sue necessità ed inserirsi nel nuovo ambiente. Sua sorella maggiore era inserita in un'altra comunità femminile e le raccomandò la vita "greca". Amanda fu accolta nella comunità e, all'inizio del secondo anno, andò ad abitare in una casa alla periferia del campus. Ad Amanda piaceva socializzare e partecipare alle feste. Ebbe tantissimi fidanzati, ma nessun rapporto veramente impegnativo: voleva rimanere libera e godere pienamente la vita universitaria. Come la maggior parte delle ragazze della sua comunità, beveva birra e vino, ma mai in eccesso e non era mai stata sul punto di ubriacarsi, anche perché questo era considerato un comportamento disdicevole e fortemente malvisto nel campus.

All'inizio dell'autunno del suo terzo anno di università, le ragazze decisero di avviare uno scambio di conoscenze con una simile comunità di un'altra università. Amanda ed altre dodici ragazze, guidando l'automobile, si recarono presso l'altra università per trascorrere un lungo weekend. Le due università avevano organizzato una partita di calcio. Il venerdì sera, prima della partita, era prevista una festa negli alloggi della comunità ospitante, ed erano stati invitati i ragazzi della comunità vicina. Erano stati acquistati per l'occasione alcuni barilotti di birra e casse di vino, e furono assunti due buttafuori affinché non ci fosse alcun problema.

Amanda bevve alcuni bicchieri di vino rosso. Era abbastanza esperta di vini e capì che quello che stava bevendo era una delle bottiglie più a buon mercato che si trovasse in vendita. Lo chiamavano "Il Charles da due dollari". Quando la festa finì, dopo le tre del mattino, le ragazze distrutte dalla stanchezza si abbandonarono sui divani e dormirono per molte ore della mattina successiva. Quando si alzò, Amanda si rese conto di soffrire del più forte mal di testa della sua vita, e pensò che fosse colpa del vino.

"Il vino che ho bevuto la notte scorsa era di pessima qualità" disse ad Ester, una delle ragazze della casa di accoglienza che si era già alzata. "Hai un'aspirina?".

Ester andò in bagno e tornò con un blister. "Ecco qui, Amanda, prendine due e ti sentirai meglio. Hai esagerato, eh?". Senza guardare, Amanda prese le due pastiglie, le mise in bocca e le inghiottì con un po' d'acqua. Si buttò di nuovo sul divano e dormì per altre due ore.

Quando Amanda si risvegliò, si sentì un pò meglio, ma la sua testa pulsava ancora e chiese ad Ester dell'altra aspirina. "Prendi questo blister" disse Ester. "Sembra che tu ne abbia bisogno". Amanda prese altre due pastiglie e mise in tasca il resto. Poi uscì per prendere un pò d'aria fresca. Sembrò che l'aspirina facesse effetto e, infatti, iniziava a senirsi meglio. Sapeva che il tifo degli studenti che avrebbero assistito alla partita sarebbe stato molto forte e acceso, perciò poco prima della match, prese altre due pastiglie. Solo in quel momento si accorse, leggendo l'etichetta ed il foglio illustrativo, che le pastiglie che aveva preso erano ibuprofene e non aspirina. Non aveva mai assunto quest'analgesico prima di quel momento. In passato aveva preso sempre aspirina o paracetamolo. Sul foglio c'era scritto: "Per il sollievo temporaneo del mal di testa e di dolori muscolari minori, Phoenix Pharmaceuticals". Prese altre due pastiglie, non ci pensò più e se ne andò a vedere la partita.

Amanda e le altre ragazze ritornarono a casa nella serata di domenica. Era stata un'esperienza divertente ma le lezioni sarebbero cominciate lunedì, cioè il giorno dopo. Amanda gettò il blister con l'ibuprofene nel suo cassetto. Due settimane dopo, ospitò a casa sua una riunione tra ex studenti che ritornavano al campus per incontrare le nuove ragazze della comunità per scambiare ricordi e aneddoti. Erano stati organizzati vari giochi all'aperto ed un pic-nic. A tutti fu richiesto di partecipare, e Amanda scelse di gareggiare al tiro alla fune. C'erano cinque ex universitari che tenevano il capo di una corda spessa e lunga contro cinque studenti universitari che la tenevano all'altra estremità. C'era del fango nel terreno dove era stata organizzata la gara. Fu una lotta dura, ma la squadra di Amanda, essendo più giovane, costrinse gli ex allievi a scivolare nel fango. Ma prima della vittoria, anche il suo team finì nel fango.

Il giorno dopo Amanda si svegliò tutta dolorante. Non aveva mai sentito così male ai muscoli prima di allora. "*Il prossimo anno dovrò fare un po' di esercizi in palestra*" disse fra sè. Aprì nel cassetto e prese altre due pastiglie di ibuprofene. Il farmaco l' aiutò a stare meglio, ma poi si sentì ancora rigida. Più tardi, durante il giorno, prese altre due pastiglie. Il giorno dopo, Amanda aveva nausea e febbre. Sulla parte superiore del corpo era comparsa un'eruzione cutanea che non aveva mai avuto prima. Una compagna di università la accompagnò al General Hospital per curare l'eruzione cutanea. Il Dr. Royce Linden era uno degli immunologi e dermatologi dell'ospedale. Fece alcune domande ad Amanda per definire l'origine dell'eruzione cutanea.

"Amanda sai, per caso, di avere qualche allergia?" chiese Il Dr. Linden.

"No, nulla che mia madre mi abbia mai detto". Rispose Amanda.

"Hai camminato di recente in mezzo agli alberi o nei campi incolti?".

"No. Solo alcune scampagnate con le mie colleghe".

"Sei stata esposta di recente a prodotti chimici, pesticidi o erbicidi?".

"No. Sono studentessa in arti grafiche e lavoro al computer, senza particolari esposizioni a sostanze nocive".

"Hai preso qualche nuovo farmaco che non avevi mai assunto prima?".

"In effetti, sì...".

"Quale farmaco?".

"Ibuprofene, per il mal di testa ed i dolori muscolari. Ho iniziato due settimane fa, ed anche ho preso alcune pastiglie ieri".

Il Dr. Linden trascrisse queste note nella cartella clinica di Amanda. Dopo essere rimasto in silenzio per alcuni minuti, disse: "Penso che tu stia sviluppando una allergia ritardata dovuta a questo farmaco. È molto rara, ma può essere molto seria. Dobbiamo ricoverarti in osservazione e curarti immediatamente prima che la situazione peggiori".

"Per quanto tempo?". Ho le lezioni e devo frequentare i corsi all'Università", disse Amanda con uno sguardo furente.

"Dipende da quanto è seria la tua situazione. Aspettiamo e vediamo". Il Dr. Linden chiuse la cartella clinica e lasciò la stanza. Discusse assieme ad un'infermiera come organizzare il ricovero e la terapia da somministrare.

Amanda peggiorò. La febbre aumentò e le eruzioni cutanee si diffusero. Il Dr. Linden la inviò in terapia intensiva, dove le somministrarono dei liquidi per via endovenosa. La ragazza sviluppò lesioni cutanee che il medico curò con garze di protezione non adesiva. Sfortunatamente per Amanda Voss, i successivi tre mesi furono i più orribili che una persona possa sperimentare. Da giovane donna, vivace e completamente sana, in una notte, era diventata una paziente con sindrome da disfunzione multiorgano. I suoi genitori presero un aereo per andare a trovarla. Il Dr. Linden disse loro che aveva sviluppato la Sindrome di Steven Johnson, una malattia debilitante con eruzione cutanea pericolosa per la vita.

"Come può essere accaduto?" chiese il padre con un fremito di paura nella sua voce.

"È una reazione d'ipersensibilità ritardata" spiegò il Dr. Linden. " Nel corso dell'assunzione di ibuprofene, alcune delle cellule immunitarie del suo corpo sono state "sensibilizzate" verso il farmaco che è stato percepito come una tossina. Pensi a quest'evento come una chiamata al dovere da parte dell'esercito. Durante l'attacco iniziale, non erano disponibili dei "soldati addestrati" a dare una risposta. Ma quando la ragazza ha ripreso il farmaco, i suoi linfociti T erano già pronti ad attaccare il nemico. Sfortunatamente, in alcune persone, questi anticorpi attaccano anche i tessuti sani, tra cui la pelle, proprio come avviene in guerra quando vi sono vittime civili. Credo che questo sia quello che sta succedendo ad Amanda e c'è poco che possiamo fare per fermarlo".

Le lesioni cutanee coprirono oltre il 40% della superfice corporea di Amanda. La sua salute si stava deteriorando in un modo allarmante. Il Dr. Linden segnalò l'aggravamento della sua condizione clinica. Lei aveva una "necrolisi epidermica tossica", la forma più pericolosa della Sindrome di Steven Johnson. Quando insorse l'insufficienza renale, fu sottoposta ad emodialisi. Sviluppò, anche una grave insufficienza epatica, e fu inserita nella lista dei trapianti. Essendo di giovane età e senza altre patologie, fu posta fra ai primi posti della lista prioritaria.

Fortunatamente, dopo due giorni iniziò un lento miglioramento e i medici furono in grado di disinserirla dalla lista dei trapianti. Ma il suo ricovero fu lungo e doloroso. Le sue compagne andarono a visitarla, sebbene fossero scioccate nel vederla in quelle condizioni, cercarono di farla sorridere e stare allegra. Ma quando andarono via, alcune di loro piangevano abbondantemente.

Alla fine, la cura fece effetto ed i suoi reni e fegato ripresero a funzionare. Dopo tre mesi, fu dimessa dall'ospedale e i suoi genitori la portarono a casa. Aveva perso più di nove chili di peso e molti mesi di studio. Lentamente riprese peso e tornò ad essere come prima. Le sue compagne fecero una grande festa al suo ritorno.

ooo

Il padre di Amanda consultò lo studio legale di Weston, Weston&Johnson, LLC, per individuare se vi fossero elementi sufficienti per presentare una querela contro la Phoenix Pharmaceuticals, la ditta che produceva l'ibuprofene che era stato assunto dalla figlia. Il padre di Amanda incontrò uno dei soci, Harrison Weston III, al quale mostrò le fotografie di Amanda durante la fase più grave, e spiegò che il medico aveva buon motivo di credere che fosse stata la conseguenza di un'allergia dovuta ad un tale farmaco. Weston chiese ad un suo tirocinante di approfondire il caso e questi, dopo una settimana, si presentò nuovamente per discutere con Weston quello che aveva scoperto.

"Che cosa hai scoperto?" chiese Weston.

"Sig. Weston, l'ibuprofene è stato approvato dalla FDA come un analgesico da banco nel 1984. Poiché il brevetto originale è scaduto, è disponibile come farmaco generico da molti anni. La Phoenix Pharmaceuticals è una delle ditte che producono l'ibuprofene che Amanda Voss ha assunto. Nel 1999, il Centro per la Valutazione e Ricerca dei Farmaci dell' FDA ha dimostrato assunzione fra assunzione di ibuprofene ed altri farmaci anti-infiammatori non steroidei e l'insufficienza renale acuta in diverse centinaia di casi, alcuni dei quail hanno provocato diversi decessi. Ci sono state altre segnalazioni di casi che collegano l'uso dell' ibuprofene a gravi malattie renali ed epatiche. Ma nessuna di queste potenziali tossicità viene specificamente elencata nel foglietto illustrativo".

"Possiamo provare che l'ibuprofene è stato la causa dei problemi di salute di Amanda?" chiese Weston.

"Ho parlato con un tossicologo del General Hospital. Mi

ha detto che c'è un test di laboratorio che si chiama Test di tossicità linfocitaria, in inglese "Lymphocyte Toxicity Assay" o "LTA". Con una provetta di sangue fresco, possiamo verificare se le cellule di Amanda sono state sensibilizzate dall'ibuprofene. Se il test risultasse positivo, questo dato potrebbe fornire una prova decisiva per dimostrare la responsabilità del farmaco".

Con l'approvazione di Harrison Weston, il tirocinante mi contattò per organizzare il prelievo di sangue di Amanda Voss.

"Il test sarà eseguito in un laboratorio canadese e, quindi, dobbiamo porre attenzione alle modalità di prelievo e conservazione del campione. Darò istruzioni specifiche al personale addetto ai prelievi" spiegai agli avvocati. Amanda prese un appuntamento con il mio laboratorio, dove le fu prelevato il sangue. La provetta con il sangue fu inviata tramite un corriere a Toronto. Dopo alcuni giorni ricevemmo il risultato dell'LTA che confermò che Amanda aveva sviluppato una reazione tossica a causa dell'ibuprofene.

Il padre di Amanda ed il suo avvocato intentarono una causa civile contro la Phoenix Pharmaceuticals per non aver messo in guardia i pazienti sui rischi dell'uso dell'ibuprofene. Chiedevano i danni per le spese mediche sostenute da Amanda Voss, e per i disturbi e le sofferenze emotive che aveva patito. L'avvocato mi chiese di testimoniare in merito all'LTA e all'effetto di alcuni farmaci sullo sviluppo della Sindrome di Steven Johnson e della necrolisi epidermica tossica.

Due anni dopo l'avvio della causa, iniziò il processo. Durante un incontro con il giudice, l'avvocato difensore Jeffrey Dempsey mi chiese quale fosse la mia qualifica per poter testimoniare in questo caso, e particolarmente sul test LTA che era eseguito sul sangue di Amanda.

"Il mio laboratorio esegue esami per determinare la predisposizione genetica della Sindrome di Steven Johnson sui pazienti che prendono farmaci come l'abacavir e la carbamazepina. L'abacavir viene utilizzato nei pazienti infetti dal virus dell'immunodeficienza umana (HIV), mentre i pazienti affetti da epilessia vengono trattati con carbamazepina per controllare le convulsioni. Gli individui che presentano nel loro sangue alcune componenti immunitarie, quando assumono questi farmaci, possono sviluppare la Sindrome di Steven Johnson".

Dempsey non capì completamente cosa stavo dicendo. Per mascherare la sua ignoranza, disse: "In questo caso, le sue competenze non sono rilevanti". Poi chiese: "Dottore, ha mai esaminato personalmente eventuali casi di Sindrome di Steven Johnson causata dall'uso dell'ibuprofene?".

"No. Dieci milioni di persone assumono l'ibuprofene e ci sono stati segnalati solo pochi casi di Sindrome di Steven Johnson", risposi. "Questo è un effetto collaterale molto raro".

"Allora come può essere sicuro che sia stato l'ibuprofene il fattore scatenante della malattia?", chiese Dempsey irritato.

Risposi che la storia clinica di Amanda era coerente con il meccanismo di reazione di ipersensibilità ritardata. Inizialmente, la paziente era stata esposta all'ibuprofene e poi, quando riprese il farmaco dopo qualche tempo, erano iniziate le manifestazioni cliniche legate al danno epatico e renale.

"Potrebbe essere possibile che quel giorno lei avesse mangiato qualcosa di avariato oppure fosse stata esposta ad agenti presenti nell'aria? Come può essere sicuro?". Poi Dempsey si rivolse direttamente al giudice. "Dove è la prova che l'ibuprofene sia stato davvero la causa di questa malattia?".

"L'ibuprofene è stato l'unico farmaco che Amanda avesse assunto in quel periodo. Inoltre, non faceva diete particolari e non era stata esposta ad agenti chimici. Abbiamo anche eseguito l'esame detto LTA. Quest'esame può stabilire se le sue cellule fossero state sensibilizzate contro il farmaco. I risultati hanno dimostrato che le cellule di Amanda sono state attivate da una esposizione all'ibuprofene. Il farmaco, o un suo metabolita, ha innescato una reazione autoimmune, che ha coinvolto il fegato ed i reni. Il laboratorio ha analizzato il sangue di migliaia di altri pazienti e la quasi totalità non ha dimostrato alcuna positività," aggiunsi, testimoniando in presenza dei membri della giuria.

Pensavo che queste persone dovessero essere informate dell'esistenza di questo test in modo che potessero disporre di una prova importante al fine di prendere una decisione consapevole. Cercai di parlare in termini semplici, ma era difficile perchè ero abituato a parlare in gergo scientifico con i miei colleghi.

"Dottore, oggi lei è in grado di eseguire questo esame per valutare i rischi di un paziente?".

"No, a differenza delle analisi del sangue che facciamo abitualmente all'ospedale, le analisi sulla tossicità dei linfociti sono eseguibili solo in un laboratorio di riferimento specializzato" spiegai.

"Allora come facciamo ad essere certi che il risultato sia affidabile? Il laboratorio soddisfa gli standard di qualità per questo esame?".

"No, questo esame non è convalidato dal Clinical Laboratory Improvement Act, che detta le norme per gli esami di laboratorio. Tuttavia, ci sono dozzine di articoli scientifici che hanno validato questo metodo. Il fatto che il suo uso non sia regolamentato, in questo caso, non invalida i risultati. In un'aula di tribunale una prova scientifica non ha bisogno di soddisfare gli standard di qualità. È mia opinione che il risultato di questo esame, assieme all'evidenza clinica del caso, permetta di concludere che sia molto più probabile che la paziente abbia subito una reazione allergica indotta da ibuprofene". Io pensavo che, in materia civile, fosse sufficiente solo una "preponderanza delle prove", non una prova assoluta, come nelle cause penali.

Gli avvocati della difesa riconobbero che l'ibuprofene era probabilmente l'agente che aveva provocato la malattia di Amanda, ma nella loro arringa finale, adottarono una strategia diversa. Sottolinearono che la Phoenix Pharmaceuticals non era la proprietaria originale del brevetto dell'ibuprofene. La FDA aveva concesso l'autorizzazione alla Phoenix Pharmaceuticals di produrre il farmaco nell'ambito della Abbreviated New Drug Application, per cui fu eseguito solo uno studio clinico molto limitato per dimostrare l'equivalenza terapeutica del farmaco al nome della marca. Nel foglietto illustrativo del farmaco prodotto dalla ditta che aveva il brevetto non esisteva alcun avvertimento su possibili effetti di tossicità epatica o renale.

L'avvocato Dempsey disse alla corte: "Dal momento che i termini usati nelle istruzioni fornite dal produttore del farmaco generico erano identici, il foglietto illustrativo risulta conforme alle avvertenze dell'FDA esistenti. La Phoenix Pharmaceuticals non è obbligata ad ampliare queste avvertenze. Eventuali modifiche richiedono l'approvazione preventiva da parte della FDA. Dal momento che la FDA non può essere citata in giudizio per le sue decisioni, il tribunale distrettuale non può precedere una sentenza federale".

Inoltre l'avvocato Dempsey concluse dicendo che un eccesso di avvertimenti può avere un effetto negativo sul pubblico per quanto attiene alla sicurezza di un prodotto e può pregiudicare l'acquisto del farmaco stesso, sia originale che generico.

La giuria concordò con la difesa. Harrison Weston disse alla famiglia Voss che sarebbe ricorso in appello. Nel frattempo, Amanda finì l'università e fu assunta da una società di arti grafiche. Non soffrì di effetti residui della sua malattia. Nella sua patente di guida fu inserito un adesivo che avvertiva che era allergica all'ibuprofene e che, pertanto, non le doveva mai più essere somministrato questo farmaco".

ooo

Tutti farmaci di sintesi possono causare reazioni allergiche. Sono state descritte cinque tipologie di reazioni: Tipo I, una reazione anticorpale immediata ad un allergene, del tipo "febbre da fieno". Tipo II, allergeni che creano gli anticorpi che riconoscono e distruggono le proprie cellule. Tipo III, una reazione autolimitante anti-siero derivata da una antigene non presente nell'essere umano. Viene chiamata anche "malattia da siero" che provoca ipersensibilità mediata da immunocomplessi. Tipo IV, ipersensibilità ritardata in cui la reazione avviene pochi giorni dopo il contatto con un antigene specifico che scatena la reazione. Tipo V, un'allergia autoimmune dove gli anticorpi si legano ad un recettore, aumentandone l'attività. Amanda Voss soffrì di una reazione allergica di tipo IV. Ci sono solo pochi laboratori che possono eseguire dei test per prevedere se un farmaco può provocare una reazione di ipersensibilità ritardata. Nella maggior parte dei casi, lo sviluppo di un'allergia viene scoperto solo dopo che il farmaco è stato assunto e l'allergia si è manifestata. Il test di tossicità sui linfociti può essere utilizzato per determinare se un individuo è stato sensibilizzato da un particolare farmaco e può, quindi, essere soggetto ad una reazione avversa anche in futuro. Ma, in precedenza, il soggetto deve essere stato esposto al farmaco.

Inaspettatamente, nel processo d'appello sul caso Voss contro la Phoenix Pharmaceuticals, la Corte d'Appello ribaltò il giudizio precedente. Grazie a questa decisione, si stabilì che la legge federale può aver precedenza su quella statale nel caso di un "mancato avviso" da parte del produttore di un farmaco generico. Nel nostro caso, i giudici conclusero che, mentre il rilascio di farmaci generici poteva rendere più accessibili al grande pubblico alcuni composti, il produttore era responsabile dei possibili eventi avversi dovuti alla mancata messa in guardia dei consumatori delle possibili tossicità, anche se il farmaco originale era privo di tale avvertimento. Il produttore del farmaco generico, secondo i giudici, ha lo stesso grado di responsabilità del produttore del farmaco originale.

Il caso di Amanda ha dimostrato, ancora una volta, che tutti i farmaci sono potenzialmente pericolosi. Mentre i danni provocati dall'eccessivo dosaggio di paracetamolo ed aspirina sono stati ben descritti nella letteratura, quelli dovuti all'ibuprofene sono ancora poco conosciuti. "Anche se continuo a pensare che i farmaci siano essenziali per il trattamento delle malattie" dissi ai miei studenti, "dobbiamo essere sempre scrupolosi nel prescriverli e nel controllarne gli effetti. Per minimizzare le possibilità di una reazione d'ipersensibilità ritardata, non si devono cambiare i farmaci che si utilizzano abitualmente senza una buona ragione. Se un farmaco è efficace, non dovete sostituirlo con un altro semplicemente perché è meno caro. Potreste pagare un prezzo molto più elevato e severo".

La strategia dal basso verso l'alto

Ogni anno la Scuola di farmacia della nostra Università ammette 120 matricole. Tutti gli studenti devono frequentare la classe introduttiva "Pharm101", che consiste in una serie di lezioni sui principi di base della farmacologia. Dopo la laurea, la maggior parte di questi studenti diventa farmacista, lavora nelle farmacie e prescrive farmaci. Pochi di loro entrano in un dottorato di farmacologia o scienze farmaceutiche. Lo scorso anno, ho ricevuto una telefonata nella quale mi veniva chiesto di incontrare il direttore del corso di "Pharm101", il Dr. Carlos Esteban che era a conoscenza del fatto che il mio laboratorio effettua dei test di farmacogenomica sui pazienti del General Hospital, e voleva chiedere il mio aiuto nella formazione degli studenti.

"Ogni anno, tengo delle lezioni di farmacogenomica e di solito le aule sono vuote", disse mentre ci sedevamo nel suo studio. Il test farmacogenomico prevede l'analisi del DNA di un soggetto per individuare eventuali varianti genetiche che influiscono sul metabolismo epatico dei farmaci e sull'escrezione renale; quindi questo test può essere utilizzato per identificare i soggetti che presentano o meno alcune mutazioni genetiche. Alcuni individui sono intrinsecamente metabolizzatori veloci, mentre altri sono metabolizzatori lenti. Poiché le dosi dei farmaci sono ottenute studiando individui con un livello "normale" di metabolismo, per i soggetti con varianti genetiche è necessario variare la dose del farmaco per ottenere l'effetto farmacologico desiderato e minimizzare gli effetti collaterali.

"Quest'anno sto cercando di fare qualcosa di più innovativo e stimolante" proseguì. "Cosa possiamo fare per rendere queste lezioni più interessanti?". Probabilmente, si era già dato la risposta alla domanda, ma non poteva formularla oppure voleva che fossi io a rispondere.

Dopo una pausa, osservai: "Perché non chiediamo agli studenti di offrirsi volontari come cavie per uno studio di farmacogenomica?" risposi.

"Che cosa intendi dire?" mi chiese. Mi domandai se avessi dato per scontata questa risposta alla sua domanda e se per caso lui non avesse in mente qualcosa di completamente diverso, ma continuai.

"Il compito della medicina personalizzata è fornire informazioni obiettive per individuare il farmaco giusto, alla dose giusta, per il paziente con una patologia particolare, vero?" dissi, rendendomi conto, solo in quel momento, che cercavo di convincere uno che era già convinto. Carlos era uno dei pochi medici che aveva compreso il reale valore della farmacogenomica, e che la utilizzava nella sua professione medica e nella ricerca.

Continuai: "chiederemo ai volontari di poter prelevare il loro sangue per fare la genotipizzazione di uno dei geni più importanti nella pratica clinica. Poi, quando arriverà il momento di tenere una lezione su questo argomento, mostreremo all'intera classe i risultati ottenuti sui singoli volontari per discutere la rilevanza clinica di questi genotipi per quanto riguarda le scelte terapeutiche" spiegai, pensando a voce alta.

"Dobbiamo ottenere il permesso del comitato etico della scuola e tutti i volontari devono firmare un modulo di consenso che permetta di rilasciare queste informazioni. Ognuno potrà negare il permesso a divulgare i dati, in qualsiasi momento" spiegai.

"Altre università hanno studiato la sequenza del DNA dei loro studenti, e sono state pesantemente criticate dai genitori, dagli amministratori e anche dai media. Molti studenti sono riluttanti a rivelare il loro patrimonio genetico, perché ciò potrebbe portare ad una discriminazione sul posto di lavoro o causare l'aumento delle rate di assicurazione sanitaria. Come possiamo evitare questo **problema**?" disse Carlos. Risposi: "Gli studi fatti in precedenza presso le Università di Stanford e di Iowa hanno usato un approccio che permetteva di individuare una vasta gamma di varianti genetiche nei soggetti esaminati. Per esempio, la mutazione del gene BRCA predispone l'individuo al cancro, mentre la mutazione del gene apo E predispone alla malattia dell'Alzheimer. Posso essere d'accordo che queste informazioni debbano essere tenute riservate. La mancata conclusione degli studi condotti presso queste università fu dovuta al fatto che non era stata prevista come obbligatoria la consulenza genetica per gli studenti che presentavano delle varianti significative. Questo è un elemento critico quando si tratta di malattie genetiche". Poi aggiunsi: "Possiamo fare qualcosa di diverso se ci concentriamo solo sui geni che influenzano la farmacocinetica dei farmaci. Mentre i farmaci sono legati alla gestione della malattia, le variazioni genetiche dei geni individuate attraverso i test di farmacogenomica non indicano lo sviluppo della malattia, ma riguardano solo il successo di un particolare farmaco per curarla. Non c'è nessun pregiudizio associato con un'allergia alla penicillina, ed è possibile utilizzare un altro antibiotico". Quello che stavo dicendo era già ben noto a Carlos, però lui voleva che fossi io ad arrivare alle sue stesse conclusioni.

"Mi piace questa idea. Penso che potremmo attirare la loro attenzione. Se fossi ancora studente, mi piacerebbe partecipare a questo studio. Se otterrai l'approvazione del comitato etico, potremmo programmare questa sperimentazione nel prossimo semestre" disse Carlos.

ooo

Durante il secondo semestre, Carlos mi presentò agli studenti e spiegai loro il nostro progetto. "Ho messo a vostra disposizione del personale medico per raccogliere il vostro sangue. Però prima dovrete leggere e firmare il modulo di consenso. Carlos ed io vorremmo esaminare le varianti genetiche dell' enzima del citocromo P450 2C19".

"Si tratta di un enzima epatico responsabile del metabolismo di un enorme numero di farmaci come, per esempio, gli inibitori della pompa protonica" dissi. I ragazzi avevano già studiato gli inibitori della pompa protonica nel trattamento dell'ulcera peptica. "Oggi, nessuno di voi è abbastanza anziano da soffrire di ulcera, ma sapere che siete affetti da una variante genetica dell'enzima del citocromo P450 2C19 potrebbe essere rilevante fra molti anni, quando avrete bisogno di assumere questi od altri farmaci".

"In altre parole, quando saremo vecchi come lei ed il Dr. Esteban?" urlò uno studente.

"Guardalo, il bambino" dissi all'anonimo commentatore.

Sentii che le mie parole avevano toccato il tasto giusto degli studenti, anche se alcuni sembravano volersi addormentare. Di tutta la classe al completo, era presente circa un quarto degli studenti. Molti di loro dissero, in seguito, che volevano partecipare allo studio, ma erano spaventati dai prelievi di sangue. Alcuni rifiutarono perché avevano paura degli aghi.

Dopo poche settimane, eravamo in possesso dei risultati del genotipo 2C19 degli studenti che avevano accettato di partecipare allo studio. Scoprimmo che la frequenza delle varianti genetiche della nostra classe coincideva con gli studi già pubblicati. Inserii questi dati nella lezione di farmacogenomica che era programmata per la settimana successiva. Quando venne il momento della lezione, si sentiva nell'aria un'ansiosa attesa di conoscere i risultati. Gli studenti che si erano offerti come volontari erano particolarmente in tensione. Tuttavia, anche gli altri studenti si dimostravano più interessati ed attenti. Come prima cosa, presentai la scaletta della lezione: spiegai il concetto di metabolismo veloce e lento, e raccontai loro che cos'era il 2C19, e quali erano i farmaci che potevano dimostrare un metabolismo alterato. In particolare, decisi di concentrarmi sul Clopidogrel, un farmaco usato per il trattamento dei pazienti con malattie cardiovascolari. Era evidente che molti studenti erano impazienti di conoscere i genotipi dei loro compagni di classe. Poco prima di rivelare i risultati delle analisi, mostrai loro un filmato di pazienti con arterie coronariche ostruite che avevano dovuto subire un intervento di angioplastica coronarica.

"L'arteria discendente anteriore sinistra di questo paziente è occlusa al 90%" spiegai puntando il mio laser sull'arteria. "Sebbene in questo momento non vi sia una malattia acuta, con molta probabilità prima o poi questa arteria si occluderà completamente ed il paziente avrà un infarto". Continuai a parlare mentre il video proseguiva. "Come vedete, nell'arteria viene introdotto un catetere a palloncino che viene poi gonfiato, ed infine rimosso. In seguito, viene iniettato nuovamente il mezzo di contrasto e, come potete osservare, l'arteria si è riaperta del tutto o quasi" . Il video ripartì di nuovo dall'inizio perché era a ciclo continuo, così lo spensi. "In questa arteria è stato inserito uno stent (un tubicino con struttura retiforme) in acciaio inossidabile per mantenerla aperta. Al fine di evitare che questa arteria sia ostruita in un prossimo futuro, a questo paziente è stato dato un farmaco antiaggregante piastrinico, chiamato Clopidogrel. Questo farmaco deve essere metabolizzato dal fegato per poter essere efficace".

Gli studenti sapevano che tutti noi abbiamo due coppie di geni ereditati da ciascun genitore. "Gli studi hanno dimostrato che i pazienti che hanno almeno una coppia mutata del gene 2C19, presenteranno un metabolismo lento ed avranno una maggiore probabilità di infarto in un prossimo futuro, perché non producono abbastanza farmaco attivo". Poiché il tempo della lezione si stava esaurendo, era giunto il momento di rivelare il genotipo degli studenti volontari. Sentivo che alcuni studenti stavano pensando fra sé: "Era ora. Andiamo avanti con i genotipi!".

La diapositiva successiva conteneva l'informazione che stavano aspettando. Più della metà degli studenti aveva il fenotipo naturale "wild type", e perciò la velocità di metabolizzazione dei farmaci era normale. Furono elencati i nomi di questi studenti che tirarono un sospiro di sollievo. Un paio di questi, il cui nome compariva nella diapositiva, si girarono e si diedero "il cinque" con la mano. Due studenti risultarono essere ultra-metabolizzatori. "Una dose normale di 75 mg di Clopidogrel, per voi sarebbe troppo alta", dissi loro.

Tre studenti avevano una coppia di geni con metabolismo lento. Guardando negli occhi gli studenti in questione, affermai: "Il Clopidogrel potrebbe non essere efficace per voi e potreste aver bisogno di dosi molto più alte o, in alternativa, di un altro farmaco antiaggregante".

Uno studente, Bobby risultò portatore di coppie di geni codificanti il metabolismo lento e il metabolismo ultra rapido. "Non siamo realmente sicuri di quanto sarebbe realmente efficace il Clopidogrel su di te, perché il tuo genotipo è molto raro e fino ad ora non sono stati raccolti dati sufficienti", dissi a Bobby. "E' come se i geni del metabolismo veloce e quelli lenti si annullassero a vicenda, ma non ne siamo certi".

"L'ultima diapositiva che vi faccio vedere è di uno studente che è stato esaminato con particolare attenzione perché ha un genotipo doppio omozigote per il gene del metabolismo lento". Freda Ng capì che si trattava del suo caso, perché il suo nome non era apparso nelle diapositive precedenti. "Freda, il Clopidogrel non ha alcun effetto su di te". Feci alcune riflessioni conclusive della mia lezione, ma Freda non era più in grado di seguire il discorso. Più tardi, il Dr. Esteban la incontrò per rassicurarla che il suo genotipo non era correlato con alcun rischio di malattia. Lei capì e smise di preoccuparsi.

ooo

Quella notte, Freda fu in preda a dubbi sul quale dovesse essere il suo stato d'animo dato che aveva appreso di essere l'unica ad avere quel particolare genotipo. Avrebbe dovuto essere sconvolta, arrabbiata o indifferente? In un primo momento, ricevette degli amichevoli sfottò da parte di alcuni studenti.

"Non sei così speciale" disse un ragazzo.

"Meglio non starti vicino" disse un altro. Freda sapeva che stavano solo scherzando e che nessuno cercava di prenderla in giro.

"Almeno io so che cos'ho, a differenza di Bobby, che ha un genotipo sconosciuto" pensò. Dopo alcune settimane, Freda non pensò più al suo genotipo, e pensò solo ad essere una studentessa di una grande università.

ooo

Dopo la fine del semestre, Freda volle tornare a casa, e ritrovare la sua famiglia in una piccola città vicino a Chico in California. Un mese dopo, suo padre Horace avvertì un senso di oppressione al petto e, perciò decise di farsi vedere dal medico di famiglia. Freda lo accompagnò allo studio del medico. Horace aveva 57 anni, era in sovrappeso, aveva la pressione alta ed aveva fumato per 25 anni fino a qualche anno prima. Dopo la visita, il medico disse ad Horace che voleva sottoporlo al test da sforzo. Collegò una serie di elettrodi a vari punti del suo petto e sulla schiena per registrare l'elettrocardiogramma, e gli fu chiesto di camminare su un tapis roulant ad un ritmo normale. Dopo pochi minuti dall'inizio del test, Horace sentì dolore al petto. I tracciati dell'elettrocardiogramma mostrarono un'anomalia, ed il test fu

170

immediatamente interrotto. Il suo medico disse che doveva essere sottoposto a cateterismo cardiaco, e consigliò il Dr. Keith Logan, un cardiologo di Chico. Freda si ricordò del video dell'angioplastica che avevo mostrato a lei ed alla classe alcuni mesi prima. Questo ricordo era diventato particolarmente intenso perché suo padre doveva **sottoporsi allo stesso esame.**

Il cateterismo fu programmato per la settimana successiva. Freda e sua madre portarono Horace all'ospedale, dove fu eseguito l'intervento. Freda chiese al Dr. Logan se poteva vedere l'intervento dal video installato nel laboratorio di emodinamica, dove gli specializzandi ed i loro compagni si incontrano per assistere agli interventi, ma le fu risposto che la politica dell'ospedale non lo consentiva.

"I membri della famiglia del paziente potrebbero fare troppe domande nel momento critico del cateterismo. Lei non vuole che il risultato dell'intervento possa essere **compromesso dalla sua presenza, vero?**". Freda, ovviamente, capì e disse di essere d'accordo. Lei e sua madre sedettero pazientemente nella sala d'attesa. Il Dr. Logan completò l'intervento in 90 minuti e poi entrò nella sala d'attesa per parlare ai famigliari. "L'angiografia è andata bene. Horace aveva le arterie coronariche ostruite. Abbiamo eseguito un'angioplastica ed inserito nelle sue arterie due cateteri in acciaio inox per mantenerle aperte. Prescriverò anche un farmaco, il Clopidogrel, per essere sicuro che le arterie rimangano aperte anche in futuro. Ci sono domande?".

Freda disse "Dr. Logan, sono una studentessa in medicina ed ho letto dei lavori sul Clopidogrel. Mio padre ha una mutazione genetica del tipo CY2C19. Potrebbe prescrivergli un farmaco antiaggregante alternativo?".

"Non ho mai chiesto di fare a suo padre il test del 2E19; come fa a sapere di questa mutazione genetica?".

Il fatto che il medico sbagliasse il nome dell'esame, non era un buon segno, pensò Freda. "Il mio DNA è stato genotipizzato e sono risultata omozigote mutante per il 2C19; pertanto mio padre deve essere, come minimo, portatore di una variante allelica. Anche mia madre è portatrice di una mutazione del gene 2C19".

"Noi non eseguiamo routinariamente questo test farmacogenomico. Seguiamo i protocolli stabiliti dall'ospedale e dalla prassi medica". Il Dr. Logan era visibilmente infastidito che una ragazza di 21 anni gli desse consigli su come gestire i pazienti. "Se non ci sono altre domande, devo andare a vedere altri pazienti". In realtà il Dr. Logan aveva finito il suo turno di lavoro ed era diretto a casa.

Ad Horace fu data la dose standard di mantenimento con Clopidogrel, e fu dimesso. Gli fu detto anche di prendere una cardioaspirina tutti i giorni. Recuperò in fretta e dopo una settimana tornò a lavorare. Freda in autunno tornò all'università per iniziare il secondo anno. Un giorno, venne a trovarmi nel mio studio per raccontarmi cos'era accaduto a suo padre. Le dissi che gli esami farmacogenomici erano ancora all'inizio e molti medici non li avevano ancora adrottati nella pratica clinica.

"Ci sono questioni irrisolte e preoccupazioni sugli esami farmacogenomici. Inoltre, questi esami sono molto più costosi di quelli tradizionali. Non abbiamo avuto grande successo nel convincere i nostri medici ad usare gli esami farmacogenomici. Non ci sono raccomandazioni e linee-guida nazionali, così molti medici stanno ancora aspettando di vedere come evolveranno le cose. Considerando che l'approccio "dall'alto" non ha funzionato, dobbiamo considerare l'approccio "dal basso".

"Che cosa vuole intendere?" chiese Freda.

"Insegnando agli studenti in di medicina e farmacia, che sono i nostri futuri operatori sanitari. La speranza è che siano i medici della tua generazione ad attuare la rivoluzione farmacogenomica, invece che essere imposta dalle istituzioni attuali" le dissi.

"Spero che questo possa avverarsi presto" disse Freda.

"Anch'io" replicai.

Un mese dopo, venni a sapere che il padre di Freda era morto di infarto. Una delle sue arterie era completamente occlusa e questo aveva causato una aritmia fatale. Nessuno può sapere se questo poteva essere evitato con l'uso di un farmaco antiaggregante appropriato. Ma la mia convinzione era che l'approccio "dall'alto verso il basso" non avesse funzionato su questo paziente.

ooo

L'impianto di uno stent coronarico è molto efficace nel prevenire gli attacchi di cuore nei soggetti ad alto rischio e per coloro che hanno già subito un infarto. Tuttavia, nonostante i vantaggi dell'angioplastica coronarica e del posizionamento di uno stent, una delle maggiori complicanze è la restenosi dell'arteria coronaria. L'angioplastica determina la rottura delle placche con successiva formazione di un trombo e aggregazione piastrinica. Per questa ragione, le linee guida nazionali ed internazionali di cardiologia hanno raccomandato l'uso orale di anti-

piastrinici da somministrare ai pazienti che hanno subito questo intervento. Vari studi dimostrano che gli individui che hanno il gene del metabolismo lento CYP2C19 sono ad elevato rischio di complicazioni dopo cateterismo cardiaco. In assenza di angioplastica, non vi è alcuna differenza nella percentuale di eventi avversi nei pazienti con geni mutati rispetto al "wild type". Fino ad oggi, perciò non esistono linee guida di cardiologia che raccomandano test di routine di il CYP2C19 nella popolazione. Non può essere provato che Horace sia morto a causa dell'uso di un farmaco sbagliato. I pazienti soffrono di eventi cardiaci anche in presenza di una adeguata protezione antiaggregante. In assenza di linee guida, il Dr. Logan non può essere accusato per l'errore commesso per non aver ordinato questo test o non aver utilizzato l'informazione genetica che avrebbe potuto essere dedotta dal genotipo della figlia.

Anche ai nostri giorni, vi è ancora diffidenza sull'importanza dell'esame del DNA per malattie genetiche e predisposizione al cancro. In un recente sondaggio dello Huntsman Cancer Institute dello Università dello Utath, il 35% degli intervistati ha risposto di non essere a favore dei test genetici per individuare la predisposizione genetica verso il cancro, anche se ci sono prove scientifiche. I più hanno ritenuto che i risultati avrebbero interferito con la loro capacità di ottenere l'assicurazione o l'avanzamento di carriera, nonostante l'approvazione del Genetic Information Nondiscrimination Act, promosso dal compianto Ted Kennedy ed approvato nel 2008, che rende illegale l'utilizzo delle informazioni genetiche per questi scopi.

La malattia di Moyamoya

****

Kazumi Nakamura entrò nell'auditorium pieno di speranza. Firmò il registro, prese il badge con il suo nome ed un numero, e lo fissò alla camicia. Si era sempre vantato con la famiglia di avere una bellissima voce, ma ora aveva l'opportunità di provarlo. Era assieme ad altri diecimila adolescenti e giovani che avevano lo stesso obiettivo: riuscire ad diventare il prossimo *America's Talent!* Essendo un Americano di origine giapponese, Kazumi attirò subito l'attenzione dei produttori dello show che gli chiesero notizie sulla sua vita. Suo padre proveniva da Kyoto, dove aveva conosciuto sua madre, un'americana, che viveva in Giappone per insegnare la lingua inglese. Poichè Kazumi era di razza mista, non si adattò bene al liceo classico che frequentava quando viveva in Giappone, e le cose non andarono molto meglio anche quando la sua famiglia si transferi negli Stati Uniti. Non c'erano molti asiatici nella zona centrale dell'America. Come risultato, nei primi tempi, Kazumi fu molto riservato, ed essendo figlio unico, il trasferimento fu ancora più difficile.

Ma, quando cantava, a Kazumi sembrava di essere in un mondo completamente diverso. Quando parlava, il suo tono era calmo e controllato, ma il suo canto era intenso e sicuro di sé:

teneva bene sia le note alte, sia quelle basse. Aveva il senso del tempo sia nell'armonia, sia nella melodia di una canzone. Aveva diciannove anni e poteva davvero diventare una stella.

Dietro le quinte ed a telecamera spenta, Bryan, il conduttore dell'*American's Talent!*, chiese a Kazumi se fosse nervoso. Kazumi era così timido che riuscì a malapena a dire alcune parole, senza guardare direttamente in faccia il suo interlocutore. Bryan pensò fra sè: "questo ragazzo non ha nessuna possibilità". Quando Kazumi entrò nell'auditorio, ebbe la sensazione che anche la giuria avesse notato questa sua mancanza di sicurezza.

"Ho sbagliato a presentarmi" pensò. "Vogliono distruggermi".

Celia Lopez parlò per prima. "Come ti chiami, caro?". Kazumi pensò che Celia era la più bella donna che avesse mai visto, e questo lo rese ancora più insicuro. Borbottò il suo nome.

Andy Johnson cercò di metterlo a suo agio. "Non preoccuparti, sei in mezzo ad amici. Che cosa ci canti questa sera?".

Kazumi disse, "Isn't she lovely, di Steve Wonder".

Vincent Taylor pensò: "No! Ancora questa canzone". E disse a Kazumi: "Comincia, ti ascoltiamo".

All'inizio, la voce del ragazzo sembrava incerta per la tensione, ma quando arrivò a cantare,"But isn't she lovely made from love", la sua voce iniziò a migliorare. Era diventato un altro, cantava guardando negli occhi Celia e si accorse che tutti apprezzavano la sua interpretazione. Stavano ondeggiando da un lato all'altro seguendo la canzone.

Quando finì, Celia alzò le braccia verso Andy e Vincent

per far vedere loro che aveva la pelle d'oca. Kazumi, che guardava regolarmente lo spettacolo in televisione, sapeva che questo era un buon segno. Andy disse: "Ragazzo sei stato eccezionale. Non penso che ci sia alcuna discussione. Votiamo. Vincent?".

"Io dico si".

"Celia?"

"Per me è sì anche cento".

Dopo una breve pausa, Andy guardò Kazumi e urlò: "Stai entrando nella Big Apple!".

Un addetto allo spettacolo gli diede un foglio giallo che significava che aveva superato l'audizione. Kazumi corse fuori per incontrare i suoi famigliari. Era talmente emozionato che stava per inciampare e cadere. Non era ma stato così eccitato. Era stato selezionato per cantare all'*American's Talent!*

La selezione cambiò la vita di Kazumi. La fiducia in se stesso migliorò e quando gli altri ragazzi della scuola vennero a conoscenza della novità, divenne molto famoso. Mentre prima non aveva tanti amici, ora tutti lo volevano conoscere. In particolare, strinse una grande amicizia con due ragazzi: Melvin Ostrow e Dean Terrault che erano molto popolari tra le ragazze, e Kazumi voleva far parte del loro gruppo. Dopo un mese di amicizia, Melvin e Dean lo invitarono ad un weekend sugli sci, perché la famiglia di Melvin aveva una casetta in montagna. Kazumi non aveva mai sciato prima, così prese delle lezioni. Dopo una lunga e dura giornata sugli sci, rientrarono tutti in casa per passare assieme la serata. Kazumi ordinò delle pizze da asporto, Melvin portò delle birre Heineken, e Dean portò una droga di sintesi.

"Non preoccuparti" gli disse l'amico, "l'ho sintetizzata la scorsa settimana nel mio garage con una ricetta che ho trovato su Internet. Ho purificato questa partita per essere certo che fosse sicura".

"Che cosa sono le droghe da sintesi?" chiese Kazumi.

Dean rispose: "sono degli allucinogeni del tipo dell'Ecstasy. La sostanza che ho prodotto è chiamata 2C-I (derivato della Feniletilamina). Ne ho preso un pò in un locale a Londra la scorsa estate quando ero lì per un programma di studi all'estero. Ho allargato veramente i miei orizzonti, capisci cosa voglio dire......". Kazumi era riluttante a provare la droga, ma Dean e Melvin la presero senza indugio. Dopo pochi minuti, erano entrambi euforici. Sembrava che stessero molto bene, senza nessun effetto secondario.

Melvin disse a Kazumi: " Ehi ragazzo, devi provare questa sostanza".

"Non devi preoccuparti se ti sentirai un po' giù quando l'effetto di questa roba finisce, come succede con l'Ecstasy" disse Dean. Così, contro suo malgrado, Kazumi prese un paio di capsule preparate da Dean, le mise in bocca e le inghiottì. Più tardi, nel corso della notte, mentre tutti dormivano, Kazumi si svegliò con un terribile mal di testa. Aveva già avuto delle emicranie qualche volta quando era in alta montagna. Perciò non dette troppo peso al sintomo. Cercò nel suo bagaglio l'ibuprofene, ne prese due pastiglie, e cercò di tornare a letto e dormire. Ma il farmaco non ebbe effetto, e nei successivi 30 minuti, l'emicrania aumentò. Accese la luce della stanza ma Melvin, che dormiva nella stessa stanza di Kazumi, era ancora addormentato e non si svegliò perché era ubriaco e mezzo svenuto: aveva ancora addosso i pantaloni da sci. Kazumi capì che non poteva vedere dal suo occhio sinistro; non appena si alzò per andare in bagno, ebbe vertigini, perse l'equilibrio e cadde sul letto. Sentiva un formicolio al braccio di sinistra, come se fosse addormentato, ma non riusciva a muovere per ripristinare il flusso del sangue. Ebbe la sensazione che la cosa fosse molto più seria di una semplice emicrania.

Kazumi urlò: "Melvin! Melvin! Aiutami. Non sto bene". Ma Melvin non si mosse. Era ancora svenuto. Kazumi chiamò a voce alta Dean che stava dormendo sul divano della stanza accanto. Dean si svegliò, sentì il trambusto, e si precipitò nella stanza.

"Cosa sta succedendo? Kazumi, è tutto a posto?".

Kazumi parlava molto lentamente e non riusciva a finire la frase.

"No! Non sto bene. Chiama, ah, un'ambulanza. Ho bisogno, bisogno di andare in ospedale". Poi, cadde di nuovo svenuto sul letto.

Dean prese il suo cellulare, ma non c'era linea. Realizzò che erano in montagna, trovò un telefono fisso e chiamò l'operatore. L'ambulanza ci mise un'ora per arrivare: quella notte era caduta neve fresca ed il viaggio fu molto difficoltoso. Alla fine, Kazumi fu messo in barella ed insieme a Dean e Melvin, che nel frattempo si era svegliato, andarono al pronto soccorso.

ooo

Il medico del pronto soccorso in servizio quella notte era la dott.ssa Bernadette Berkowitz. Baylor Willerton, uno studente di medicina al quarto anno, era anche lui di guardia. Era stata una serata tranquilla e c'erano pochi sciatori, arrivati nel tardi pomeriggio, per problemi di fratture. Quell'inverno non era nevicato molto, perciò c'era molto ghiaccio che fa andare più veloci gli sciatori e li espone ad un maggior rischio di fratture. Bernadette era appassionata di questo sport ed aveva grande esperienza di fratture dovute allo sci. Kazumi fu portato in pronto soccorso e fu accolto in una stanza per effettuare gli esami. Un'infermiera entrò e iniziò a controllare i suoi segni vitali. Prima di andare a visitare Kazumi, la dott.ssa Berkowitz interrogò Dean e Melvin nella stanza accanto.

La dottoressa chiese loro: "Di che cosa si è lamentato Kazumi questa notte?"

Melvin rispose: "Eravamo appena tornati dalle piste da sci. Dopo cena, disse che era stanco e che voleva andare a dormire presto, circa alle nove. Io e Dean siamo stati svegli a vedere un film e siamo andati a letto intorno a mezzanotte. Più tardi, Kazumi si è svegliato perché aveva una forte emicrania che non andava via, così ci ha chiamato per avere aiuto".

"Kazumi indossava il casco mentre sciava?".

Rispose Dean: "No, non aveva il casco, ma era un principiante e sciava su un terreno pianeggiante".

Berkowitz guardò Baylor e scosse la testa. Aveva visto fin troppi casi di lesioni alla testa che avrebbero potuto essere evitate con questa semplice precauzione. Tornò da Melvin e Dean e domandò: "Kazumi potrebbe essere caduto male ed aver battuto la testa?".

Dean rispose: "Stava prendendo lezioni. Melvin ed io non eravamo con lui, così in realtà non lo sappiamo, ma non ci ha riferito nulla".

Berkowitz volle maggiori chiarimenti, "Ha mai fatto sci fuori pista? Forse è sbattuto contro un albero ha nessuno di voi l'ha visto".

Intervenne Melvin "No, non ha mai lasciato la pista facile".

La dottoressa domandò: "Si è mai lamentato di emicrania o dolori muscolari prima di andare a letto?".

"No, no!" rispose Melvin.

Baylor, che voleva dimostrare la sua preparazione, chiese: "Ragazzi, avete bevuto o assunto delle droghe?".

Dean, che aveva preparato la droga, non volendo incolpare se stesso, disse: "Assolutamente no. Abbiamo bevuto delle birre, ma niente droghe". Dean sapeva che i medici avrebbero fatto a Kazumi un esame di routine, previsto nel protocollo del pronto soccorso, che valutava la presenza di alcol e droga. Ma sapeva anche che la Feniletilamina che tutti avevano assunto quella notte, non avrebbe dato positività al test di screening tossicologico nelle urine. Melvin, fissando il pavimento, non disse nulla.

Soddisfatta dalle risposte la dottoressa lasciò la stanza per andare a visitare Kazumi. Quando la dott.ssa Berkowitz e Baylor se ne andarono ed i due studenti rimasero da soli, Melvin chiese a Dean: "Perché non hai detto a loro che Kazumi ha preso la Feniletilamina che hai preparato nel tuo garage? Avrebbe potuto essere utile per la sua cura, la sua salute potrebbe essere in pericolo. Se non lo dici tu a loro, ho intenzione di dirlo io".

Dean rispose: "Rilassati. Kazumi mi ha detto che quando è in montagna, spesso soffre di emicrania. Forse non prende abbastanza ossigeno. Sono sicuro che starà meglio". Poi Dean iniziò a guardare, attraverso il vetro, l'amico che giaceva a letto. "Guarda, ora gli stanno dando ossigeno. Vediamo come va. Se non si risolve subito, prometto che lo dirò".

"Starà bene. Kazumi è un nostro amico e non voglio che gli succeda niente di male".

ooo

La dott.ssa Berkowitz eseguì un esame completo su Kazumi. Lo interrogò su quello che era successo nella giornata, ma Kazumi era in uno stato di semincoscienza. Nei momenti in cui era sveglio, era comunque stordito e confuso e non fu in grado di dare risposte completamente coerenti. Il viso mostrava segni di paralisi facciale sul lato sinistro.

"Ho tanto mal di testa, tanto mal di testa" disse ripetutamente.

Malgrado quello che avevano detto i suoi amici, la dott.ssa Berkowitz sospettò che Kazumi avesse avuto un trauma cranico. Chiamò il radiologo e dispose una TAC celebrale. Mentre aspettava che arrivasse il risultato, controllò gli occhi del ragazzo con l' oftalmoscopio. Voleva accertarsi che la papilla ottica non presentasse edema, segno di aumento della pressione endocranica. Non trovò nessuna anomalia.

Quando arrivo il risultato della TAC, la tecnica di radiologia, Kathy Carlson, chiamò la dott.ssa Berkowitz. Kathy era una neoassunta, avendo ottenuto la laurea in tecniche di radiologia medica sei mesi prima. Ma nè lei nè la dottoressa avevano mai visto una TAC cerebrale come quella di Kazumi. La dott.ssa Berkowitz si sedette per un secondo fissando l'immagine. Poi andò al telefono e chiamò il radiologo reperibile quella sera.

Il dr. David Zhang, stave dormendo quando arrivò la chiamata. Aveva sempre il telefono vicino al letto e così, quando squillò, rispose subito per non disturbare sua moglie. Afferrò la cornetta al primo squillo.

"Dott. Zhang, sono la dott.ssa Berkowitz del Sierra Hospital. Mi dispiace disturbarla a quest'ora" guardò il suo orologio e vide che erano le due del mattino, "ma ho una TAC insolita ed ho bisogno del suo aiuto. È un ragazzo di 19 anni con un fortissimo mal di testa. Si presenta con....".

"Ehi," la interruppe il Dr. Zhang. "Aspetta un momento. Prima di tutto ho bisogno di vedere le immagini. Per favore me le invii tramite e-mail". Mentre si avviava verso il computer, ancora in pigiama, non poteva non pensare che il suo gruppo di radiologi, anziché costringerlo ad alzarsi di notte, avrebbe dovuto firmare un contratto con la Brisbane Radiology Associates in Australia, che poteva ricevere questo tipo di telefonate di notte. Il dr. Zhang accese il monitor, lo connesse, ed in trenta secondi l'immagine della TAC di Kazumi apparve in alta risoluzione sul monitor di 35 pollici. "Prima dell'introduzione della teleradiografia, la mia vita era molto più semplice" pensò fra sè. Quando vide l'immagine, capì esattamente cosa la dott.ssa Berkowitz avesse voluto dire.

"Il suo paziente ha la malattia di Moyamoya. E' un'anomalia congenita dei principali vasi sanguigni del cervello, soprattutto delle arterie carotidi interne che portano il sangue al cervello. In questo caso, i vasi sono notevolmente più stretti di quelli di una persona normale".

Baylor, lo studente in medicina ebbe un sussulto.

"Questo quadro è molto differente da quello che abbiamo visto nei seminari o nei testi. Me lo può descrivere meglio?".

Il dr. Zhang continuò: "Immagina due città, una moderna ed una antica. In quella moderna, ci sono autostrade interstatali con corsie molte grandi, in grado di sopportare un traffico molto intenso. In più, ci sono altre strade principali che attraversano la città. Poi ci sono singole strade e, infine, i vicoli e le strade secondarie. Ora confrontale con le strade di una vecchia città, come Atene. A quei tempi non c'erano le autostrade; non esistevano i camion e non c'erano la necessità di avere strade larghe. Tutte le case erano una vicina all'altra, con tante piccole strade e vicoli. La malattia di Moyamoya è come avere le strade dell'antica Grecia".

"Quindi, se in una grande città moderna c'è un blocco stradale, le auto possono deviare su altri itinerari" disse Baylor.

"Giusto," replicò il dr. Zhang. "Ma se il blocco stradale avviene in una città vecchia, non ci sono strade alternative. Oppure, come in questo caso, c'è un blocco del flusso sanguigno nelle grandi aree del cervello, con conseguente danno celebrale".

"Ma perché ci sono così tanti piccoli vasi intorno alle carotidi?" chiese Baylor.

"Ah, si tratta di arterie collaterali che compensano l'arteria principale che si è occlusa. Senza queste, il suo paziente non avrebbe una sufficiente circolazione sanguina al cervello. Dall'esame della Tac, posso vedere che c'è una considerevole quantità di sangue intracerebrale. Il suo paziente ha un ictus emorragico. I pazienti con la malattia di Moyamoya hanno un'incidenza maggiore di questa patologia".

"Questo quadro sarebbe coerente con la manifestazione

clinica di paralisi omolaterale, mal di testa, incoerenza e difficoltà a parlare" disse la dott.ssa Berkowitz.

"Cosa ha fatto ieri il paziente?".

La dott.ssa Berkowitz raccontò la conversazione avuta con gli amici di Kazumi, dicendo che aveva sciato, ma che non aveva mai battuto la testa.

Il dr. Zhang disse: "Non sono un neurologo, ma ritengo sia troppo giovane per avere un ictus emorragico, anche se è affetto dalla malattia di Moyamoya. Non è che per caso ha assunto della droga?".

"I suoi amici hanno detto di non aver assunto nessuna droga," disse la dottoressa, "ma sulla base di questa conversazione chiederò gli esami dell'alcol nel sangue e delle sostanze d'abuso nelle urine".

"Buona fortuna" disse il dr. Zhang, "mi chiami se ha bisogno di ulteriore aiuto, ma per favore aspetti domattina". Chiuse il telefono ed andò di nuovo a letto. Dopo pochi minuti stava già dormendo e sua moglie dormiva quieta vicino a lui, completamente all'oscuro della telefonata. Negli anni aveva imparato ad ignorare queste interruzioni del sonno.

Poche ore più tardi, arrivarono i risultati delle analisi sul sangue di Kazumi: la quantità di alcol era di 0,4 g/L che dimostrava che egli aveva bevuto ma non troppo. Lo screening tossicologico urinario risultò negativo per tutti i tipi di droga, comprese cocaina e anfetamine. Essendo queste sostanze potenti vasocostrittori possono provocare un ictus. La dott.ssa Berkowitz non fu soddisfatta di questi risultati. C'era qualcosa nel comportamento di Melvin che non la convinceva. Lui non la guardava negli occhi, scrollava le spalle e mormorava, come se stesse nascondendo qualcosa. La dr.ssa Berkowitz aspettò fino al mattino e chiamò il laboratorio per parlare con il patologo di servizio.

"Per quanto riguarda la droga, non abbiamo nessun test tecnicamente più avanzato oltre a quello già eseguito," le disse il patologo. "Ma c'è un tossicologo del General Hospital, che ha pubblicato un metodo per la determinazione delle nuove droghe sintetiche. Possiamo spedire al suo laboratorio dei campioni di sangue e di urine del tuo paziente, così potranno essere effettuare altri esami tossicologici".

Il laboratorio preparò i campioni e li inviò con un taxi al General Hospital, dove arrivarono nella tarda mattinata. La dott.ssa Berkowitz mi chiamò per comunicarmi i suoi sospetti.

"Credo che ci siano alcune droghe che potrebbero aver accelerato l'emorragia cerebrale" mi spiegò. "Come ci potrebbe aiutare?".

Risposi: "oggi questi studenti sono molto intelligenti: possono sintetizzare le droghe grazie alle formule trovate sul Web. Come tossicologo, ho avuto crescenti difficoltà a tenere il passo con la produzione di queste nuove sostanze. Ma abbiamo nuovi spettrometri di massa che ci potrebbero aiutare. Ci dia alcune ore, e le diremo se abbiamo trovato qualche cosa".

Diedi istruzione ai miei tecnici di laboratorio di estrarre i campioni e di caricarli nello spettrometro di massa. Quasi immediatamente apparve un picco sia nel siero che nelle urine. I risultati **non erano confrontabili** con i **nostri** standard di riferimento disponibili ma, sulla base del pattern di frammentazione della molecola di interesse, sembrava trattarsi di una ammina illecita. Chiamai la dott.ssa Berkowitz, che era in servizio da 24 ore di fila per dirle cosa avevamo trovato.

"Penso che sia necessario parlare ancora con gli amici del tuo paziente sul possibile uso di droga. Dì a loro che abbiamo individuato una droga di sintesi nel sangue del paziente e, se vogliono aiutarlo, dovrebbero dire la verità".

Kazumi fu portato nell'unità di terapia intensiva del Sierra Hospital. Forte di quello che sapeva, la dott.ssa Berkowitz affrontò Melvin e Dean, che erano seduti nella sala vicina.

"Ragazzi, dobbiamo chiarirci" disse loro "non ho intenzione di denunciarvi, però mi dovete solo dire cosa è successo l'altra notte, così posso aiutare il vostro amico. Non vi importa niente di lui? Il tossicologo che ho contattato ha fondati motivi per sospettare che Kazumi abbia preso una droga di sintesi. È la verità?".

Dopo questo discorso, Melvin crollò e raccontò ogni cosa. La droga era 2C-1 ed era stata sintetizzata da Dean nel suo garage. Questa informazione mi fu subito inoltrata. Immediatamente andai su Internet e scaricai la struttura e lo spettro di massa della molecola. I risultati nei campioni di Kazumi erano coerenti con quelli che avevo recuperato da Internet. Una settimana dopo, il mio laboratorio acquistò uno standard di riferimento di 2C-1 per poter confermare la presenza di questa droga nel sangue e nelle urine di Kazumi.

ooo

Kazumi era molto nervoso mentre saliva sul palco di fronte alle telecamere. Diede uno sguardo verso pubblico. Non sapeva che il format dello spettacolo era cambiato. Celia Lopez, ora, era il solo giudice e lui stava per cantare direttamente di fronte a lei. Sfortunatamente, nella sala dell'audizione c'erano tanti strumenti da accompagnamento. La musica della canzone selezionata si avviò ed il direttore gli fece segno di iniziare. Quando aprì la sua bocca non uscì nessuna parola. Guardò il tavolo del giudice e fu terribile vedere che Dean era seduto al posto di Celia. Aveva un sorrisetto sulla sua faccia. Poi Kazumi svenne.

L'ictus emorragico provocò a Kazumi danni irreversibili al cervello. Le capacità mentali e psichiche furono notevolmente compromesse. Alla fine, abbandonò la scuola e divenne un assistito dello Stato.

ooo

La radiologia medica ed il laboratorio hanno molto in comune. Infatti, entrambi questi servizi forniscono informazioni indispensabili per la diagnosi e il monitoraggio delle malattie. In questo caso, le informazioni sia del pronto soccorso, sia del laboratorio, furono essenziali per capire cosa fosse realmente accaduto.

La malattia di Moyamoya può essere una malattia ereditaria, ma anche acquisita. In Giapponese, "Moyamoya" significa "sbuffi di fumo". La malattia fu chiamata così perché l'immagine angiografica dei pazienti assomiglia al fumo. "Un albero ha un tronco con grandi rami che diventano sempre più piccoli, più si va verso la punta" disse il dr. Zhang ai suoi radiologi. "Un cespuglio, d'altra parte, non può avere un grande tronco o una grande ramificazione. Somiglia più ad una continuità di rami e foglie. Questa è la malattia di Moyamoya".

Le donne tra i trenta e quarant'anni hanno un grande tasso d'incidenza della malattia di Moyamoya. In Giappone, l'incidenza generale è di 0,35 ogni 100.000 persone. I pazienti con questa malattia possono avere degli ictus ripetuti. Anche se sembra alquanto primitivo, per ridurre le complicanze di questa malattia, può essere effettuato un trattamento con perforazioni multiple al fine di ottenere una buona neovascolarizzazione.

La famiglia dei "2C" fenilammine sintetiche è composta da circa 24 sostanze, che presentano tutte la stessa proprietà di essere allucinogeni, quando ingerite. Esse furono sintetizzate tra il 1970 ed il 1980 da Alexander Shulgin, un farmacologo e chimico americano. Shulgin effettuò gli studi sugli effetti di queste sostanze su se stesso e sulla sua famiglia. Scrisse un libro su come produrre queste ammine e descrisse i loro effetti psichedelici. Inoltre, diffuse anche l'Ecstasy.

Molto probabilmente prima o poi, la malattia di Moyamoya avrebbe causato a Kazumi un **ictus** *emorragico. Non poteva sapere che i suoi vasi sanguigni cerebrali erano così sottili e diffusi. L'unico indizio della sua anomalia era il fatto che periodicamente soffrisse di emicrania. Dean e Melvin non ebbero alcun ruolo nella malattia di Kazumi. Poichè Kazumi aveva una predisposizione per lesioni cerebrovascolari, non fu possibile determinare se la responsabilità di quanto successo fosse della droga ingerita.*

Non incontrai mai Kazumi, ma seppi della sua audizione all'America's Talent. Poteva diventare un cantante, specialmente perchè in America c'erano pochi Giapponesi Americani di successo nell'ambito musicale. Come minimo, Kazumi poteva diventare popolare in Giappone, proprio come David Hasselhoff è stato apprezzato come cantante in Germania.

Genetica del cancro della mammella: un referto pericoloso

****

Cindy Hartstein era la sorella minore di Cathy. Benchè Cindy fosse più giovane di soli 4 anni, le due sorelle avevano personalità molto diverse: Cathy era una ragazza molto attraente e spigliata, mentre Cindy era tranquilla e molto riservata. Cathy all'Università faceva parte della squadra delle ragazze pon-pon della scuola, ed usciva frequentemente, mentre Cindy preferiva starsene a casa e leggere buoni libri. Cathy, come sua madre, si era sviluppata molto precocemente ed aveva due seni di misura importante che l'avevano aiutata ad ottenere una certa popolarità fra i ragazzi della scuola. Cindy, invece, era magrolina, aveva due seni minuti, ed i suoi compagni di classe la prendevano in giro domandandole perché non avesse anche lei le forme di Cathy.

Cindy adorava sua sorella e non avrebbe mai potuto provare invidia per lei, ma con il passare del tempo i commenti dei ragazzi la fecero diventare ancora più reticente e riservata. Cindy si iscrisse in un'Università pubblica per diplomarsi in tecnologie informatiche e fare la programmatrice. Trascorse molte ore al computer per apprendere i linguaggi ed i codici di scrittura. Si sentiva molto più a suo agio a parlare con il suo computer piuttosto che con i suoi compagni di camera, di corso ed, in genere, con le persone reali. Anche lo stile di insegnamento della scuola statale non aiutò la sua personalità: i professori erano troppo impegnati a scrivere progetti e fare ricerca, e i tutori a sovraintendere troppi studenti per sviluppare un reale interesse per lei come persona. Dato che aveva buoni voti, poi, non vi era alcun motivo perché qualcuno sospettasse un suo fallimento. Ed infatti, si laureò in soli quattro anni e fra i primi della sua classe.

Cindy trovò subito lavoro in una grande ditta di software; le diedero un piccolo ufficio in cui passava la maggior parte del suo tempo davanti al computer. Quando Cindy compì venticinque anni, sua madre Judy, che aveva 44 anni, sviluppò un carcinoma bilaterale del seno. Poiché le sue mammografie erano sempre risultate negative, Judy aveva saltato gli ultimi due appuntamenti e, quindi, al momento della diagnosi erano trascorsi alcuni anni dall'ultimo controllo. Aveva sempre cercato di praticare l'autoesame, ma viste le dimensioni dei suoi seni, non le era stata spiegata bene la manovra per identificare eventuali piccole masse tumorali, anche perché i suoi seni erano compatti e questo rendeva ancor più difficile l'autoesame. Nel corso del percorso diagnostico, fu accertato che il suo tumore era positivo per i recettori degli estrogeni e del progesterone, e che sovraesprime il gene her-2/neu.

"Che significato hanno questi risultati?" domandò Cindy all'oncologo di sua madre Judy, il Dr. McNamara. Il Dr. McNamara rispose: "significa che sua madre ha un tumore che con grande probabilità risponde alla terapia adiuvante che abbiamo programmato. L'eccesso di attività del gene her-2/neu, inoltre, ci permetterà di utilizzare un farmaco speciale che è efficace solamente in questi tipi di tumore: vi sono ottime possibilità di una remissione duratura dopo l'intervento chirurgico". Judy fu sottoposta ad un intervento di mastectomia ad entrambi i seni e, dopo l'operazione, fu sottoposta ad una terapia ormonale per ridurre il rischio di recidiva. Judy non volle, invece, sottoporsi ad un intervento di chirurgia plastica. "I miei seni li ho persi comunque" disse a Cindy, per giustificare la decisione di non sottoporsi ad un nuovo intervento di ricostruzione.

Cindy non la pensava allo stesso modo e cercò di convincerla a sottoporsi all'intervento di chirurgia plastica. I suoi genitori si erano separati qualche anno prima e sua madre, parlando di possibili nuovi rapporti, disse a Cathy con orgoglio, ma con una lacrima che scendeva dagli occhi: "Ora, se un uomo dovesse entrare nella mia vita, dovrebbe accettarmi per quello che sono, e non per i miei seni".

Cindy fu molto felice per l'esito dell'intervento chirurgico, per la prognosi favorevole e per l'accettazione da parte di sua madre del suo nuovo aspetto fisico. Ma, quando le fu spiegato che il tumore alla mammella aveva una forte ereditarietà, si impressionò molto e iniziò a preoccuparsi per se stessa e per sua sorella. Cominciò a interrogare vari siti con internet, ed in particolare ne trovò alcuni particolarmente informativi per la salute sua e di Cathy. E le notizie la disturbarono fortemente.

ooo

Judy sorvegliò il suo tumore al seno sottoponendosi regolarmente alle visite programmate con il suo oncologo. Il Dr. McNamara utilizza il mio laboratorio al General Hospital per richiedere i vari esami che sono necessari a Judy e alle pazienti con questa patologia. Uno di questi esami, il CA 15-3, si basa sulla determinazione di una proteina rilasciata dai tumori della mammella: un aumento significativo della concentrazione del CA 15-3 nel corso del tempo è suggestivo di una recidiva del tumore o di una metastasi ad altri organi. Nel caso di Judy, il monitoraggio del CA 15-3 non mise mai in evidenza aumenti importanti, ed il Dr. McNamara spiegò con soddisfazione alla sua paziente che la negatività di questo e di altri esami era segno di remissione della malattia.

Pe rendere più accessibili ai medici ed ai pazienti i risultati degli esami, noi abbiamo creato un sistema di refertazione informatica molto sicuro. Un medico può accedere al sito web utilizzando un codice ed una password specifica per vedere e stampare i risultati dei suoi pazienti; in questo modo si abbattono i tempi di consegna dei referti ed i referti di laboratorio sono resi disponibili in pochi minuti. Questo programma ha ridotto moltissimo il numero di telefonate al laboratorio da parte dei clinici e degli infermieri che vogliono conoscere i risultati dei loro pazienti. Il sito web indica l'orario nel quale i campioni sono stati ricevuti e se l'esame è completato o è ancora in corso. Alcuni medici possono autorizzare l'accesso a queste informazioni anche ai loro pazienti. Questa possibilità non è concessa a tutti indiscriminatamente ed i medici devono accertarsi della volontà dei loro pazienti di accedere ai dati e della loro capacità di comprenderli adeguatamente. Judy era stata coinvolta nella gestione della sua terapia ed il Dr. McNamara l'aveva autorizzata ad visualizzare direttamente ai risultati di laboratorio. A sua volta, Judy aveva sempre messo al corrente sua figlia Cindy dei suoi dati clinici e le aveva permesso di accedere ai suoi dati di laboratorio.

Nel corso delle sue ricerche sulla genetica del carcinoma della mammella, Cindy apprese che alcune etnie presentavano una particolare predisposizione genetica ai tumori. Nel 1995, ricercatori dell'NIH (National Institute of Health) avevano scoperto i geni del carcinoma della mammella BRCA1 e BRCA2. Le donne portatrici di una mutazione di questi geni sono ad elevato rischio di sviluppare tumori della mammella e dell'ovaio. In particolare, le donne di razza ebrea presentano un'elevata frequenza di queste mutazioni. Poiché sia Judy che l'ex marito erano entrambi ebrei, Cindy entrò nella documentazione clinica computerizzata di sua madre per vedere quali esami fossero stati eseguiti. Le proteine che sono codificate dai geni BRCA fanno parte dei meccanismi di difesa delle donne contro i tumori della mammella e dell'ovaio: I soggetti che presentano mutazioni in entrambi i cromosomi di BCRA1 e BCRA2 hanno il maggior rischio di sviluppare un tumore della mammella e/o dell'ovaio, un rischio stimato attorno al 90% e 55%, rispettivamente.

Dopo aver letto questi dati, un brivido freddo scese lungo la sua schiena. Cindy entrò nel sito e cercò di accedere ai dati di laboratorio di sua madre, ma il suo computer era estremamente lento quel giorno. Sto caricando, sto caricando, sto caricando....diceva il video del computer. Andiamo, muoviti, mi stai facendomo perdere tempo, diceva Cindy parlando al suo computer. Dopo un minuto di attesa che a lei, ansiosa e nervosa, erano sembrati 20 minuti, il programma finalmente riuscì a visualizzare i risultati della mamma. Cindy scorse velocemente tutti i dati, pagina per pagina; aveva già letto i risultati delle analisi eseguite su sua mamma ma non sapeva cosa volessero dire. Il suo cuore batteva forte per l'emozione e il sudore grondava dalla fronte: finalmente trovò i risultati del test per BRCA1 e BRCA2. Sua madre era portatrice della mutazione e questa era con grande probabilità la causa del suo tumore. Cindy capì di essere ad elevato rischio per la stessa malattia di sua madre; si sentì crollare il mondo addosso e si mise a piangere in modo incontrollato. Entrò in camera da letto e implorò se stessa di dormire.

Il giorno seguente, Cindy chiamò il Dr. McNamara per discutere con lui le conseguenze del genotipo di sua madre sulla sua salute presente e futura. "In base alla storia clinica di sua madre, lei è certamente a rischio di sviluppare un cancro della mammella" disse il Dr. McNamara, "ma non è assolutamente detto che lei abbia la mutazione dei geni BRCA". "Prenda appuntamento con la mia infermiera per eseguire il test. In questo modo sapremo con certezza se il problema esiste davvero, e poi discuteremo assieme come ridurre il rischio di carcinoma". Cindy effettuò il prelievo di sangue il giorno dopo e il campione fu inviato allo stesso laboratorio di riferimento che aveva eseguito l'esame della mamma. Era previsto dal protocollo che il risultato fosse inviato in prima battuta al medico che aveva richiesto l'esame e, dopo 4 giorni, al paziente stesso. Questo tempo di attesa era giustificato dalla necessità che il medico prendesse visione dei risultati prima di discuterli con il suo paziente. Esistono anche dei risultati molto anormali, ossia molto aumentati o diminuiti, che vengono chiamati "risultati critici" che vengono immediatamente comunicati ai clinici perché possono mettere in evidenza condizioni critiche per la vita del paziente e che necessitano interventi immediati. Ad esempio, un paziente con livelli estremamente bassi (o elevati) di glucosio può entrare in coma. Il test BRCA non è inserito nella lista dei valori critici, dato che il risultato non ha un impatto immediato sulla cura del paziente. Quest'occasione mi ha insegnato a rimpiangere il giorno nel quale questo dato non era stato inserito nella lista dei valori critici.

Cindy aveva ricevuto l'autorizzazione dal Dr. McNamara di prendere visione dei risultati dei suoi esami di laboratorio, una settimana prima che gli stessi fossero inviati al Dr. McNamara. Per Cindy, l'attesa era un'agonia ed, anche se cercava di allontanare il pensiero dalla sua testa, era difficile concentrarsi sui problemi del lavoro. Purtroppo, il Dr. McNamara era in vacanza proprio nella settimana in cui i risultati del test di Cindy gli furono inviati. Le informazioni cliniche di importanza così rilevante, come I risultati del test BRCA dovrebbero essere communicate al paziente da genetisti capaci di fornire una consulenza qualificata, viste le loro implicazioni diagnostiche e terapeutiche. Nella pratica clinica dello studio del Dr. McNamara, la pratica usuale si basava sulla semplice telefonata per conoscere i risultati dell'esame di laboratorio, ma il sistema di notifica elettronica aveva modificato questa prassi tradizionale. Poiché il Dr. McNamara era in vacanza quella settimana, nessuno nel suo studio fu in grado di visualizzare dei risultati dell'esame prima di Cindy. E, così, la paziente fu la prima a venire a conoscenza di un risultato di tale importanza.

Cindy fu letteralmente distrutta dalla lettura del risultato. Decise di accedere nuovamente ad Internet per esaminare le opzioni terapeutiche e così apprese che alcune donne con mutazione del gene BRCA erano eleggibili ad essere sottoposte ad intervento di chirurgia profilattica per la rimozione delle mammelle e delle ovaie. Cindy apprese che Angelina Jolie rientrava fra le persone che avevano deciso di sottoporsi a mastectomia bilaterale a causa delle mutazioni di BRCA e di una storia famigliare di patologie tumorali. Questa notizia era stata ampiamente divulgata dai mass media. Cindy però pensò fra sé *"Angelina ha già avuto figli e non ha bisogno di farne altri"*. Oltretutto, va verso i quaranta anni di età. Cindy aveva solo 24 anni, voleva sposarsi e avere bambini prima o poi, ma tutte queste aspettative sembravano ormai solamente un sogno. Cindy si sentì sola e abbandonata; avrebbe voluto chiamare sua mamma, ma pensò che era alle prese con i suoi problemi di salute e non doveva essere ulteriormente preoccupata da problemi che avrebbero potuti avverarsi o meno. Inoltre, pensò che era proprio la genetica materna la causa della sua situazione. Chiamò sua sorella, ma le rispose la segreteria telefonica. In precedenza, quando la storia ebbe inizio, la sorella era stata chiara nel dirle che non voleva eseguire il test e conoscere se avesse o meno la mutazione BRCA. Aveva anche aggiunto che non avrebbe mai acconsentito ad essere sottoposta a chirurgia profilattica per mastectomia o rimozione delle ovaie.

Cindy fu talmente angosciata dalla notizia che cadde in uno stato di depressione così grave come mai era avvenuto prima. Benchè non avesse mai ecceduto con le bevande alcoliche, aprì il frigorifero e consumò quasi un'intera bottiglia di vino. Stanca ma incapace di prendere sonno, si trascinò in camera da letto e prese una manciata di compresse per dormire. Queste medicine, in realtà, erano state prescritte a sua madre per trattare lo stato depressivo ma Judy non ne aveva avuto mai bisogno e così Cindy le aveva prese per sé. *"Penserò domani mattina come affrontare il problema,* disse a se stessa mentre inghiottiva le compresse. Ma Cindy fu trovata morta il giorno dopo da sua madre che decise di entrare nel suo appartamento, visto che non rispondeva al telefono.

Il medico che esaminò il suo cadavere arrivò alla conclusione che la causa del decesso era stata la combinazione di alcol e sonniferi, e che non si era trattato di un vero suicidio. Sul suo comodino, trovarono una copia del referto dell'esame per BCRA1 e BCRA2, a riprova che era stata la notizia della positività del test e dell'elevato rischio di carcinoma che l'aveva spinta ad assumere l'alcol e i sonniferi. Dopo aver appreso la notizia, come Direttore del laboratorio, compresi che ero, in parte, responsabile della morte di Cindy.

ooo

Il nostro organismo è esposto continuamente a radiazioni e agenti chimici pericolosi che possono danneggiare il DNA. Se vengono a mancare efficaci meccanismi di riparazione, uno degli esiti peggiori è lo sviluppo di carcinomi. I geni BRCA codificano per alcune proteine essenziali per i meccanismi di riparazione del DNA danneggiato. Sono state identificate una serie di mutazioni di questi geni, che consistono nella sostituzione di basi, che riducono o eliminano questa capacità di riparare il DNA. A sua, volta la sostituzione di queste basi si traduce nella codifica di amminoacidi diversi che determinano la formazione di proteine anomale. La mutazione produce una proteina che non è più in grado di funzionare, proprio come nel caso delle proteine BCRA. I soggetti con mutazioni di

BCRA presentano pertanto un elevato rischio di sviluppare il cancro della mammella e dell'ovaio.

Nel 1995 fu brevettato negli USA l'utilizzo della genotipizzazione di BCRA come predittore del cancro della mammella. Il Myriad Genetics, un laboratorio di riferimento, ottenne in esclusiva la licenza e, per molti anni, fu l'unico laboratorio americano ad offrire il test. L'Associazione della Diagnostica Molecolare intentò una causa che metteva in discussione il diritto di una compagnia di brevettare questo tipo di esami basati su prodotti che compaiono in natura. Nel 2013, la Corte Suprema sentenziò all'unanimità che segmenti di DNA che si riscontrano in natura non possono essere soggetti a brevetto. La concorrenza per l'esecuzione dell'esame di BCRA1 e BCRA2 ha notevolmente ridotto i costi dell'esame ed ha reso possibile la conferma dei risultati da laboratori e metodi diversi. La cosiddetta "seconda opinione" rappresenta un diritto per i pazienti ed un elemento fondamentale nella medicina moderna, specialmente quando si devono assumere decisioni terapeutiche così importanti come una mastectomia profilattica.

Per prevenire tragedie simili a quella di Cindy, il laboratorio che dirigo ha individuato la necessità di stabilire un comitato che decide quali esami sono da considerare sensibili I cui risultati non possono essere rilasciati direttamente ai pazienti. Ad esempio, gli esami che rivelano malattie infettive, incluse quelle sessualmente trasmissibili, non sono disponibili ai pazienti. Per le implicazioni medico-legali, anche i test sulle droghe d'abuso presentano severe restrizioni. I test che rivelano una predisposizione genetica, come è il caso di BCRA, devono essere sempre accompagnati da consulenza genetica e, clinica. Ogni esame di laboratorio ha dei limiti in termine di accuratezza ed affidabilità e pertanto, gli esami stessi vanno interpretati da personale medico adeguatamente formato, nel contesto della storia clinica e delle altre

Genetica del cancro della mammella: un referto pericoloso

informazioni disponibili.

Oggi con i capelli, domani senza

****

Jennifer Sexton era cresciuta in una piccola cittadina di 7.000 abitanti. Il momento più bello della sua vita fu quando vinse il titolo di reginetta al raduno delle scuole superiori. Aveva lottato duramente per ottenere questo titolo. Considerando che a scuola non andava molto bene, pensava che dovesse esserci un modo migliore per occupare il suo tempo. Appese nei corridoi dei manifesti con la sua immagine in pose provocanti per invogliare i ragazzi a votare per lei. Aveva dei grandi seni che esibiva nelle foto. Il preside della scuola pensò che questi manifesti fossero sconvenienti e disse ai bidelli di togglierli appena finite le lezioni.

All'insaputa del preside, furono spostati ma entrarono a far parte della collezione nell' armadietto del custode. Jennifer preparò dei nuovi manifesti che furono esposti la settimana successiva. Di solito, pochi ragazzi votavano per il re e la regina della scuola ma, quell'anno, la campagna pubblicitaria di Jennifer portò ad un record di voti, ragazzi inclusi. Il fatto che il suo cognome era SEX-ton non lasciò alcuna possibilità di successo alle altre e Jennifer vinse la gara con un voto plebiscitario. Alla sfilata del raduno, il re e la regina sedettero in un'auto che stava in testa al corteo ed ebbero dei posti speciali per vedere la partita di football. La sera, il re e la regina iniziarono da soli ad aprire le danze. Tutti li guardavano. Avevano provato quel ballo da quando erano stati proclamati vincitori, anche se a lei non piaceva il re del raduno, ed anzi sospettava fosse gay. Dopo il liceo, la vita di Jennifer fu più facile, come a volte capita alle persone che vivono in una cittadina. Come accade spesso ai ragazzi di una piccola città che si allontanano per lungo tempo e la gente smette di parlare di loro, a nessuno importava che Jennifer fosse stata la regina di bellezza al liceo. Non andò all'università e lavorò come cameriera in un ristorante. Non stave invecchiando bene e la sua pelle aveva molte rughe. Prima, quando passeggiava, gli uomini le fischiavano dietro, ma ora che era sulla trentina, nessuno faceva più.

Jennifer non aveva molte prospettive di matrimonio e finì per andare a vivere con Clarence Dooley che era un macellaio, di 12 anni più vecchio di lei. Non era attraente ed era noioso. Con il passare degli anni, il pensiero che suo marito tagliasse ogni giorno la carne di animali morti iniziò a darle sempre più fastidio. Nonostante ciò, la sua vita era agiata, e Jennifer poté lasciare il lavoro al ristorante. La vita sessuale fu soddisfacente solo nei primi anni di convivenza, poi lei perse interesse perchè lui diventava sempre più grasso.

"A cosa pensavo quando l'ho sposato?" disse un giorno ad una sua amica. Quando nacque la loro figlia, Crissey, non gli diede mai il permesso di toccarla. Cominciarono a dormire in due camere separate. Ormai Clarence era vicino ai cinquant'anni ed entrambi avevano perduto l'interesse per il sesso.

Jennifer si dedicò interamente a Crissey: era una bellissima bambina. Aveva dei grandi occhi verdi e capelli castani naturali. Jennifer riteneva che Crissey potesse diventare una bellissima regina, proprio come lei da giovane. Così lodò la figlia in ogni occasione, fin da piccola.

"Oh Crissey, sei così bella. Non c'è nessuno più speciale di te".

Jennifer non diede il permesso a Crissey di giocare nel parco con gli altri bambini. "Ti sporcheresti tutta. E tu non vuoi questo, vero Crissey?". Già all'età di sei anni, i bambini del vicinato la chiamavano "Crissey la perfettina". Era una descrizione precisa. Un giorno, per gioco, Jennifer vestì Crissey con abiti di color rosa vivace. Aveva i capelli ricci e ornati con dei fiocchi ed indossava delle scarpe con il tacco alto. Crissey non metteva le scarpe di sua madre solo perché sarebbero state troppo grandi e scomode per camminare, ma ne aveva di sue. Jennifer passò molto tempo ad applicare le ciglia, l'ombretto ed il rossetto sul viso di sua figlia. Le fece anche i buchi alle orecchie. Crissey pianse quando le fecero questi buchi per gli orecchini, ma la madre disse che era necessario. Aveva dei grandi piani per lei, ma la piccola era ancora troppo giovane per capirlo.

Jennifer volle che Crissey prendesse parte a concorsi di bellezza per via del suo aspetto e della personalità, ma resistette alla tentazione di farla partecipare a questi concorsi troppo presto. Iscrisse la bambina ad una scuola per modelle per insegnarle a posare, a sorridere, a camminare, a parlare, e tenere la testa dritta.

"Avrei voluto che mia madre mi avesse dato le stesse opportunità" disse a sua figlia quando aveva dieci anni. Per il momento, Crissey non poteva apprezzare i vantaggi di essere così carina e seducente. Jennifer le spiegò che con il suo aspetto poteva diventare una modella o un'attrice. Avrebbe avuto fama e ricchezza. Ed entrambe avrebbero potuto lasciare questa cittadina da quattro soldi.

Crissey, crescendo, divenne ancora più bella. Quando compì tredici anni, sua madre decise che era arrivato il momento di farle fare il primo concorso di bellezza. La ragazza aveva il comportamento ed il fascino necessari ad avere successo. L'ambiente dei concorsi di bellezza è un piccolo mondo. Tutte le altre ragazze, i loro genitori, i giudici e gli organizzatori dello spettacolo si conoscono molto bene. Quando Crissey Dooley entrò in scena, fu come una boccata d'aria fresca. Lei non era una veterana come molte delle altre ragazze che partecipavano da tanti anni ai concorsi ed, in gran parte, partecipavano solo per compiacere i loro genitori. Diversamente da loro, Crissey era veramente eccitata dall'evento e lo si vedeva.

Nei tre anni successivi, Crissey vinse o risultò tra le prime tre in quasi tutti i concorsi ai quali prese parte. Jennifer sentì che era arrivato il momento di provare a partecipare a quello più importante "Miss Teen USA". Disse a Crissey che questo era il motivo per il quale aveva studiato tutta la vita. Vincendo questo titolo, avrebbe avuto borse di studio, contratti da modella, ed apparizioni televisive.

"Saresti a posto per tutta la vita" le disse.

Crissey la pensava diversamente. "I ragazzi mi correranno dietro" disse risoluta dentro di sé, stessa senza essere sentita da sua madre.

Il primo passo furono le selezioni regionali. Jennifer e Crissey andarono nell'hotel pochi giorni prima che iniziasse la manifestazione. Molte delle ragazze che partecipavano al concorso erano più grandi. Jennifer pensava che se Crissey avesse avuto i capelli con le mèches, sarebbe sembrata più matura della sua età. Così chiese al portiere dell'hotel il nome del miglior salone di acconciatura della città.

"Tantissime ragazze vanno all'International Beauty Salon. È a poche miglia da qui" disse il portiere.

Così la donna chiamò e fissò un appuntamento per sua figlia. Il giorno dopo, prenotarono un taxi per andare dalla parrucchiera.

ooo

Dottie Walsh era una studentessa che aveva fatto il biennio universitario in cosmetica. Sperava di aprire, un giorno, un salone di bellezza tutto suo. Così lavorò sodo ogni giorno all'International Beauty Salon risparmiando il più possibile. Qualche volta faceva anche dei doppi turni, quando uno degli altri stilisti chiedeva un giorno di riposo. A lei non pesava, perché era il tipo di persona che, di notte, ha bisogno di dormire solo quattro ore. A trent'anni, aveva già tagliato capelli **acconciato, e fatto permanenti a migliaia** di donne. A qualcuna faceva i capelli, anche mentre stava dormendo.

Dottie aveva un fidanzato che si chiamava Charles. Da nove **mesi la loro relazione viveva di alti e bassi.** Lui voleva che lei andasse a convivere, ma Dottie desiderava che, prima, lui le facesse una proposta di matrimonio. Tutti e due erano molto indipendenti ed entrambi volevano prevalere sull'altro. Il giorno che Jennifer e Crissey si presentarono per sistemare i capelli della ragazza, Dottie aveva avuto qualche ora prima una discussione con Charles. Era la solita discussione perché lui non voleva sposarsi.

Quando Jennifer e Crissey arrivarono, Dottie era pronta e le stava aspettando. Jennifer spiegò che voleva delle mèches bionde sui capelli ramati della figlia. Dottie volle sapere quale acconciatura fare ai capelli di Crissey, e così Jennifer le mostrò alcune fotografie. Furono d'accordo sul da farsi, e Crissey si sedette sulla sedia. Normalmente, Jennifer amava rimanere vicino a Crissey per osservare il lavoro su capelli della figlia, ma quella volta uscì dal negozio per cercare una sarta che potesse modificare l'abito da sera per il concorso.

Crissey prese alcune riviste da adolescenti da leggere, mentre Dottie andò nel retro del negozio per preparare il colore per le mèches. A Dottie era stato insegnato che il perossido di idrogeno è una sostanza instabile e doveva essere mescolato con gli altri componenti della miscela schiarente poco prima di applicarla ai capelli. Mentre era nel retrobottega per preparare il decolorante ricevette una telefonata dal suo ragazzo. Prese il cellulare dalla tasca e rispose.

"No, ti ho detto che non sono interessata ad andare a vedere degli appartamenti ora. Pensavo che avessimo già parlato a lungo di questa questione, la notte scorsa. Perché ne stai parlando ancora?". Non volendo perdere ulteriore tempo, mise l'auricolare per poter parlare mentre preparava la miscela per Crissey.

"Tu sai quanto ti amo, ma questo non cambia le cose". Alcune colleghe del salone stavano ascoltando con grande interesse questa appassionata discussione di Dottie con il suo fidanzato. Crissey, invece, non faceva caso alla discussione e continuava a leggere le sue riviste. "No! Tu sai le mie condizioni. Non cambio mai idea. Guarda Charles, devo tornare a lavorare. Ti chiamo quando torno a casa. Va bene?". Dottie agganciò e si

fermò un momento. Contò fino a dieci per riprendere la calma.
"È un pezzo di m...a. Mamma aveva ragione. Posso avere di
meglio" pensò fra sè. Dottie prese la ciotola che conteneva la
miscela per i capelli, il pennello, le cartine di alluminio e tornò
dalla sua cliente. Le altre ragazze del salone videro che era
visibilmente agitata, ma nessuna cercò di tranquillizzarla. Dottie
spennellò il decolorante su una ciocca di capelli e poi l' avvolse
con cura nel foglio di alluminio. Continuò in questo modo fino a
ottenere la quantità di mèches richieste da Jennifer. A Crissey fu
chiesto di mettere la testa sotto il casco da parrucchiera per
accelerare la decolorazione. Lei era contenta di leggere i suoi
giornali e di lasciare fare a Dottie il suo lavoro. Dottie ricevette
un'altra chiamata da Charles ed andò di nuovo nel retro del
salone per parlare con lui.

Jennifer ritornò al salone 15 minuti più tardi. Andò da
Crissey e chiese come stavano andando le cose. La ragazza tirò
fuori la testa dal casco e disse: "Mamma, è normale che la testa mi
bruci? Sta cominciando a farmi male".

"Cosa? Tira fuori la testa da lì. Questo bruciore non
dovrebbe mai accadere. Dottie, Dottie dove sei?" urlò Jennifer nel
salone. Dottie ritornò correndo dal bagno. Spense
immediatamente il casco e lavò i capelli di Crissey nel lavandino
dietro di lei.

Jennifer chiese di sapere cosa fosse successo. "Non c'è
niente di preoccupante" le sussurrò Dottie, "a volte ci può essere
un po' di disagio quando coloriamo i capelli. Starà bene.
Guardate le sue mèches, sembrano davvero belle, vero?" Jennifer
si calmò vedendo che tutto era a posto. Quando i capelli di

Crissey furono **asciugati con** il **phon**, ammise che la ragazza era bellissima. Ringraziò Dottie e pagò, aggiungendo una piccola mancia, ed insieme alla figlia lasciò il salone.

Crissey fu davvero stupenda per tutta la durata del concorso. Era sicura di sè e deliziosa. La giuria l'apprezzava. Finì il concorso classificandosi al secondo posto delle selezioni regionali di Miss Teen America. Ma, in qualità di seconda arrivata, non sarebbe stata invitata al concorso nazionale, a meno di un impedimento della vincitrice. Jennifer fu soddisfatta di questo risultato. Crissey aveva solo 16 anni e l'anno successivo avrebbe avuto maggiori possibilità di vittoria. Quando tornarono a casa, la scuola organizzò una festa per il successo di Crissey.

Alcuni bidelli anziani lavoravano ancora nella scuola e discutevano fra loro ricordando quanto Jennifer somigliasse a sua figlia. Avevano ancora le sue foto, anche se le immagini stavano svanendo. Dieci giorni più tardi, grandi ciocche dei capelli di Crissey iniziarono a cadere. Era inorridita. Su entrambi i lati della sua testa apparvero numerose aree senza capelli, proprio dove erano state fatte le mèches. Andò a scuola indossando un cappello. Crissey e Jennifer presero un appuntamento con un dermatologo che disse loro che un numero significativo di follicoli piliferi era atrofizzati e che i **capelli di Crissey non sarebbero mai ricresciuti da soli.** Secondo il suo parere professionale, anche il trapianto di capelli con la tecnica follicolare non sarebbe riuscito. L'unica opzione era il trapianto del cuoio capelluto, un intervento complesso che richiede la sostituzione del cuoio capelluto. Crissey pianse, appena capì cosa le era successo.

Jennifer contattò un avvocato per discutere la possibilità

di citare in giudizio la struttura che aveva eseguito le mèches. L'assicurazione medica negò la copertura delle spese per l'intervento chirurgico che Crissey dovette fare perché stabilirono che il problema era stato causato dai cosmetici, e non da una malattia. Jennifer cercò di sostenere che il futuro sostentamento di Crissey era a rischio, ma essi non furono d'accordo. Tuttavia, Jennifer sostenne che la possibilità di vincere la causa contro il salone di bellezza era molto elevata e che, pertanto, la compagnia di assicurazione avrebbe potuto coprire i costi dell'intervento di chirurgia plastica sul cuoio capelluto di Crissey.

ooo

Heidi Beck del Wilson, Hamilton e Beck Law Offices esaminò il caso di Crissey ed accettò di rappresentarla perché, a suo parere, vi erano molte possibilità di vittoria. Disse che era necessario dimostrare che vi fosse stata negligenza nel lavoro del salone. Heidi aveva anche bisogno di trovare un tossicologo che potesse determinare se i prodotti chimici nelle tinture per capelli potevano aver causato il problema che Crissey aveva vissuto. Così mi chiamò, e mi spiegò cos'era successo a Crissey, e mi chiese se potevo aiutarla. Accettai e decidemmo sul da farsi.

La prima cosa che pensai di fare fu di identificare quali prodotti erano stati usati sui capelli di Crissey. Mandai mia figlia, della stessa sua età, all'International Beauty Salon, per chiedere di fare le mèches. Chiese alla responsabile il nome dei prodotti che usavano e se c'erano altri marchi da poter scegliere.

La responsabile le disse che avevano un contratto con un fornitore e che questi erano i soli prodotti che usavano. Poi le mostrarono i prodotti. Mia figlia rispose: "in passato ho usato questi prodotti, ma ora preferisco Garnier" ed andò via senza prendere nessun appuntamento.

Quando venni a conoscenza del nome dei prodotti, andai su internet per leggere la scheda di sicurezza (Material Safety Data Sheet) di ciascun prodotto e verificai i componenti chimici presenti. Queste schede contengono importanti informazioni su tutti i composti chimici, e le miscele prodotte. Questi dati sono di enorme utilità per lavoratori esposti alle sostanze chimiche nel posto di lavoro. Se un soggetto viene esposto a sostanze tossiche, la scheda fornisce le informazioni sulle misure di primo soccorso da mettere in atto in caso di necessità. I principali componenti dei prodotti per la colorazione dei capelli sono agenti ossidanti, sostanze basiche, perossido di idrogeno e tinture coloranti. Il perossido di idrogeno è stato usato per molti anni per sbiancare i capelli con una concentrazione da 3% a 6%. Il persolfato accelera la decolorazione e facilita l'assorbimento delle tinture nei capelli. La reazione di ossidazione avviene a pH alcalino ed è facilitata dal calore. Quando il procedimento di colorazione è finito, i capelli vengono lavati e risciacquati con uno shampoo neutralizzante.

La scheda di sicurezza del perclorato di ammonio segnala che l'esposizione prolungata può causare ustioni cutanee e ulcerazioni; quella del perossido di idrogeno al 3% consiglia di evitare il contatto prolungato con la pelle. Infine, la scheda di sicurezza della soluzione basica utilizzata, contenente metasilicato di sodio, segnala che è un composto altamente corrosivo. Non fui sorpreso di leggere queste avvertenze: chiamai Heidi e spiegai la pericolosità dei composti utilizzati per la tintura dei capelli di Crissey.

"Tuttavia, poiché la maggior parte dei saloni di bellezza utilizza gli stessi prodotti chimici, dobbiamo cercare le prove della negligenza che ha causato le lesioni a Crissey". Avvisai, "altrimenti, di fatto, il problema sembrerebbe limitato al normale rischio al quale vengono esposte tutte le persone che vogliono farsi le mèches".

Così un giorno che Dottie era a casa per il turno di riposo, Heidi mandò al salone un investigatore per parlare con le alter parrucchiere. Quelle che erano al lavoro quel giorno si ricordavano che Jennifer aveva iniziato ad urlare contro Dottie quando Crissey aveva sentivo dolore e raccontarono anche all' investigatore che Dottie era stata distratta dalle chiamate del suo fidanzato. Heidi si convinse di avere raccolto informazioni sufficienti per iniziare una causa per negligenza, e perciò intentò una causa contro l'International Beauty Salon. Pensando che Dottie non avesse soldi, non denunciò la ragazza, ma la chiamò a deporre durante il processo per il caso di Crissey. Heidi, gli avvocati difensori del salone di bellezza, e uno scritturale della corte si riunirono nello studio legale di Heidi.

"A che ora ha cominciato a fare le mèches?" chiese Heidi a Dottie.

"L'appuntamento era alle 14.00. Crissey e la signora Dooley arrivarono puntuali. Poi la signora Dooley uscì per un giro alle 14.15".

"Per quanto tempo Crissey è stata sotto il casco da parrucchiera?".

"Non più di 15 minuti".

"La temperatura era bassa o elevata?" domandò Heidi.

"Noi usiamo sempre la bassa temperatura" rispose Dottie.

"Ho una dichiarazione giurata della signora Dooley che afferma, invece, che l'impostazione della temperatura era alta", disse Heidi. "Lei era lì quando Crissey cominciò a lamentarsi e fu lei che spense il casco. Ricordava che quando girò il quadrante sentì due clic, e non un clic come si sarebbe sentito se fosse stato posizionato alla bassa temperatura. Lei non era presente, quando la signora Dooley ritornò dalla passeggiata. Abbiamo anche dei testimoni che hanno dichiarato che lei era nel retrobottega al telefono a discutere con il suo ragazzo. Smentisce questo fatto?".

Dottie ammise che quel giorno era distratta, ma che prima di quel giorno aveva fatto centinaia di mèches senza alcun problema.

Successivamente, come ad un esame, Heidi le chiese il nome di ciascuna sostanza usata per trattare i capelli. Da quando Dottie aveva deciso di aprire un salone tutto suo, aveva studiato l'attività degli altri parrucchieri, e così fu in grado di elencare le sostanze una per una.

"Persolfato di potassio, metasilicato di sodio, e perossido di idrogeno al 9%," recitò. Seduto nella stanza della deposizione, pregai Heidi di richiedere un breve pausa in modo che potessi conferire con lei. Fu decisa una breve pausa.

In corridoio, dissi ad Heidi "La percentuale regolare di perossido di idrogeno è tra il 3% ed il 6%. Invece, in questo caso è stata usata una soluzione al 9% che non è raccomandata dai produttori di cosmetici. È mia opinione che questo fatto, insieme all'aumento della temperatura del casco dovuta alla disattenzione di Dottie durante una fase critica del procedimento, abbia

214

contribuito a produrre le lesioni a Crissey". Heidi concordò totalmente.

Heidi Beck ringraziò Dottie per la sua deposizione e la congedò. Poi chiese una sospensione e si intrattenne in una conversazione privata con gli avvocati della difesa. Sottolineò che in questo caso erano evidenti sia inosservanza delle raccomandazioni, sia negligenza da parte della parrucchiera. Se questo fosse stato reso pubblico, il salone sarebbe andato in rovina. Il proprietario del salone decise di sistemare il caso senza ammissione di colpa. Le parti si accordarono per un appropriato risarcimento. Jennifer accettò l'offerta ed il caso fu chiuso. Crissey poté sottoporsi a trapianto dei cuoio capelluto nelle zone calve. Ci sarebbero voluti alcuni anni prima di recarsi nuovamente da una parrucchiera. Perse interesse a partecipare ai concorsi di bellezza con grande rammarico da parte di sua madre. Voleva solamente essere una ragazzina normale.

Dottie Walsh non ebbe mai il salone che sperava di avere. Sposò un uomo d'affari e lasciò il lavoro di parrucchiera. Crissey finì la scuola e fu la prima della sua famiglia ad andare all'università. Era ancora molto bella. Jennifer divorziò dal macellaio, anche perchè scoprì che aveva una relazione segreta con una donna che lavorava in una gastronomia della porta accanto. I due condividevano molti più interessi comuni di quelli che aveva condiviso con Jennifer.

ooo

Nel 2001 un gruppo di esperti ha pubblicato un rapporto sulla sicurezza di ammonio, di potassio, persolfato di sodio, che sono sostanze acceleranti utilizzate nei prodotti per la colorazione dei capelli. Il rapporto ha concluso che questi prodotti chimici sono di uso sicuro per i consumatori, solo se vengono attuate delle procedure corrette. La soluzione è stata quella limitare nell'esposizione, riducendo il periodo di incubazione, eliminando il riscaldamento, e risciacquando accuratamente i capelli dalle sostanze chimiche appena possibile. Ci sono stati casi di soggetti con reazioni allergiche ai coloranti impiegati sui loro capelli, ma la maggior parte di queste reazioni sono temporanee e non debilitanti.

La maggior preoccupazione per il gruppo di esperti è l' esposizione continuativa dei parrucchieri a queste sostanze chimiche che, inalate nel corso del tempo, possono causare l'asma. Il contatto con la pelle può anche causare eruzioni cutanee allergiche. Possono essere utilizzati sulla pelle dei parrucchieri dei patch test per verificare se una sostanza specifica provoca infiammazione allergica della cute. Le persone sensibili dovrebbero scegliere un altro tipo di lavoro. Inoltre, devono essere sempre utilizzati i guanti durante la manipolazione delle soluzioni.

La perdita dei capelli di Crissey ha evidenziato la necessità di una più stretta supervisione delle attività nei saloni di bellezza. I parrucchieri ed i manicuristi che sono esposti professionalmente alle sostanze chimiche per lungo tempo, possono avere conseguenze dannose. Pensando all'esposizione a sostanze chimiche aggressive mi sono ricordato dei miei anni di università, quando ho seguito lezioni di chimica organica. L'esposizione ripetuta a solventi organici è stato il motivo principale per cui ho scelto di non proseguire la carriera nello studio delle reazioni chimiche. Trent'anni fa, ripetute esposizioni a vapori organici, hanno probabilmente accorciato la vita di molti chimici. Per fortuna, questo non avviene più ai giorni nostri.

Mister Potatohead

Era iniziata in un modo del tutto innocente. Barry aveva cinque anni quando i suoi genitori gli fecero vedere una vecchia copia registrata del film "*Incontri ravvicinati del terzo tipo*". Benchè la pellicola non fosse classificata come "vietata ai minori", non era stata certamente una buona idea, vista l'età del bambino. Per fortuna, Barry non comprese che il tema del film era l'invasione degli alieni, ma rimase affascinato dalla scena nella quale Roy, impersonato da Richard Dreyfuss, riempie il piatto con una montagna di purè. Nel film, gli alieni spingono Roy a scolpire il purè nelle forme della Torre del Diavolo nel Wyoming, il luogo di incontro con l'alieno. Barry, vedendo quella scena, iniziò a ridere a crepapelle, ed i suoi genitori pensarono che fosse una reazione assai divertente. Barry chiese ai genitori di rivedere più volte la scena e poi richiese ancora la stessa cosa. Sfortunatamente, da quel momento in poi, Barry fu ossessionato dalla bramosia di mangiare piatti a base di patate e giocare con loro. Era come se gli alieni fossero passati attraverso lo schermo e avessero lavato il cervello di Barry, proprio come era avvenuto con Roy e gli altri attori del film. La mamma si preoccupò ed iniziò a pensare che il figlio soffrisse di un disturbo psicologico: voleva inviarlo ad uno specialista, ma il marito la convinse che, man mano che cresceva,

Barry avrebbe risolto questi problemi. In effetti i disturbi andarono diminuendo verso i dieci anni, soprattutto per il desiderio di evitare di farsi prendere in giro dagli amici. Ma, quando era solo a casa, ritornava la il desiderio per ogni prodotto a base di patata. A colazione mangiava frittelle di patate, a pranzo patate fritte, e a cena patate al forno o gratinate e purè. Nel mezzo, mangiava patatine al forno, purè o grantinate, grigliate, aromatizzate o con panna acida; qualsiasi preparazione andava bene ed ogni giorno ne prediligeva una di nuova.

Era paragonabile all'ossessione di Bubba per i gamberi nel film Forest Gump, solo che nel caso di Barry non era finzione cinematografica ma realtà, e non vi era nel suo futuro alcuna catena di ristoranti. Non voleva mettere assieme nel suo piatto una montagnola di purè; voleva semplicemente mangiarselo.

Barry iniziò a frequentare il college, incontrò Chloe ad un corso di economia, e la sposò. Chloe divenne una commercialista e Barry un attuario presso una compagnia assicurativa. All'inizio sembrò un bel rapporto: il lavoro di Barry non richiedeva importanti interazioni all'infuori del suo ufficio, e benchè i suoi collaboratori conoscessero la sua passione per le patate, nessuno pensava che fosse una malattia ossessiva. Chole, però, si accorse che quest'ossessione andava peggiorando con il passare del tempo e metteva in pericolo il loro matrimonio. Cercò di convincerlo a rivolgersi ad uno specialista, ma lui rifiutò, ed, infine, divorziarono. Probabilmente è uno dei rari casi in cui le differenze inconciliabili di una coppia erano dovute ad un vegetale.

Separato e solo, Barry potè esercitare ancor più la sua ossessione per le patate: passò da prodotti cotti a patate allo stato grezzo. Mangiava fino ad un chilo e mezzo di patate al giorno, compresa la buccia, e prediligeva le patate verdi che, però, erano difficili da trovare nelle drogherie. Perciò, pensò che se avesse esposto alla luce del sole delle patate giovani, sarebbero virate al verde grazie al principio della fotosintesi. In aggiunta a quest'ossessione per le patate, iniziò ad avere altre abitudini molto strane sul mangiare. Divideva mentalmente il piatto in quattro segmenti uguali, come fosse il quadrante di un orologio. Prima di mangiare disponeva il cibo, suddiviso meticolosamente, in ciascuno di questi quarti. Iniziava a mangiare sempre al punto delle ore 12 e completava quel segmento prima di iniziare a mangiare il cibo in prossimità delle ore 3. Quando si apprestava ad arrivare al segmento delle ore 9, voleva dire che si avvicinava alla fine del pranzo. Ma, invece che usare la forchetta, portava il piatto alla bocca e leccava direttamente il cibo dal piatto, usando la lingua e creando rumori di succhiamento ed aspirazione molto fastidiosi. Dal momento che diede inizio a questo rituale, Barry non potè più frequentare un ristorante nè mangiare di fronte ad amici o ospiti per non sembrare ridicolo; divenne, così, un recluso.

Non andò più al ristorante, ma trovò il modo di comprare confezioni di patate per ristoranti che venivano vendute in sacchi da parecchi chilogrammi. Queste confezioni venivano consegnate direttamente a casa sua ogni quattro mesi ma l'ossessione di Barry rimase sconosciuta per molti a tutti tranne a Chloe.

Un giorno, però, dopo un abbondante pasto a base di patate, il suo feticismo gli si rivolse contro ed iniziò a soffrire, per la prima volta nella sua vita, di un episodio di grave diarrea con nausea, vomito e crampi allo stomaco. Benchè i sintomi fossero andati peggiorando nel corso delle settimane successive, Barry non modificò le sue abitudini dietetiche, nè il modo di mangiare. Iniziò ad avere incubi notturni, allucinazioni, spasmi muscolari e sudorazione profusa. Una sera, uscendo fuori del suo appartamento inciampò, fece ancora qualche passo e poi cadde a terra nel corridoio. Nessuno dei condomini lo sentì cadere e passarono alcune ore prima che un vicino uscisse dal suo appartamento e trovasse Barry steso a terra. A quel punto chiamò un'ambulanza e Barry fu portato al Pronto Soccorso del General Hospital. Nel suo portafoglio, l'unico contatto in caso di emergenze era il numero telefonico della mamma, con la quale non aveva rapporti da molti mesi. Quando le telefonarono dal Pronto Soccorso e le chiesero se suo figlio avesse mai avuto problemi di droga o assumesse farmaci particolari o fosse stato esposto ad agenti chimici lei rispose di no, ma dopo qualche minuto di riflessione and chiamatta: disse al medico che l'aveva chiamata "Mio figlio ha abitudini strane nel mangiare: questo fatto può avere un legame con i suoi problemi di salute?". Nessuno dei medici del Pronto Soccorso pensò che questa domanda fosse rilevante e veramente importante, ma il compito di capirne di più fu affidato a Vivian Nagumo, una studentessa del quarto anno di medicina.

ooo

Ricevetti una telefonata da Vivian il secondo giorno di ricovero di Barry nella quale mi parlò di un paziente che poteva soffrire di una "sindrome da eccesso di patate". Le chiesi di ripetere le sue parole per essere certo di aver capito bene: era la prima volta che sentivo parlare di tossicità dovuta alle patate e, perciò, avrei dovuto fare qualche ricerca. Alcun specie di patate contengono la solanina, un alcaloide glicosidico che i botanici, da lungo tempo, hanno dimostrato possedere proprietà fungicide e pesticide. Attraverso un processo di selezione naturale, questi vegetali si sono evoluti per divenire parte del sistema difensivo delle piante contro microorganismi ed insetti. Nei mammiferi, gli alcalodi glicosidici possono inibire l'attività della colinesterasi, un importante enzima che si trova negli assoni dei neuroni. Le cellule nervose comunicano fra loro attraverso il rilascio e la cattura di neurotrasmettitori, inclusa l'acetilcolina. La colinesterasi converte l'acetilcolina in colina inattiva ed acido acetico, riportando così il neurone al suo stato di riposo. L'inibizione della colinesterasi causa sintomi colinergici quali eccessiva sudorazione, lacrimazione e secrezione. Inoltre, determina un'eccessiva contrazione muscolare dovuta all'iperstimolazione dei nervi deputati a regolare il tono muscolare.

I soggetti esposti alla classe di pesticidi conosciuti come organofosforici possono produrre sintomi simili a quelli che Barry aveva manifestato quando fu portato al Pronto Soccorso. Anche alcuni gas nervini, come il sarin, sono inibitori della colinesterasi e sono stati utilizzati come veleni chimici in attacchi terroristici. Nel 1995, alcuni membri della setta religiosa dell'Aum Shinrikyo liberarono il gas da sacchetti di plastica nella affollatissima metropolitana di Tokyo durante le ore di punta, provocando la morte di 13 persone e danni gravi ad altre dozzine di persone. Molte vittime avevano manifestato gli stessi sintomi di Barry. Vivian si ricordava di quest'evento nefasto perchè a quei tempi viveva ancora in Giappone.

ooo

I campioni di sangue e di urina di Barry furono inviati nel mio laboratorio per essere esaminati. Esistono due procedure per determinare l'attività colinesterasica; la prima, che viene definita "attività colinesterasica vera", viene eseguita esaminando i globuli rossi, mentre la seconda, ossia l'attività pseudocolinesterasica utilizza campioni di acqua o di siero. Entrambi questi esami sono utilizzati per monitorare gli agricoltori, in particolare quelli della valle di mezzo della California, che sono esposti agli organofosforici: chi lavora nei campi è esposto a questi veleni perchè i pesticidi vengono spruzzati sui vegetali.

Nel sangue di Barry fu riscontrata un'attività colinesterasica abnormemente bassa sia emoglobina rossi che nel siero a confermare l'ipotesi che i sintomi erano chiaramente dovuti all'esposizione ad un agente chimico o ad un farmaco che inibiva quest'enzima di vitale importanza. Pertanto, i risultati dell'esame della colinesterasi erano consistenti con la sintomatologia che affliggeva Barry, ma rimaneva da scoprire la causa. Visti i comportamenti dietetici di Barry e la sua ossessione per le patate, decidemmo di determinare la concentrazione di solanina nel suo sangue al momento della crisi. Ci volle una settimana per identificare ed acquistare gli standard appropriati, sviluppare il metodo e analizzare i campioni con la spettrometria di massa, anche perchè riuscimmo a trovare nella letteratura dei metodi che erano stati utilizzati nell'industria alimentare. I ricercatori avevano usato gli stessi reagenti e la stessa strumentazione che noi utilizzammo per l'esame nei campioni di sangue, anche se le concentrazioni della solanina era molto inferiori a quella nelle patate. Fortunatamente, la nostra strumentazione consentiva di raggiungere delle elevate sensibilità analitiche e, quindi, era idonea a determinare il composto nei campioni di sangue e urina. Alla fine, fummo in grado di confermare che nel sangue di Barry erano presenti concentrazioni tossiche di solanina e caconina, un altro alcaloide che si ritrova nei tuberi.

Nel giorno del ricovero nel Reparto di Emergenza, Barry fu trattato con atropina che, in breve tempo, risolse i suoi sintomi. Barry fu poi trasferito in un reparto di psichiatria per una valutazione completa del suo feticismo e per il suo trattamento. Barry aveva 35 anni e, quindi, fu necessario ottenere il suo consenso per il ricovero nella struttura psichiatrica, anche se sarebbe stato preferibile che questa decisione fosse stata presa quando era ancora un bambino o, almeno, quando Chloe glielo aveva consigliato. Ad ogni modo, solo in quel momento Barry capì che aveva bisogno dell'aiuto di specialisti per uscire dall'ossessione che lo perseguitava da anni, e l'analisi di laboratorio che aveva dimostrato il legame fra la tossicità da solanina e la sua malattia era stata comunque di grande utilità per gli psichiatri che lo presero in cura.

Dopo un esame accurato, il medico di Barry codificò la sua patologia come "Disordine alimentare, non altrimenti specificato" attribuendo lo specifico codice DSM-IV 307.50. Questa tipologia di codifica delle malattie mentali è stata definita nel 1994 dall'Associazione Americana di Psichiatria. Lo specifico disturbo di Barry era caratterizzato da "abitudini alimentari estremamente atipiche non assimilabili all'anoressia o alla bulimia nervosa", che rappresentano oggi i due disturbi dell'alimentazione più frequenti e comuni. Inoltre, gli fu attribuito un secondo codice di classificazione della patologia (304.90), "dipendenza da sostanze alimentari".

La diagnosi permise a Barry di richiedere aspettativa dal posto di lavoro, mantenendo lo stipendio ed alcuni benefici. Nel periodo di ricovero nell'ospedale psichiatrico, la dieta e la tipologia del cibo furono oggetto di un controllo rigoroso. Nei primi mesi, Barry fu preda di una vera crisi di astinenza dalle patate, ma fortunatamente la sua ossessione era di tipo psicologico e non una vera e propria dipendenza fisica, e così, dopo 5 mesi, fu dimesso e ritornò al suo lavoro. I suoi compagni di lavoro avevano saputo del suo ricovero e furono felici di rivederlo di nuovo. Barry continuò a vedere regolarmente il suo psichiatra, Dr. Vivian Leblanc.

A sei mesi di distanza dalla dimissione di Barry, Vivian presentò il suo caso ai Colleghi ed agli studenti nel corso delle riunioni mensili del Dipartimento di Emergenza e chiese a Barry di essere presente. Benchè sia raro presentare un caso clinico in un incontro fra medici in presenza dell'interessato, Vivian voleva dimostrare ai suoi Colleghi che Barry era ben disposto a parlare della sua malattia e della sua guarigione: Barry ricevette un sacco di congratulazioni ed applausi da parte dei clinici per come si presentava dopo la cura e per la sua perseveranza. Non fu tentato dalla presenza di patatine fritte che erano state servite agli studenti ed ai clinici assieme ai panini. Vivian si scusò con Barry spiegandogli che non era stata una prova per indurlo in tentazione, e che lui non era conoscenza del cibo che il servizio di catering aveva predisposto per quell'occasione. In ogni caso, Barry aveva superato l'esame.

ooo

Oltre un milione di acri di terreno degli Stati Uniti è dedicato alla coltivazione delle patate ed ogni acro ne produce circa 20,000 chilogrammi. Gli Stati dell'Idaho e di Washington nel loro insieme sono i maggiori produttori negli USA. L'americano medio ne mangia circa 63 chilogrammi all'anno. Un terzo delle patate è utilizzato per preparare patatine fritte, un quarto è venduto fresco ed il 15%, invece, va a finire nelle confezioni in busta. Le patate, i pomodori, i peperoni e le melanzane, come pure altri vegetali, contengono alcaloidi glicosidici e fanno parte della famiglia delle solanacee. Fino al 1800, queste piante, ed in particolare i pomodori, erano considerati velenosi. Oggi, invece il consumo di pomodori viene raccomandato perché contengono licopene, un carotenoide −non un alcaloide glicosidico- che ha proprietà anti-tumorali.

La tossicità da patate è un evento raro perché è necessario consumarne enormi quantità prima che appaiano dei sintomi. Le concentrazioni più elevate di solanina si riscontrano nelle foglie, nei gambi, e nei germogli e, quando il tubero è verde, bisogna evitare di mangiarlo oppure bisogna mangiarne piccole quantità. La morte per avvelenamento da patata è un evento rarissimo. Nel 1933, un'epidemia a Cipro uccise 60 persone e durante la Guerra in Corea, 20 persone morirono nella Corea del Nord. L'incidenza di avvelenamento è sottovalutata nel mondo medico perché i sintomi di natura gastrointestinale vengono spesso attribuiti a contaminazione alimentare di natura batterica o virale. Tuttavia, la presenza di sintomi colinergici deve indirizzare verso la presenza di inibitori dell'enzima colinesterasi. L'esposizione degli agricoltori ad agenti chimici, quali parathion e malathion, è un evento molto più frequente della tossicità da patata. Anche l'incidenza di tossicità da pesticidi ed erbicidi, comunque, è molto diminuita nel corso degli ultimi anni grazie alla miglior sorveglianza ed alla promozione delle coltivazioni biologiche.

Da bambino, mia mamma mi aveva insegnato a non mangiare mai i germogli di patata, e quando preparava il cibo, era sempre attenta a rimuovere gli occhi di patata dopo averla pelata, anche se io pensavo che fosse una precauzione eccessiva. Anche se non le erano note le basi chimiche, ora so che questa sua precauzione era ed è assolutamente giustificata.

Il Regno di porpora

Il mio interesse per la storia e per la finzione scientifica, e la mia professione di laboratorista clinico che dura da 30 anni, mi hanno spesso indotto a ricorrere al gioco mentale del "che cosa sarebbe successo se...". In particolare, sono sempre stato affascinato dal modo con il quale malattie di importanti personaggi, di visibilità mondiale, abbiano influenzato il corso della storia. Se, andando indietro nel tempo, potessimo diagnosticare le malattie ed applicare le terapie di oggi ad importanti personaggi del passato, si creerebbe un effetto tale da cambiare radicalmente la realtà attuale. Molti danno per scontate l'indipendenza e la libertà che oggi godiamo nel nostro Paese, ma la realtà potrebbe essere diversa se alcune decisioni chiave della storia fossero state modificate.

Uno dei personaggi che giocò un ruolo fondamentale negli anni di nascita della storia americana è certamente Giorgio III, che divenne Re della Gran Bretagna e dell'Irlanda all'età di 22 anni, e regnò dal 1760 fino all'anno della sua morte, nel 1820. Re Giorgio ha rappresentato una figura centrale nella Guerra Rivoluzionaria che ebbe inizio nel 1775, quando lui aveva 37 anni. La guerra fu scatenata dai coloni americani che erano stati costretti a pagare le tasse al Governo inglese, senza aver diritto ad una rappresentanza nel Parlamento. I coloni pensavano di essere semplici pedine in mano al volere ed ai capricci dei burocrati di tutto l'Atlantico. Poichè la guerra durava da tempo e le vittime andavano aumentando, i ministri del gabinetto di Giorgio fecero pressioni affinchè il Re prendesse in seria considerazione le richieste dei coloni. Ma Giorgio fu risoluto nel decidere di continuare a combattere i ribelli fintanto che l'Impero non avesse riportato la vittoria finale. Come noto, però, gli inglesi persero la guerra ed i coloni ottennero l'indipendenza dall'Inghilterra nel 1783. Con la perdita delle 13 colonie, l'Impero Britannico si trovò forzatamente a concentrare il proprio interesse verso la sicurezza del vicino Canada e all'esplorazione del Pacifico. Poco prima della Guerra Rivoluzionaria, James Cook aveva scoperto la costa orientale dell'Australia. Pochi anni dopo la guerra, l'Inghilterra colonizzò la "Botany Bay" e fondò una colonia penale con detenuti inviati in esilio nel Nuovo Sud Galles dell'Australia.

Non vi sono mai state guerre di indipendenza fra Inghilterra e Canada, o fra Inghilterra e Australia, paesi che diedero vita ad un proprio Parlamento ma sono sempre rimasti membri del British Commowealth ed, ancor oggi, sono governati formalmente dalla Regina di Inghilterra.

La storia racconta che Re Giorgio soffriva da tempo di disturbi mentali, ma nel 1788 le sue condizioni peggiorarono fino al punto di renderlo incapace di assolvere molti dei suoi doveri. E' certo che questo avvenne dopo la guerra, ma se fosse stata una predisposizione genetica a causare la malattia, avrebbe potuto ammalarsi anche dieci anni prima. Alcuni secoli dopo, alcuni psichiatri e psicologi hanno ipotizzato che Giorgio in realtà soffrisse di una malattia congenita del metabolismo. Questa malattia avrebbe potuto offuscare la sua capacità di giudizio nel corso del periodo critico del suo regno? Come sarebbe il mondo attuale se la sua patologia fosse stata diagnosticata e curata in modo appropriato? Il racconto che segue è un tentativo di riscrivere la storia sulla base della disponibilità, a quei tempi, della diagnostica di laboratorio e delle terapie attuali.

ooo

Giorgio succedette al trono quando il nonno, Giorgio II morì nel 1760. Nel giro di un anno si sposò con Charlotte Mecklenberg-Strelitz, che lui conobbe solo il giorno del matrimonio. Nel breve giro di un anno, lei diede alla luce il primo figlio che divenne l'erede al trono e, più tardi, Re Giorgio IV. Giorgio III e Charlotte misero al mondo complessivamente 15 figli ed il loro fu un matrimonio ben riuscito. A differenza dei suoi predecessori e successori, Giorgio non ebbe alcuna amante.

La salute di Giorgio fu sempre buona fino ai 40 anni, quando iniziò a soffrire di attacchi dolorosi che comprendevano sintomi di severo dolore addominale, debolezza muscolare, e intorpidimento di varie parti del suo corpo. Presentava anche lesioni cutanee e bolle alle braccia e alle gambe. Il Re era anche agitato, depresso ed andava incontro ad allucinazioni. Questi attacchi coincidevano con le notizie sconvolgenti sulle 13 colonie americane che gli venivano riportate ogni settimana dai sui ministri degli esteri. I suoi consiglieri pensavano che il Re soffrisse di attacchi di panico, mentre il principale medico di corte, Dr. Henry Beauregard, non era affatto convinto di questa spiegazione perchè Re Giorgio era abituato all'instabilità politica e aveva sempre affrontato questi problemi di governo, sia all'interno della

229

nazione che all'estero. Il medico di corte, perciò, sospettò che si trattasse di un problema clinico e sottopose il re ad una visita molto accurata, inclusa l'analisi delle urine. A quel tempo i medici sapevano che la presenza di zuccheri nelle urine era segno di diabete e disponevano di laboratoristi il cui lavoro consisteva nell'assaggiare le urine del Re per sentire se erano dolci. Ma le urine di Giorgio erano chiare e senza glucosio; invece quando cadeva in preda agli attacchi psicotici, le sue urine assumevano un color blu-viola. Il Dr. Tarpley Cox era uno dei medici di corte che si prendeva cura della salute del Re ed aveva appena tenuto una lezione sull'esame delle urine agli studenti della London Royal Academy of Medicine.

"Normalmente, l'urina ha un color giallo dovuto alla presenza di urobilinogeno, un pigmento prodotto dal fegato per fermentazione dell'emoglobina. Le urine assumono color rosso per la presenza di globuli rossi o emoglobina, a causa di danno o malattia renale, ma anche per assunzione con la dieta di barbabietole o rabarbaro. Le urine assumono color nero a causa di un danno muscolare esteso per la presenza di mioglobina, che è un'altra proteina di trasporto dell'ossigeno contenente il gruppo eme. Quando le urine sono bianche o opache, questo colore può essere dovuto alla presenza di batteri a causa di un'infezione urinaria".

Mentre oggi la ricerca della letteratura scientifica è molto semplice, se andiamo indietro nel tempo e arriviamo al 1760, dovremmo prendere atto che non erano disponibili computer, internet, motori di ricerca, o cataloghi stampati. Esistevano solamente poche riviste di medicina. Tuttavia, dopo alcuni giorni di ricerche, riuscì a trovare un articolo nel "Philosophical

Transactions of the Royal Society", una rivista pubblicata a partire dal 1665 dalla Royal Society di Londra. Questo articolo descriveva il caso di un paziente con urine blu-viola, proprio come quelle del Re e descriveva le indagini eseguite per comprendere la causa di quel pigmento. Il Dr. Cox aveva letto qualcosa su Vlad Tepes III Dracula, Il Principe di Wallachia in Transilvania, che era vissuto 300 anni prima. Dracula godeva di ottima salute se non si esponeva alla luce solare e durante le ore di buio, ed era assetato di liquidi. Secondo la tradizione popolare, il liquido in questione sarebbe il sangue. "*Hmmm*", pensò Cox. "*Che il Re e Dracula siano affetti dallo stesso morbo?*".

Pochi giorni dopo, il Dr. Cox si incontrò con Beauregard ed i suoi collaboratori per discutere i risultati della sua ricerca.

"L'eme è una molecola che lega il ferro e rappresenta la porzione attiva dell'emoglobina" sottolineò il Dr. Cox. E' essenziale per i globuli rossi per trasportare ossigeno ai tessuti e rimuovere l'anidride carbonica. L'eme è prodotta a partire dal porfobilinogeno attraverso una serie di reazioni catalizzate da enzimi; nel caso di un deficit enzimatico, vengono escrete nelle urine grandi quantità di porfobilinogeno. Poichè questa molecola è di colore rosso-porpora, i pazienti con porfiria acuta producono urine con questa tinta. C'è un esame molto semplice che possiamo eseguire per verificare se le urine del Re contengano realmente questo metabolita. Aggiungendo un sovente ed un composto chimico conosciuto come reattivo di Ehrlich, se vi è presenza di porfobilinogeno, si svilupperà un colore rosso".

Il Dr. Beauregard rimase così impressionato dai risultati

della ricerca che concesse il permesso al Dr. Cox di esaminare un campione di urina di Re Giorgio. L'estrazione dell'urina con un solvente organico produsse un liquido incolore ma quando fu aggiunto il reattivo di Ehrlich, si sviluppò immediatamente un color rosso ad indicare un risultato positivo ed il Dr. Cox si precipito dal Dr. Beuregard per comunicargli il dato. Appurato che il Re soffriva della stessa patologia di Dracula, la logica voleva che il quesito successivo fosse come curare Giorgio. IL Dr. Cox aveva notato che le lesioni cutanee del Re peggioravano con l'esposizione alla luce e così convinse il Dr. Beauregard a raccomandare al Re di non esporsi ai raggi solari, se non quando fosse strettamente necessario ed a coprire quanto più possibile il suo corpo quando si trovava all'aperto.

"Non possiamo spettarci che il Re viva come un eremita all'interno del suo castello commentò il Dr. Beauregard. "Ha dei doveri verso i suoi sudditi ed il suo regno".

"Allora lasci che documenti le ore ed i giorni nei quali deve trovarsi all'aperto e le condizioni del tempo in quelle specifiche giornate". Allora come oggi, a Londra vi erano molti giorni ed anche settimane senza sole. "Se le lesioni migliorano nei giorni di pioggia, ossia quando l'esposizione ai raggi solari è minore, la mia teoria verrebbe ulteriormente provata" concluse Cox. Il Dr. Beauregards non trovò nulla di male, nè di pericoloso nel piano di Cox e diede il suo consenso, anche perchè, a quei tempi, il tempo di un giovane medico non era così costoso come il suo.

Dopo un mese di osservazione, la teoria del Dr. Cox si dimostrò valida. Le lesioni cutanee comparivano nei giorni in cui il Re si esponeva ai raggi solari e scomparivano quando vi era un lungo periodo di giornate con cielo coperto. Anche il suo comportamento era migliore nei giorni piovosi. Quando il Dr. Bereaugard si convinse del tutto dell'ipotesi diagnostica grazie a queste prove, comunicò al Re i danni potenziali per la sua salute dell'esposizione al sole; Sua Altezza reale decise di ridurre l'esposizione all'esterno e, se necessario, di indossare un abito da cerimonia che coprisse quanto più possibile tutto il suo corpo.

Il Re fu, inoltre, istruito a bere la maggior quantità di liquidi possibile, dato che il Dr. Cox pensava che, essendo il porfobilinogeno un veleno, doveva essere rimosso dall'organismo quanto più velocemente e quantitativamente possibile. L'assunzione di acqua zuccherata, inoltre, facilitava la sete e aumentava la frequenza della minzione, anche se non si rese conto del perchè una dieta ricca di carboidrati riducesse ancor più la gravità degli attacchi. Fortunatamente, a differenza di Dracula, non aveva bramosia per il sangue. Tutte le misure cautelative funzionarono, il Re si dimostrò più rilassato ed i suoi sintomi andarono diminuendo e tornò al suo buonumore. Come risultato, in questo periodo di benessere, diede alla luce molti altri figli.

Alla fine, la personalità ed il comportamento di Re Giorgio virarono positivamente passando dall'aggressività alla tranquillità e alla calma. Quando i coloni iniziarono a contestare i provvedimenti del suo governo, il Re assunse un atteggiamento molto diverso da quello che la storia reale ci ha tramandato, decidendo di aprire una trattativa con i coloni, anzichè scatenare la guerra. La maggior parte dei coloni che voleva lottare per l'indipendenza dall'Inghilterra era dei semplici contadini o dei commercianti che non volevano combattere contro la madre patria. L'atteggiamento del Re di dar vita un negoziato, anzichè dar inizio alla Guerra, impressionò i coloni che accettarono la proposta di aprire un dialogo e cambiò in modo drammatico il corso della storia.

Nel giro di 6 mesi, Benjamin Franklin, che a quel tempo aveva 71 anni, dopo un viaggio per mare arrivò in Inghilterra per divenire il primo rappresentante nel Parlamento Britannico. Il Generale Washington, l'eroe della Guerra Rivoluzionaria, era a capo delle milizie indipendentiste, ma non essendoci stata la guerra, non divenne il primo Presidente degli Stati Uniti ed il suo nome non fu mai rilevante nella storia del Paese. Quattro anni dopo, Thomas Jefferson sostituì l'anziano Franklin nel Parlamento e, di seguito, le 13 colonie furono chiamate "Stati Uniti della Nuova Bretagna". Il nome della città di Nuova Bretagna, nel Connecticut, che precedette la formazione degli Stati Uniti d'America, fu modificata in "America", Connecticut.

Gli Stati Uniti della Nuova Bretagna divennero una nazione separata dalla Gran Bretagna ed i suoi cittadini elessero un Primo Ministro invece di un Presidente, e diedero vita ad un Parlamento anzichè ad un congresso, rimanendo a far parte della Repubblica del Regno Unito, assieme a Canada, India e Sud Africa. Come conseguenza della decisione di porre grande attenzione al mantenimento di buone relazioni con gli Stati Uniti della Nuova Bretagna, l'Inghilterra non diede il via all'esplorazione e colonizzazione dell'Australia che divenne una nazione separata e non entrò a far parte della Repubblica del Regno Unito. Fu abitata da giapponesi e chiamata "Australasia". In qualità di nazione della Repubblica del Regno Unito, i Nuovi

Britannici furono coinvolti nella Prima Guerra Mondiale fin dall'inizio, nel 1914, e non qualche anno più tardi nel 1917, e questo grande contributo in termini di soldati e mezzi portò a concludere la guerra due anni prima. Questo fatto non solo portò a salvare milioni di vite, ma a minimizzare la colpevolizzazione e le richieste di risarcimento alla Germania, evitando così una drammatica inflazione. Come risultato finale, Adolf Hitler non andò al potere, furono risparmiate la Seconda Guerra Mondiale, l'olocausto e la morte di massa. La popolazione nel mondo sarebbe arrivata a 10 miliardi, molti di più dei 7 attuali, e non vi sarebbe stata la necessità di sviluppare armi e testate nucleari. La mancanza di scienziati stellari tedeschi avrebbe ritardato di mezzo secolo lo sviluppo dei programmi spaziali degli Stati Uniti e della Russia, e sarebbe stata dilazionata anche la possibilità di utilizzare il nucleare come fonte energetica.

Anche la cultura popolare sarebbe cambiata in modo drammatico come risultato della decisione inaspettata di Re Giorgio di non entrare in guerra e salvaguardare la pace. I due principali passatempi sportivi degli americani, football e baseball, sarebbero divenuti soccer (calcio) e cricket. Nell'Australasia, lo sport più popolare sarebbe stato non il rugby, ma il Sumo per l'influenza giapponese. I termini "apartment" e "elevator" usati dagli americani per designare un appartamento e l'ascensore, rispettivamente, sarebbero divenuti "flat" e "lift".

Tutti questi cambiamenti sarebbero stati possibili grazie ad un giovane medico che, con le sue osservazioni cliniche, avrebbe influenzato la terapia del Re in modo così drammaticamente diverso da quanto è realmente avvenuto nella storia e nel rispetto delle convenzioni.

ooo

L'ipotesi che Re Giorgio III avesse sofferto di porfiria acuta è stata avanzata nel 1960 da due psichiatri, la Dr.ssa Ida Macalpine e suo figlio Richard Hunter, che avevano esaminato la documentazione clinica ed altri documenti del periodo nel quale il Re si ammalò nel 1788. In questi documenti, si può leggere che il Re sviluppò un comportamento progressivamente bizzarro, una neuropatia periferica, debolezza muscolare, raucedine, dolore addominale e urine sbiadite. I ricercatori rinforzarono la loro ipotesi documentando le prove che i discendenti del Re avevano sofferto di porfiria. Nel 2005, alcuni scienziati trovarono elevate concentrazioni di arsenico nei capelli del Re e ipotizzarono che questo metallo avesse provocato disturbi nel metabolismo dell'eme, facendo scatenare gli attacchi di porfiria. I capelli del Re erano stati forniti dal Museo della Scienza di Londra e l'origine dell'arsenico fu attribuita alle medicine che furono prescritte al Re dai suoi curanti. Più di recente, altri scienziati hanno rivisto i dati di Macalpine e Hunter e contestato le loro ipotesi.

Il test di screening di Watson-Schwartz per rivelare la porfiria è uno dei più antichi esami di laboratorio ancora utilizzati ai giorni nostri, anche se è stato sviluppato nel 1941. Il reattivo di Ehrlich che viene utilizzato in quest'esame fu scoperto nel 1880 per colorare l'emoglobina. Ovviamente, nè questo reattivo nè il test di laboratorio esisteva nel 1700, nel periodo del regno di Re Giorgio III ed, in effetti, la porfiria fu descritta, come malattia, solamente nel 1874 da Schultz. Il termine "porfiria" deriva dalla parola greca "porphyus" un color rosso porpora. Oggi, sono disponibili esami genetici e biochimici capaci di identificare la specifica causa della porfiria in ogni paziente. Non possiamo sapere con certezza se la storia sarebbe cambiata se fossero state disponibili migliori conoscenze ed esami di laboratorio per la porfiria.

Certamente alcuni lettori potranno pensare che questo racconto e quello che segue sono sciocchezze, dato che la tecnologia di cui si parla non fu resa disponibile per oltre 100 anni. Tuttavia, queste ipotesi sono più probabili che avere macchine del tempo che possano riportaci a ritroso negli anni e modificare la storia, come si è visto in alcuni film o letto in altri libri.

Controllo della vescica

Era domenica sera a Washington DC. Un uomo invecchiato in modo drammatico nel corso degli ultimi 4 anni, si presentò davanti alla telecamera. Sedeva di fronte alla scrivania del suo studio e voleva inviare un messaggio a tutta la Nazione. Iniziò a parlare di pace in un'area del mondo che aveva vissuto con grande sofferenza una guerra civile durata 20 anni, e parlò degli sforzi fatti per sospendere i bombardamenti contro quella nazione e contro quel popolo. Continuò il discorso, spiegando che doveva dedicare tutte le sue energie ed il suo tempo ai doveri di ufficio, e non poteva assumersi alcuna responsabilità verso il suo partito in un anno dedicato alle elezioni. Era il 31 marzo 1968, e quell'uomo che veniva dal Texas scioccò tutta la nazione con le sue parole conclusive:

"Pertanto, non cercherò, nè accetterò di essere candidato dal mio partito per un secondo mandato presidenziale".

Appena concluso il suo intervento, si alzò di scatto dalla sedia nello studio ovale e scomparve dalla vista della telecamera per incontrare ed abbracciare sua moglie, la First Lady Bird. Lui si era tolto di dosso l'enorme peso che gravava sulle sue spalle, ma sua moglie sentì scendere una lacrima dagli occhi perchè aveva capito che era l'inizio della fine di una lunga carriera di servizio pubblico e le tornarono alla mente tutti i sacrifici che lui e l'intera famiglia avevano fatto in tutti quegli anni.

Seguirono molte ore di negoziati con i suoi colleghi di entrambi i partiti. Lei ricordò tutte le critiche che lui in prima persona e tutta la sua amministrazione avevano dovuto subire. Lui, però, sapeva che davanti a se stesso ed al Paese rimanevano mesi pieni di difficoltà e gli risultava piacevole pensare che qualcun altro avrebbe dovuto assumersi presto la responsabilità di difficili decisioni. Il peso della responsabilità era divenuto semplicemente troppo pesante per lui, e quindi era tempo di passare il testimone ad altri.

Com'era prevedibile, quel discorso provocò uno scossone che investì i principali esponenti di entrambi i partiti politici, specialmente quelli del partito al potere, che davano per scontato che il Presidente Lyndon Baines Johnson volesse tentare la corsa per un secondo mandato. Nonostante ciò, alcuni importanti membri del Partito Democratico avevano manifestato il desiderio di correre per la Presidenza e di partecipare alle primarie già prima del discorso del 31 Marzo. Tutti questi candidati avevano preso posizione contro la Guerra del Vietnam, visto che la popolarità del Presidente, a causa della guerra, era la più bassa di sempre. Ma, in realtà, stavano cercando di guadagnare fama e posizione per le elezioni successive, del 1972. Era, peraltro, del tutto lontano dall'intenzione di candidarsi per le elezioni del 1968 il Vice Presidente in carica, Hubert H. Humphrey. Humphrey era un liberal-democratico, che era stato candidato dal suo Partito nel 1960, ma che non era riuscito a vincere non avendo potuto competere con lo strapotere economico di Kennedy. Da quando ricopriva la carica di Vice

Presidente, i suoi sostenitori erano rimasti delusi dal fatto che non si fosse mai opposto in pubblico contro le politiche presidenziali sulla guerra. Benchè non molto noto a quel tempo, Johnson aveva minacciato di ritirare il suo supporto in caso di future aspirazioni presidenziali di Humphrey se questi non avesse condiviso le politiche estere dell'amministrazione in carica. Quando Johnson si ritirò dalle elezioni del 1968, Humphrey si trovò improvvisamente a dover decidere se candidarsi per il Partito Democratico, e se sì, se continuare a supportare l'impegno dell'Amministrazione nella Guerra del Vietnam o se ritirare le truppe nel caso fosse stato eletto. Humphrey attese un mese prima di annunciare in pubblico la sua candidatura e decise, inoltre, di non rompere con la politica del Presidente nel Vietnam.

Humphrey era notevolmente indietro rispetto ai suoi concorrenti, in particolare Eugene McCarthy che aveva vinto le primarie in Oregon e Pennsylvania, e Robert Kennedy (RFK), che aveva vinto in Indiana e Nebraska prima dell'annuncio di Johnson. Quattro giorni dopo, Kennedy risultò vincitore nelle primarie in California ed era ormai vicino ad ottenere la candidatura da parte del Partito Democratico.

Humphrey se ne stava a casa sua, a Chevy Chase nel Maryland a guardare le notizie televisive, e quando apprese la notizia della vittoria di Kennedy, girò la manopola e spense la televisione per non ascoltare il discorso della vittoria. Il mattino successivo, fu svegliato da un suo assistente che lo informò che RFK era stato vittima di un attentato a Los Angeles ed era morto. La nazione si stava appena riprendendo dalla notizia della morte di Martin Luther King, avvenuta a Memphis appena due mesi prima. Humphrey andò in bagno e, non appena iniziò ad urinare, vide che la tazza si macchiava di un colore rosso. Non sapeva certo cosa significasse ma, per non tediare la moglie e le persone del suo staff, non fece alcun cenno del problema. *"Oggi è un lungo giorno"*, disse dentro di sé, *"e non ho certo il tempo di preoccuparmi per quest'episodio"*. Si incontrò con le persone del suo staff per discutere su quale fosse il tono da tenere per il lutto dovuto dalla scomparsa di Robert Kennedy. Alla sera, prima di coricarsi, si accorse che e urine non erano più colorate di rosso. *"Questa mattina sarà stato qualcosa che avevo mangiato"*, disse dentro di sé.

La campagna elettorale riprese in modo decisivo a fine Giugno dopo che i candidati erano stati coinvolti in estenuanti riunioni ed assemblee pre-congressuali e, a quel punto, Humphrey era dato dai sondaggi al secondo posto per la candidatura del Partito Democratico, mentre il partito Repubblicano nominò Richard Nixon nei primi giorni di Agosto.

Il convegno dei Repubblicani fu un evento molto meno movimentato di quello dei Democratici che si tenne a Chicago alla fine di quel mese. Vi furono dimostrazioni e scontri nelle strade fra studenti e dissidenti che protestavano contro la guerra. Nel caos di quei giorni, Humphrey riuscì ad ottenere la candidatura, battendo McCarthy. La sera della vittoria notò, per la seconda volta, sangue nelle urine e, non appena rientrato a Washington, chiamò il Dr. John Wagner, un medico privato, per farsi visitare.

Nello studio del medico, Humphrey raccolse un altro campione di urina, che era anch'esso di colore rossastro come quello della notte precedente. Il Dr. Wagner gli spiegò che esistevano un sacco di motivi per spiegare la presenza di sangue nelle urine e che sarebbero stati necessari alcuni esami di laboratorio. Soddisfatto di queste parole, Humphrey si rivestì e il suo autista lo riportò nel suo studio, all'Executive Office Building.

Il campione di urina fu inviato al National Cancer Institute, a Bethesda. Quando il campione arrivò nel laboratorio di chimica clinica, io lavoravo come assistente post-dottorato. La regolamentazione sulla privacy non era certamente così avanzata come ai nostri giorni, e tutti nel laboratorio sapevano che quel campione di urina apparteneva al Vice Presidente: a Washington, non era poi un evento così strano nè raro ricevere campioni da noti politici.

Il laboratorio confermò in breve tempo che il campione di urina di Humphrey conteneva sangue ed altri elementi cellulari; fu centrifugato e le cellule furono inviate al Dr. Llyod Dubois, un noto esperto di citologia urinaria. Il Dr. Dubois ed i suoi collaboratori del National Cancer Institute avevano appena scoperto la p53, il gene soppressore dei tumori che produce una proteina capace di aiutare la riparazione del DNA. I suoi studi dimostrarono che un gran numero di soggetti con mutazioni del gene p53 aveva una predisposizione genetica a sviluppare carcinomi. La presenza di sangue nelle urine con questa mutazione portava a ipotizzare che Humprey soffrisse di un carcinoma della vescica in stadio iniziale. Pochi giorni dopo l'invio del campione al Dr. Dubois, il laboratorio aveva elementi sufficienti per dare la risposta al Dr. Wagner. Quando il Vice Presidente ricevette la notizia dal Dr. Wagner, rifiutò di crederci.

"Mi sento bene. Non ho sofferto di altri episodi di sangue nelle

urine" disse Humphrey a Wagner. Era una bugia. Humphrey aveva notato altre volte il colore rossastro, ma non era certo il momento di dare peso ai suoi problemi di salute.

"Io, però, vorrei che lei iniziasse una chemioterapia sperimentale che è stata provata al Memorial Sloan Kettering di New York. Alcuni di questi medici sono stati coinvolti nella scoperta del p53" supplicò il Dr. Wagner.

"Che ne sarà della mia mio stato fisico?", disse Humphrey.

"Si sentirà stanco, perderà i capelli e dovrà prendersi qualche periodo di riposo", rispose il Dr. Wagner.

"John, sto correndo per la presidenza degli Stati Uniti, mancano meno di 7 settimane e sono sotto di 15 punti rispetto a Richard Nixon. Non è certo il momento per ritirarmi dalla campagna elettorale. Devo fare l'ultimo sforzo per arrivare alla Casa Bianca. Il Partito Democratico non ha più il tempo per trovare un sostituto; siamo il Partito al potere" disse Humphrey.

"Lo so, Hubert. Ma come tuo medico di fiducia, sono obbligato ad informarti che le migliori probabilità di sopravvivenza sono legate alla decisione di curare ora il tuo tumore che è in fase iniziale. Non farai del bene alla Nazione, da morto" implorò nuovamente Wagner.

"Siamo in piena crisi. Gli studenti protestano nei campus di tutti gli Stati Uniti. Fanatici hanno ucciso Luther King e Robert Kennedy. George Wallace vorrebbe ritornare alla segregazione scolastica. Abbiamo dato inizio ad un movimento di opinione e non posso fermarmi".

Detto questo, Humphrey si rivestì per uscire dallo studio, ma prima disse: "Mi aspetto che tu mantenga un'assoluta confidenzialità sul nostro rapporto medico-paziente. Ci vedremo dopo le elezioni".

"Certamente" disse il Dr. Wagner, mentre Humphrey stava lasciando il suo studio. "Dio sia con te, Hubert" aggiunse Wagner dopo che Humphrey era uscito. Con quella potenziale diagnosi di cancro della vescica, Hubert Humphrey non potè nascondere ai suoi occhi un destino fatale. Egli aveva dedicato la maggior parte della sua vita al servizio pubblico, iniziando come primo cittadino di Minneapolis nel 1945. Subito dopo la visita dal Dr. Wagner, riunì il suo staff che voleva fargli pressione per denunciare la politica di Johnson in Vietnam in favore di un ritiro progressivo e della conclusione della guerra. In passato, Humphrey aveva detto ai suoi consiglieri che non poteva pugnalare alle spalle il suo amico e collega, ma quel giorno i suoi assistenti avrebbero preso coscienza di un cambio radicale nelle sue posizioni, ed infatti li informò che avrebbero cambiato la direzione nella campagna per la presidenza. La paura della morte aveva fatto girare il vento e lo aveva riportato alle sue origini pacifiste.

Nel suo primo discorso elettorale dopo quell'incontro con i suoi collaboratori, Humphrey stupì tutti i presenti affermando che se fosse stato eletto Presidente avrebbe immediatamente sospeso i bombardamenti su Hanoi ed avrebbe formulato un piano per un ritiro graduale delle truppe americane dal Vietnam. Che gli Stati Uniti fossero usciti vincitori o vinti, lui avrebbe comunque posto fine alla guerra una volta per tutte, e andò ripetendo questo proposito in tutti i comizi elettorali. Humphrey si dimostrò più deciso e diretto che mai.

Il giorno delle elezioni del 1968 era fissato per il 5 Novembre.

La storia vera racconta che Humphrey fu sconfitto dal voto popolare a favore di Richard Nixon per soli 500.000 voti. Se Humphrey avesse preso le distanze da LBJ prima, la storia sarebbe cambiata.

Humphrey e Edmond Muskie del Maine entrarono in carica nel 1969. Rispettando le promesse, l'Amministrazione Humphrey cessò i bombardamenti del Vietnam del Nord e negoziò le condizioni della pace, compreso il ritiro delle truppe. L'ultimo soldato americano lasciò il Vietnam nell'Agosto del 1971.

Un anno esatto dopo la prima visita con il Dr. Wagner, Humphrey tornò a farsi vedere da lui per un controllo: il cancro della vescica era già progredito fino ad uno Stadio III. Fu sottoposto a radioterapia e chemioterapia ma le cure non fermarono la progressione della malattia e la metastatizzazione al fegato. I medici del National Cancer Institute condivisero l'opinione che lo stress dell'incarico presidenziale aveva contribuito ad accelerare la progressione della malattia. Humphrey morì nel Giugno del 1971. Come Franklin D. Roosevelt, non visse così a lungo da poter vedere la fine del conflitto nel Vietnam. Muskie assunse la presidenza e completò il mandato di Humphrey. Nel 1972, Muskie e George MCGovern del Sud Dakota ottennero la candidatura da parte del Partito Democratico e vinsero le elezioni. Il loro oppositore, candidato del Partito Repubblicano, era Ronald Regan, Governatore della California.

ooo

Questo racconto diverge dalla storia vera nel momento in cui l'urina di

Humphrey fu analizzata. E' vero che il Vice Presidente aveva sofferto di un episodio di sangue nelle urine, ma fu nel 1967, un anno prima dell'annuncio della sua candidatura per le elezioni presidenziali del 1968. Benchè le sue cellule urinarie avessero rivelato una mutazione del p53 e che questo risultato rendesse assolutamente probabile la diagnosi di carcinoma della vescica, la proteina in questione non fu, in effetti, scoperta se non dopo un anno dalla sua morte avvenuta nel 1978. Con il permesso di Murial Humphrey, l'esame fu in realtà eseguito nel 1994 sui campioni prelevati nel 1967 e conservati nel laboratorio di patologia. La storia vera racconta che Humphrey perse le elezioni del 1968 con il minor margine di sempre, una differenza di soli 500.000 voti e probabilmente la sconfitta fu dovuta al ritardo con il quale prese le distanze da LBJ, solamente a fine Settembre. A quel punto, anche se rimanevano solo 5 settimane prima del voto, i Democratici recuperarono le distanze da Nixon, ed il giorno delle elezioni i sondaggi davano un esito ancora incerto. Gli analisti della politica hanno dichiarato che se le elezioni si fossero svolte una settimana dopo, Humphrey sarebbe risultato vincitore.

Nella storia che ho raccontato, invece, ho ipotizzato che l'esame di laboratorio avesse documentato l'elevata probabilità di carcinoma della vescica e che, a causa di questo referto, Humphrey avesse preso le distanze dalle politiche di Johnson due settimane e, così, facendo avesse spostato l'asse politico a suo favore durante le elezioni del 1968. Un modesto spostamento di 177.000 voti sui 73 milioni di votanti che avevano espresso una scheda bianca in 4 stati chiave (Illinois, Missouri, Ohio, and New Jersey) gli avrebbe permesso di vincere le elezioni, pur risultando sconfitto nel voto popolare. Questo racconto vuole sottolineare come il corso della storia degli Stati Uniti dalla guerra del

Vietnam ai giorni nostri sarebbe potuto essere mutato dalla disponibilità di un esame di laboratorio. Il ritiro delle truppe da parte dell'Amministrazione Humphrey nel 1969 avrebbe contribuito a salvare oltre 10.000 vite di soldati americani.

Grasso come antidoto

Fanny Deerfield aveva 72 anni quando ebbe bisogno di essere sottoposta ad un intervento di protesi del ginocchio. La sua artrite stava galoppando, e ormai camminava con molta difficoltà. Le fu detto che con la protesi al ginocchio avrebbe potuto darsi di nuovo alla danze assieme al marito. L'intervento di chirurgia elettiva fu programmato per un martedi.

Prima dell'intervento, si sottopose ad alcuni esami del sangue che risultarono nella norma e, quindi, fu dichiarata operabile. A Fanny fu raccomandato di arrivare presto al mattino, alle 6.30, perchè l'intervento era programmato alle 10.00. Sua figlia si prese un giorno libero e la portò in auto al General Hospital. Il chirurgo ortopedico che doveva eseguire l'intervento, si chiamava Carlton Davies ed aveva già eseguito migliaia di questi interventi di protesi del ginocchio; era esperto e molto rassicurante. L'ancstesista che doveva assistere il chirurgo nel corso dell'intervento, si chiamava Dr. Len Drasnick.

Il Dr. Drasnick stava spiegando agli studenti che erano stati ammessi a frequentare la sala operatoria quel giorno che "la bupivacaina è un anestetico locale largamente utilizzato in questo tipo di interventi chirurgici. Ha un buon profilo di sicurezza quando la dose corretta viene iniettata per via endovenosa". La paziente, come previsto nel piano operatorio, sarebbe rimasta sveglia e capace di conversare dato che il suo stato cosciente era importante per sorvegliare l'avanzamento della procedura. Tuttavia, dopo pochi minuti, iniziò ad essere agitata, irrequieta e confusa; la pressione del sangue diminuì drammaticamente e fu colpita da scosse tonico-cloniche sul tavolo operatorio. Pochi secondi più tardi, l'elettrocardiogramma di Fanny divenne piatto ed il colorito del viso grigio pallido: aveva avuto un arresto cardiaco. Il chirurgo si girò immediatamente e guardò in faccia l'anestesista che aveva capito subito che si trattava di un episodio di cardiotossicità causato dall'anestetico che aveva somministrato alla paziente.

Chiese all'infermiera di andare subito a prendere il carrello con i farmaci per l'arresto cardiaco e lei, con tutta calma, rispose al medico: "devo preparare una dose di epinefrina?".

"No" rispose il Dr. Drasnick, "somministreremo 100 millilitri di Intralipid al 20%". Il Dr. Davies era sconcertato perché non conosceva affatto il trattamento con Intralipid, ma si fidò dell'anestesista che, di fatto, decise di procedere all'iniezione.

In pochi minuti, le pulsazioni ed il segnale elettrocardiografico ripresero, ed anche il colore del volto di Fanny tornò ad essere rosaceo quasi come prima. Fanny Deerfield era risuscitata! L'arresto cardiaco, però, non permise di portare a termine l'intervento, visto che non si trattava di una procedura d'urgenza. Dopo che le condizioni generali di Fanny furono stabilizzate del tutto, fu riportata nel reparto di degenza. La figlia fu informata del rinvio dell'operazione, ma fu tranquillizzata sulle condizioni generali della madre. Mentre si lavavano e si cambiavano i camici, il Dr. Davies si avvicinò al suo collega e domandò come avesse fatto a risolvere così in fretta una situazione clinica così drammatica.

"Len, io non credo nei miracoli, ma mi sembra che tu ne abbia compiuto uno quest'oggi in sala operatoria" disse il Dr. Davies. "Dimmi la verità, sapevi davvero che la somministrazione dell'Intralipid avrebbe funzionato così bene? E perché?".

Si sedettero vicini uno all'altro nella stanza sosta, in modo che il Dr. Drasnick fosse in grado di dare le spiegazioni con calma ed in modo esauriente. Il Dr. Davies sapeva già che l'Intralipid era un'emulsione di lipidi largamente utilizzata per il trattamento di pazienti con difficoltà di nutrizione. La formulazione più aggiornata era una soluzione di olio di soia, fosfolipidi e glicerina che veniva somministrata per via endovenosa. Il Dr. Dranick spiegò poi che l'utilizzo dell'Intralipid come antidoto di farmaci utilizzati in anestesia era stato, in realtà, un evento accidentale, quello che spesso viene identificato con il termine "serendipity", ossia un insieme di fortuna e felice intuito e solide basi scientifiche, come del resto era già avvenuto per molte importanti scoperte. I ricercatori cercavano di comprendere perché alcuni pazienti sviluppassero cardiotossicità dopo assunzione di bupivacaina, un farmaco che si sapeva capace di interferire con la produzione di energia corporea. Furono, perciò, avviati degli studi sperimentali su modelli animali pretrattati con Intralipid o placebo prima della somministrazione del farmaco. Il risultato fu che gli animali che aveva avuto il pretrattamento con Intralipid stavano molto meglio di quelli senza pretrattamento. Il Dr. Davies ascoltava con grande attenzione.

Drasnick continuò il racconto. "Un mio collega

anestesista ebbe un caso di arresto cardiaco del tutto simile al nostro. Il paziente non rispondeva al trattamento con epinefrina e in breve tempo sarebbe morto. Ma l'anestesista conosceva i risultati della ricerca sugli animali da esperimento e chiese che portassero dell'Intralipid in sala operatoria e usò per la prima volta su un paziente l'infusione della sostanza come antidoto. Le condizioni cardiache del paziente migliorarono immediatamente e riuscì a sopravvivere. Il Dr. Davies comment:

"Mamma mia, il tuo collega si è preso il rischio di un'accusa medico-legale, dato che aveva sperimentato per primo l'uso dell'Intralipid all'infuori delle prescrizioni stabilite".

"Sì, ma era un rischio replicò", replicò il Dr. Drasnick. "Era convinto che il paziente non sarebbe sopravvissuto e che era necessario tentare qualsiasi cosa pur di salvarlo. Sai bene, Carlton, che talvolta si deve tentare di tutto pur salvare una vita. Ti ho visto operare uscendo dai protocolli per impedire sanguinamenti catastrofici o correggere anomalie anatomiche del tutto inattese". "Hai ragione" disse il Dr. Davies. "Talvolta devi ragionare e operare fuori dagli schemi".

Il Dr. Drasnick proseguì: "Inoltre, l'Intralipid è stato utilizzato per decenni nella nostra struttura ed il suo profilo di sicurezza è ben noto: nessun paziente ha mai sofferto di gravi complicanze dovute a questo farmaco, solo qualche modesta ed isolata reazione allergica. Dopo la presentazione lo scorso anno del caso di arresto cardiaco in uno dei nostri incontri fra anestesisti, erano state segnalati altri due casi nei quali l'Intralipid aveva salvato la vita dei pazienti. La nostra Società Scientifica ha raccomandato l'inserimento dell'Intralipid fra i farmaci del carrello di emergenza ed è per questo motivo che oggi era disponibile".

Il Dr. Davies dovette ammettere che non aveva mai sentito parlare dell'Intralipid come antidoto, nè che fosse mai stato utilizzato al General Hospital per tale scopo. "E infatti, questo è stato il nostro primo caso" disse Drasnick.

"Ma, tanto per saperlo, come funziona l'Intralipid?" domandò il Dr. Davies.

"Non conosciamo del tutto il meccanismo di azione. La teoria più probabile è che l'Intralipid presente nel sangue si lega preferibilmente a farmaci liposolubili, e così li estrae dai siti di legame nei tessuti. Ho discusso questo punto con il Direttore del laboratorio che si è attivato, assieme ad alcuni suoi studenti, per valutare attraverso uno studio controllato se l'Intralipid si leghi a anestetici o altri farmaci nel siero. Hanno già stabilito di presentarci i risultati nel prossimo mese. Nel frattempo, lo contatterò per descrivergli il caso clinico e per chiedere di esaminare in modo retrospettivo quanto accaduto alla Signora Deerfield. Ma già sappiamo che oggi ha funzionato molto bene".

In effetti, il Dr. Drasnick si era incontrato con me alcuni mesi prima del caso della Signora Deerfield per discutere il problema dell'Intralipid ed io, sentendo quanto era già avvenuto al di fuori del nostro Ospedale, mi ero attivato per iniziare una ricerca con l'aiuto di uno dei miei studenti, Deb Ireland. Avevo chiesto a Deb di studiare, oltre all'Intralipid, altri farmaci presenti nella lista del Centro Nazionale Antiveleni americano per l'elevata incidenza di episodi di tossicità, inclusi altri farmaci antidolorifici, anti-epilettici, antipsicotici ed eccitanti.

Deb preparò un tabulato ricavato dai casi

d'intossicazione già pubblicati con le concentrazioni attese dei farmaci, e sviluppò i metodi per misurare la loro concentrazione nel siero. Il protocollo dello studio si basava sull'aggiunta al siero dei farmaci, successivamente dell'Intralipid, centrifugazione del campione per rimuovere lo strato lipidico, e determinazione della quantità di farmaco residuo nel siero. In tal modo, si otteneva con i dati del prima e dopo trattamento con Intralipid, quello che chiamammo "Coefficiente di Estrazione dell'Intralipid". Osservammo che alcuni farmaci venivano rimossi in modo assai efficiente dall'Intralipid, mentre altri non lo erano.

Quando tutti i dati furono completati, radunai gli studenti per provocarli con una proposta: "dobbiamo sviluppare un modello basato sulle proprietà chimiche o fisiche del farmaco che ci permetta di predire l'efficienza di estrazione da parte dell'Intralipid". Avevo insegnato loro che la tossicologia clinica era diversa dalle altre discipline cliniche. "Non otterrai mai l'approvazione da parte di un Comitato Etico per determinare un'intossicazione ("overdose") di un farmaco in un paziente con l'obiettivo se un particolare approccio terapeutico è efficace o meno. Le nostre conoscenze spesso devono basarsi sulle esperienze descritte da altri in situazioni cliniche simili. Sarebbe davvero straordinario poter disporre di dati oggettivi".

Deb Ireland ed io, quindi, iniziammo a mettere in relazione il coefficiente di estrazione con le caratteristiche di ogni farmaco. I parametri chimici che tenemmo in considerazione comprendevano la forza acido/base, il peso molecolare, la solubilità in acqua e nei grassi, il punto di ebollizione e di fusione e la volatilità. Inoltre prendemmo, in esame i fattori farmacocinetici, ossia le caratteristiche del farmaco nel nostro organismo e che comprendono la sua distribuzione nel plasma, conosciuta come volume di distribuzione, l'emivita, il grado di legame alle proteine plasmatiche, e l'eliminazione attraverso il rene o il fegato. Dopo aver elaborato i dati, ricorrendo a molteplici ed approfonditi modelli matematici, un parametro si dimostrò maggiormente indicativo: la costante di partizione lipidica del farmaco, ossia la sua tendenza a legarsi ai grassi. Più elevato il numero, maggiori le probabilità che il trattamento con i grassi funzioni. Molto spesso la risposta era la più ovvia in base alla lista delle variabili, ma il mio gruppo di lavoro volle esaminare ogni fattore.

"La percentuale di correlazione fra la costante lipidica e le prove di laboratorio è pari a 88%" dissi rivedendo i dati prodotti dal gruppo di ricerca. "Quando il nostro lavoro sarà pubblicato, un tossicologo clinico se prenderà in considerazione la terapia in urgenza con Intralipid per un sovradosaggio di un farmaco, potrà farsi un'idea delle probabilità di successo o insuccesso della terapia. Ovviamente, non è affatto detto che il nostro modello in vitro dia esattamente gli stessi risultati in un paziente reale. Solo il tempo ci dirà se la terapia con Intralipid è veramente efficace per alcuni dei farmaci che nei nostri studi si sono dimostrati particolarmente reattivi ai grassi".

I risultati del nostro lavoro furono presentati ad un incontro scientifico di tossicologi clinici e pubblicati in una rivista scientifica di buon livello. La maggior parte dei ricercatori dichirò che i dati erano validi e logici ed altri gruppi di ricerca confermarono i risultati per alcuni dei farmaci da noi esaminati. Vi erano altre variabili da considerare nel caso si intendesse usare i lipidi nei casi di reazione ai farmaci. "Vi sono diverse formulazioni dell'Intralipid a seconda dello specifico prodotto" sottolineai rispondendo ad un Collega dopo la presentazione dei risultati al congresso. "Negli Stati Uniti, l'Intralipid contiene trigliceridi con acidi grassi a lunga catena. In Europa, si utilizzano emulsioni lipidiche di trigliceridi contenenti acidi grassi a media catena. Bisogna esaminare in modo differenziato questi prodotti se si vuole valutare la loro reale efficacia nel rimuovere le concentrazioni di farmaci tossici".

ooo

Dall'altra parte del mondo, in Australia a Melbourne, Talbot Tankersley era in ospedale da quasi quattro mesi dopo essere stato coinvolto in un incidente stradale in motocicletta. Stava riprendendosi dai danni dell'incidente quando iniziò ad avere incubi. Gli fu diagnosticata una patologia da stress post-traumatico, una complicanza molto comune in questi casi, e gli fu prescritto un farmaco antidepressivo, chiamato sertralina, per alleviare i suoi sintomi. Questa terapia risultò tanto efficace nel rilassarlo e diminuire le crisi di ansia che, dopo due settimane, fu dimesso dall'Ospedale. Talbot tornò al suo lavoro di disegnatore di un grande padiglione dello zoo della sua città dove incontrò Nancy che lavorava nell'ufficio dei permessi alle costruzioni. Era una ragazza tranquilla, dai bei capelli rossi, con un bel sorriso e una personalità da far innamorare. Ma, dopo sei mesi, Talbot e Nancy iniziarono a bisticciare perché lei voleva uscire sempre più spesso. Lui le spiegò che stava ancora riprendendosi dall'incidente stradale ed alla fine Nancy si allontanò. Continuò a lavorare allo zoo, ma evitò di incontrare e parlare con Talbot.

Talbot era ancora invaghito di Nancy e sperava di

tornare assieme, ma Nancy iniziò ad uscire con Horace, un pezzo grosso nella gestione finanziaria dello zoo. Talbot si ingelosì, ed un venerdì pomeriggio, alla fine del lavoro rientrò a casa particolarmente depresso. Acquistò una confezione da sei birre Foster e sedette sul divano per vedere alla televisione una partita di football australiano, ma non poteva togliersi dalla mente Nancy. L'alcool lo rese più disinibito del solito, prese la confezione di sertralina e buttò giù una dose esagerata del farmaco assieme alla birra, pensando dentro di sé che questo avrebbe attirato l'attenzione di Nancy.

Dopo pochi minuti, si sentì completamente stordito, il cuore iniziò a battere forte, e tutto il suo corpo iniziò ad agitarsi; era in preda ad allucinazioni e sentiva strane voci. Gli sembrava di vedere Nancy e Horace puntare il dito e prendersi gioco di lui, e divenne psicotico. Uscì dal suo appartamento e iniziò ad urlare nel corridoio.

"Fermi, fermi, lasciatemi solo!" gridava. Poi cadde a terra battendo la testa. Un vicino sentì le grida, si preoccupò, uscì fuori e trovò Talbot faccia a terra e incosciente. Chiamò un'ambulanza ed Talbot fu riportato nello stesso centro di emergenza dove era stato ricoverato dopo l'incidente stradale.

Il medico di guardia, che si chiamava Lachan Smedley, trovò nelle sue tasche una bottiglia di sertralina completamente vuota. Il personale dell'ambulanza raccontò che Talbot aveva avuto delle convulsioni durante il trasporto in ospedale. La pressione era estremamente elevata 200/120, e il Dr. Smedley arrivò presto alla conclusione che la sintomatologia di Talbot era riferibile ad una overdose di sertralina. Ordinò di somministrare carbone attivato ma il paziente rimase comatoso, con un indice di Glasgow pari a 3. A quel punto, il Dr. Smedley non sapeva cosa fare ma si ricordò di aver letto un lavoro americano sull'Intralipid come antidoto. Si rammentò, poi, che quel trattamento era risultato efficace nel risolvere una intossicazione da antidepressivi triciclici a Sydney all'inizio dell'anno. A quel punto si collegò a Internet, scaricò li nostro articolo e lesse che il sertralina era uno dei farmaci che, nei nostri esperimenti, erano risultati in grado di essere rimossi dall'Intralipid. Chiamò la farmacia, richiese 100 millilitri di Intralipid al 20% e li infuse attraverso una via endovenosa praticata al braccio di Talbot. In 10 minuti, le condizioni cliniche del paziente iniziarono a migliorare ed i sintomi gradualmente scomparirono. Una seconda infusione, praticata quattro ore più tardi, rimosse il farmaco residuo dallo stomaco.

Il Dr. Smedley contattò poi il laboratorio e domandò di conservare il sangue prelevato a Talbot per l'esame degli elettroliti. Poi avvisò il direttore del laboratorio che intendeva contattarmi per capire se io ed il mio gruppo di ricerca fossimo interessati ad esaminare questi campioni e aiutarlo, dato che era stata la lettura del nostro lavoro scientifico ad indurlo a trattare il paziente con l'Intralipid. Talbot rimase per una notte in ospedale per assicurarsi che non rimanessero effetti residui del farmaco.

Allo zoo, si sparse la voce che Talbot era ammalato e ricoverato in ospedale. Nancy e Horace decisero di andare a visitarlo, portando con loro un piccolo canguro appena nato per tirargli su il morale. Era avvolto in una coperta in modo che nessuno potesse accorgersene, ma un'infermiera lo vide e chiese loro di lasciarlo fuori dalle stanze dell'Ospedale. Quando se ne andarono, Talbot comprese che con Nancy aveva perso un'occasione importante, ma decise di farsene una ragione e che in futuro sarebbe stato più disponibile ad instaurare rapporti di lunga durata. Si era comportato da stupido ma era felice di essere ancora vivo.

Il Dr. Smedley trovò il mio indirizzo mail in un lavoro pubblicato di recente e mi inviò un messaggio. Sperava fosse possibile collaborare e scrivere un lavoro assieme sul caso clinico, anche perché non aveva un laboratorio che potesse aiutarlo nella ricerca. Lessi il messaggio il giorno successivo e fui felice nell'apprendere che il nostro lavoro era stato di aiuto per qualcuno. Gli inviai una mail per fargli sapere che ero davvero disponibile ed interessato a collaborare e ad esaminare i campioni di sangue. Gli esami dimostrarono che la concentrazione di sertralina nel sangue era veramente elevata nei campioni prelevati all'ingresso in Ospedale e che il trattamento con Intralipid era riuscito a ridurre la concentrazione del farmaco di oltre il 50% e che dopo la seconda infusione vi era stata un'ulteriore modesta riduzione. Alla fine, pubblicammo un lavoro sul caso di Talbot.

"In futuro, i medici potranno giovarsi di quest'esperienza se dovesse ripetersi un caso di overdose da sertralina" scrissi in una mail ad un mio collega australiano, dopo che l'articolo comparve come pubblicazione elettronica prima della stampa. "L'Intralipid o composti simili sono disponibili in tutti gli Ospedali del mondo e costano molto poco. E' davvero straordinario poter disporre di un antidoto nuovo per trattare i casi di sovradosaggio da farmaci, ma dobbiamo diffondere quest'informazione a tutta la comunità scientifica e medica. In aggiunta, è necessario che esistano medici aggiornati e capaci di assumersi dei rischi, come te".

ooo

Negli Stati Uniti e in tutto il mondo occidentale, le versioni commerciali dell'Intralipid approvate per la nutrizione parenterale (ossia per nutrire i pazienti attraverso un tubo) sono ad'oggi parte integrante dei farmaci nel carrello per l'emergenza per il trattamento "off-label" (ossia per un'utilizzazione non approvata ufficialmente) dei pazienti con episodi di tossicità da farmaci utilizzati per l'anestesia. Sono stati gli anestesisti, per primi, a scoprire questa nuova utilizzazione della sostanza e successivamente i tossicologi clinici, visto il successo della terapia, lo hanno esteso ad altre tipologie di avvelenamento da farmaci. Gli studi avviati nel mio laboratorio hanno permesso di individuare le classi di farmaci che possono rispondere al trattamento con Intralipid per poter validare la terapia. Infatti, gli studi sperimentali condotti in modo controllato su animali per valutare il successo dell'antidoto, quale lo studio condotto sulla bupivacaina, sono difficilmente estendibili a tutti gli altri farmaci che possono determinare tossicità ed avvelenamento. Inoltre, questa tipologia di ricerche è difficile da eseguire perché non vi è agenzia né organismo che abbia la volontà e disponga dei fondi necessari per finanziare questi studi. Per ora, l'uso dell'Intralipid nel caso di tossicità da farmaci nuovi e diversi da quelli descritti in casi clinici richiedono un misto di fortuna e capacità di assumersi qualche rischio da parte dei clinici che intraprendono questo trattamento in aggiunta o in sostituzione di schemi terapeutici convenzionali.

Pochi medici sono disposti a riconoscere immediatamente di aver esposto un lora paziente un sovradosaggio con un anestetico, ma in questi casi la disponibilità dell'Intralipid come antidoto può risolvere la situazione e salvare la vita del paziente. Questa nuova terapia si è dimostrata utile anche all'infuori della sala operatoria, ad esempio nell'overdose accidentale o volontaria con altri farmaci e droghe. Rimane però da stabilire se l'Intralipid possa divenire o meno la terapia di elezione per il trattamento in emergenza della tossicità da farmaci.

Epilogo

****

Il laboratorio clinico rappresenta oggi una componente essenziale della medicina che interessa trasversalmente tutte le specialità cliniche. Sono disponibili oltre 4000 esami di laboratorio "in vitro" richiedibili dai medici e dai loro pazienti. Solamente negli Stati Uniti, vengono eseguiti ogni anno oltre 7 miliardi di esami di laboratorio. Questi esami rappresentano la componente meno costosa delle pratiche cliniche e si stima che i loro risultati siano necessari in oltre il 70% delle decisioni cliniche. Come per i farmaci, negli Stati Uniti le indicazioni per gli esami di laboratorio sono approvate e riviste dalla Food and Drug Administration. La pratica dei laboratori clinici è regolamentata dai Centers for Medicare and Medicaid all'interno del provvedimento noto come CLIA (Clinical laboratory Improvement Amendment).

Nonostante questo ruolo centrale e vitale, ancor oggi il mondo medico sottovaluta l'importanza del laboratorio clinico e dei suoi professionisti. Ad esempio, non vi sono strutture per l'insegnamento della medicina di laboratorio al primo anno del corso di didattica formale, e gli studenti iniziano ad apprendere cosa siano gli esami di laboratorio quando cominciano la pratica clinica nelle corsie dell'ospedale. Pertanto, l'insegnamento di quali esami siano da richiedere e quando sia appropriato farlo, viene delegato agli specializzandi ed agli studenti degli ultimi anni di corso che, a loro volta, non sono stati formati in modo appropriato. I risultati sono ben evidenti e si traducono in errori importanti sulla tipologia e tempistica delle richieste. Richieste inappropriate ed inutili generano uno spreco di risorse che aumenta in modo improprio i costi del sistema sanitario. Ma, ancor più grave, è l'evidenza, come appare dai racconti di questo volume, che gli errori nell'interpretazione dei risultati di laboratorio possono tradursi in un aumento importante della morbidità e mortalità dei pazienti.

L'ignoranza in tema di esami di laboratorio si estende anche alla popolazione generale. La maggior parte dei pazienti ritiene in modo acritico che gli esami richiesti dai loro medici siano appropriati e non ne discutono la necessità o l'importanza. Tutto ciò si sta modificando, ma solo lentamente, dopo l'avvento di internet. Oggi sono disponibili per I pazienti e le loro famiglie molte fonti di informazione sugli esami di laboratorio, e pertanto i cittadini iniziano ad assumersi maggior responsabilità per la propria salute. Uno dei siti più popolari è Lab Tests on Line (http://labtestsonline.org/). Questa risorsa gratuita fornisce indicazioni sul significato dei vari esami, sulle modalità di richiesta ed utilizzazione, e su quando e come vengono richiesti dai medici per gestire la salute dei loro pazienti. Inoltre, utilizzando questo motore di ricerca, si può individuare l'esame appropriato a partire dalla malattia o condizione patologica specifica del paziente. La maggior parte dei medici, oggi, incoraggia il confronto e la discussione sul percorso di cura con i propri pazienti, dato che vari studi hanno dimostrato che un paziente informato segue meglio le indicazioni terapeutiche, e presenta quella che in termine tecnico si definisce "migliore compliance".

Ognuno di noi si augura il meglio per se stesso e per chi ama e mai, come nel caso del sistema salute, quest'affermazione appare così importante. E' necessario riservare tempo per la propria salute ed investire tempo per comprendere a fondo le potenzialità del laboratorio clinico. Gli investimenti in tempo possono prevenire che *l'Assassino Occulto* continui ad operare quando *qualcosa va male nel corso dell'esame di laboratorio* o quando i risultati vengono interpretati ed utilizzati in modo inappropriato.